MNÉMOS

Du même auteur
aux Éditions Mnémos

La Trilogie de la Lune, intégrale

La Trilogie du Soleil, intégrale

Bloodsilver, avec Xavier Mauméjean

2, rue Nicolas Chervin | 69620 Saint-Laurent d'Oingt

ISBN : 978-2-38267-052-1

WWW.MNEMOS.COM

Guerre & Peur

Johan HELIOT

1

LE BAPTÊME DE LA PEUR

TOUT A COMMENCÉ AVEC LA PEUR, au début du mois de juin 1924, dans la terrible chaleur d'un printemps d'Europe méridionale.

Le soleil plombait les Balkans. La guerre allait bientôt entrer dans sa dixième année. Et ceux de la classe 24 connaître leur baptême du feu.

J'avais dix-neuf ans, vingt sous peu. Mais je n'étais pas certain de fêter mon prochain anniversaire. Un mois plus tôt, seulement, j'avais quitté les miens et des études de lettres qui ne mèneraient à rien tant que le conflit ne prendrait pas fin.

Après trois semaines d'une formation sommaire au maniement du fusil Lebel et des grenades à main, les gars de mon bataillon ont été expédiés par wagons jusqu'aux abords du front Sud, où les troupes austro-allemandes, complétées d'effectifs bulgares et ottomans, en faisaient baver à celles de la coalition.

On était encore tous fiers et beaux dans le bleu horizon impeccable de nos uniformes, persuadés de se battre pour une cause qui en valait la peine.

Une fois débarqués à Belgrade, on a rejoint à marche forcée les lignes déployées aux frontières de la Macédoine. Et on a commencé à déchanter en croisant les convois de blessés et de macchabs, chargés sur des tombereaux comme de vulgaires carcasses de bêtes, qui remontaient vers l'arrière en un flot incessant.

Les anciens nous jetaient au passage des coups d'œil dégoutés en nous voyant aller au casse-pipe d'un pas décidé. Et puis beaucoup étaient dans un si triste état qu'ils n'avaient plus rien d'humain. Certains n'avaient plus ni bras, ni jambes, ni face parfois. Dans leur sillage flottait une abominable odeur de putréfaction. Des essaims vrombissants de mouches noires, grosses comme l'ongle du pouce, les harcelaient sans le moindre répit. Ils semblaient former un cortège de spectres à destination de l'autre monde.

Notre bel enthousiasme s'est peu à peu envolé. Plus personne ne chantait ni ne sifflait avec gaieté. Notre colonne a continué d'avancer dans un silence seulement troublé par le claquement de nos talons sur la pierre de la route défoncée.

Puis, à l'approche du front, le tonnerre s'est mis à gronder. Pourtant le ciel restait parfaitement dégagé. Sa colère n'avait rien de naturel.

Le fracas du canon nous a accompagnés tout au long des derniers kilomètres, amplifié par l'écho des montagnes qui nous entouraient. Il donnait l'impression de ne jamais vouloir se taire. On a bientôt senti trembler la terre sous les semelles de nos godillots et fini par apercevoir une ligne déchiquetée d'éclairs sur les crêtes. Là-haut s'abattait en continu un véritable orage d'acier. Notre chef de bataillon, un lieutenant, a levé la tête et simplement déclaré :

— Cette fois, on y est, à la guerre…

Il n'était pas beaucoup plus vieux que moi, deux ou trois ans peut-être. La pénurie d'officiers faisait qu'on gagnait rapidement ses galons. Ce n'était pas compliqué, il suffisait de survivre pour être certain de grader.

On a grimpé par des sentiers de muletiers jusqu'à atteindre un plateau totalement dévasté, une vraie vision de l'enfer. Plus un seul arbre à perte de vue, pas le plus petit buisson, ni même un brin d'herbe. Tout ce que la nature avait ici créé n'existait plus. Le sol avait été fouillé et retourné jusqu'à la couche de roc par la grêle d'obus. Des cratères dessinaient un paysage lunaire où dominait le gris de la poussière et de la terre asséchée.

Un dédale de boyaux et de tranchées permettait d'accéder jusqu'à ce *no man's land* écrasé de soleil. Le vacarme permanent des tirs en provenance des hauteurs voisines emplissait nos tympans. Les obus éclataient assez loin, pourtant. Je me suis demandé à quoi servait cette démonstration de force. Si c'était pour impressionner la bleusaille tout juste arrivée de France, alors ça fonctionnait !

On nous a fait avancer le dos courbé dans le labyrinthe jusqu'à la première tranchée. Tous ceux qu'on croisait avaient la mine lugubre, les traits creux et tirés. Ils s'étaient installés dans des trous creusés à même les parois et semblaient attendre qu'on les y oublie, l'espérant peut-être. On a rejoint finalement une compagnie toute fraîche, des gars qui arrivaient de quelque part dans le Midi – les accents ne trompaient pas. Nos officiers ont échangé quelques paroles à l'écart. Puis le lieutenant nous a annoncé :

— Il faut attendre le soir. L'assaut sera lancé dès que le bombardement cessera.

On s'est assis serrés les uns contre les autres, adossés au talus, sous le parapet rehaussé de barbelés. Chacun s'est plongé dans ses pensées. Moi, mon esprit me ramenait aux faubourgs de Paris, à celle qui attendait mes lettres, ma douce Séraphine…

J'avais la gorge sèche et les entrailles nouées. Le visage de Séraphine ne parvenait pas à se fixer dans ma mémoire. Une voix me répétait que je ne passerais pas la nuit. Elle me disait aussi que j'étais bien trop jeune, que je n'avais rien vécu. Je serrais mon fusil à m'en blanchir les phalanges pour qu'on ne voie pas mes mains trembler. Je ne voulais pas que mes camarades m'accusent de lâcheté. Précaution inutile, puisque j'entendais nettement certains claquer des dents !

Heure après heure, la peur s'est immiscée dans le rang, dans le corps et dans le cœur de chacun des gars, n'épargnant personne, aucun des fiers-à-bras qui s'étaient vanté d'avoir hâte de bouffer du boche pendant notre entraînement…

J'ai réalisé que j'ignorais tout de la peur jusque-là. Qu'elle n'était qu'une idée, un mot lu dans les livres ou les journaux patriotiques pour dénigrer les couards et les planqués. De façon générale, ceux qui signaient ce genre d'articles n'abandonnaient pas le confort douillet de leur bureau. Ils exaltaient la jeunesse à s'offrir au sacrifice pour la grandeur de la patrie mais n'avaient jamais vu le sang couler. Je ne m'étais jamais mêlé de politique, toutefois je comprenais ce que cette attitude avait de dégueulasse. C'est facile d'envoyer les autres se faire tuer au nom de grands principes. Mais si on m'avait laissé le choix, est-ce que je me serais dérobé ?

Il était un peu tard pour se poser la question !

Un moment, les officiers ont distribué des rations et ordonné qu'on avale ce qui serait sans doute notre dernier repas. Je n'ai pas pu, comme beaucoup. J'avais perdu le goût, la faim et même la soif malgré la canicule qui me faisait transpirer à grosses gouttes sous la toile rêche de l'uniforme. Le soleil déclinait avec une lenteur exaspérante, la chaleur demeurait accablante. Et les obus tombaient toujours, par centaines, par milliers…

Et soudain, le silence – formidable, surprenant, assourdissant.

Un mouvement a agité le monôme des bataillons de fantassins et de grenadiers qui s'alignait le long de la tranchée. Nous n'avons pas eu besoin de nous consulter pour comprendre que le moment était arrivé. J'ai entendu s'élever des prières en français comme dans divers patois. Moi je n'en connaissais guère, juste des bribes de Notre Père. Je n'avais jamais été croyant mais j'étais sur le point de faire une exception.

Le lieutenant ne m'en a pas laissé le temps. Il est passé, tête baissée, près de chacun de nous pour souffler :

— Tenez-vous prêts… À mon coup de sifflet, on y va !

Je n'étais plus certain que mes jambes pourraient me porter. J'avais envie de m'enfoncer sous terre et de disparaître. La trouille me tordait les tripes, me remontait le cœur au bord des lèvres. Mais je n'avais rien à vomir qu'une bile amère qui m'a brûlé la gorge en jaillissant de mon estomac.

La clarté du jour s'atténuait. J'ai jeté un coup d'œil à gauche, à droite, dans l'espoir insensé de voir surgir une estafette porteuse d'un ordre d'annulation de cet assaut insensé. Je n'ai aperçu que les silhouettes recroquevillées des gars de la compagnie perdus dans leur pensée, pour une fille, une mère, un frère, une sœur qu'ils ne reverront jamais.

Moi, pareil pour Séraphine, sa peau, ses lèvres, son odeur de lavande. Ici, ça sentait la sueur, la pisse et la merde : le pot-pourri de la peur…

Le coup de sifflet du lieutenant m'a fait sursauter. D'un coup toute la tranchée s'est animée dans une immense clameur de cris échappés des gosiers. Nous avons pris d'assaut le parapet, nous hissant tant bien que mal, encombrés du Lebel, d'une paire de grenades fixées à notre col et qui battait les revers de nos vareuses incommodes, dégoulinant de sueur sous nos casques qui glissaient d'un côté ou de l'autre par-dessus l'inutile bonnet…

Le lieutenant a montré l'exemple en foulant le premier le sol du *no man's land*. La moitié de sa tête a éclaté avant qu'il ait pu faire un pas, projetant une pulpe gris-rose sur ceux qui le talonnaient. Il est tombé alors que le mitraillage se déchaînait depuis les postes de tir cachés sur la butte située à moins de trois cents mètres en face de nous.

Les machines allemandes crachaient un feu nourri, allumant de fugitives étincelles sur le fond de la nuit qui s'installait.

Sans comprendre comment, je me suis retrouvé à courir, le dos cassé en deux, au milieu de centaines d'autres cibles mouvantes. L'ennemi a alors lancé depuis les hauteurs une salve de fusées éclairantes.

Partout autour de moi s'élevaient des gerbes de chair et de sang mélangées à la poussière. Les gars mouraient par paquets de dix, vingt, cent à chaque instant. Moi, je continuais à courir en zigzaguant, les oreilles pleines du crépitement des mitrailleuses qui évoquait le rire d'un dieu dément.

Les balles miaulaient atrocement, je sentais leur caresse ardente quand elles frôlaient la peau de mon visage, mes mains, mais aucune ne m'atteignait. J'ai couru peut-être deux ou trois minutes en évitant les corps mutilés, hachés par la mitraille, complètement désorienté, sans même m'apercevoir que je tournais en rond dans la lumière blanche des fusées, parfaitement visible, immanquable, et pourtant…

Aucun des tireurs embusqués sur la butte ne m'a touché.

Je me sentais porté par un flux d'énergie monté d'un endroit ignoré de mon cœur ou mon esprit. Je pouvais distinguer un scintillement à l'extrême limite de mon champ de vision, comme un halo qui m'entourait. J'ai cru à un effet d'optique causé par la chute des fusées dans les environs.

Je me trompais évidemment, mais comment aurais-je pu le deviner ?

Et puis d'un coup je me suis figé, incapable de commander à mes muscles d'obéir plus longtemps.

La peur me statufiait. Je ne tremblais même plus, planté au beau milieu du *no man's land*.

Je savais qu'une balle risquait à tout moment de m'arracher la vie, mais c'était plus fort que moi.

L'énergie m'avait fui. Toute volonté aussi. Je n'aspirais plus qu'au néant.

J'ai perdu connaissance sur une ultime pensée : maintenant la mort peut me prendre, je m'en fiche complètement !

2
UNE LUEUR AU FOND DU TROU

LA MORT N'A PAS VOULU DE MOI.

C'était une évidence que je ne m'expliquais pas.

Elle aurait dû m'emporter comme la plupart des gars de ma compagnie. Mais le fait est qu'elle m'avait snobé et abandonné dans le *no man's land*, rescapé d'un assaut qui avait viré au fiasco le plus total.

Je ne gardais logiquement aucun souvenir de ce qui s'était passé après mon évanouissement. Voici ce qu'on m'a rapporté des événements : les brancardiers envoyés secourir les blessés m'ont récupéré au petit matin suivant le massacre. Ils ont d'abord cru que j'avais cassé ma pipe. Mais ils se sont ravisés en constatant que je ne portais aucune trace d'impact. J'étais encore en possession de tous mes membres, pas une goutte de sang ne maculait le tissu de mon uniforme, et mon fusil était intact – il n'avait pas eu le temps de servir –, toujours serré entre mes poings.

Comme on ne savait pas trop quoi faire de moi (il ne paraissait pas sensé de m'évacuer vers un des hôpitaux de Belgrade, encore moins de me balancer dans une des fosses communes creusées dans la campagne serbe), on m'a simplement déposé dans un des trous aménagés pour le repos par les vétérans, dans un des nombreux boyaux perpendiculaires à la tranchée principale.

J'ai repris conscience quelques heures plus tard, sans savoir où j'étais, redoutant que l'on m'ait enterré vivant – il faisait très sombre et je pouvais toucher chaque paroi rien qu'en tendant les doigts. Un début de panique s'est emparé de moi à l'idée de manquer d'air et d'étouffer peu à peu. Mais j'ai vite remarqué la flammèche d'une petite chandelle allumée tout près de là, ainsi que la silhouette d'un camarade penché sur une feuille de papier à lettres.

— Ah, tu es réveillé ! m'a-t-il accueilli en m'entendant bouger. Tu peux te vanter d'une sacrée veine, mon vieux Jean !

Son sobriquet m'est revenu en reconnaissant sa voix et en apercevant le reflet de la flamme minuscule sur le verre rond de ses lunettes d'écaille.

— L'Instituteur, c'est toi ?

Il s'appelait Gaston je-ne-sais-plus-quoi, mais pendant l'entraînement tout le monde à la caserne l'avait rebaptisé par son titre de fonctionnaire. Il avait pris l'habitude de rédiger les courriers de ceux qui ne savaient pas écrire – soit la majorité des gars. Précieux à notre lieutenant, celui-ci l'avait exempté de combat afin qu'il joue les secrétaires et s'occupe de sa correspondance avec les officiers supérieurs. Une belle planque, mais personne n'en a jamais voulu à l'Instituteur.

— Une sacrée veine, dame oui, a-t-il répété. Tout le bataillon a dégusté. Plus de trois cents morts et près de deux cents blessés. Et toi qui t'en sors sans même une égratignure !

Il y avait de la stupéfaction dans le ton employé, ainsi qu'un soupçon de méfiance. J'ai compris ce qu'il pensait : comment un tel miracle a-t-il pu se produire (je me posais la même question !), à part si ce saligaud a essayé de s'enfuir ?

Je me suis senti obligé de me défendre :

— J'ai mené l'assaut avec les autres, je ne me suis pas dégonflé…

— Je n'ai pas dit ça, m'a-t-il coupé. D'ailleurs je l'ai écrit dans mon rapport.

— Quel rapport ?

— Celui que j'ai adressé au colonel après ce désastre. Normalement, c'était le rôle du lieutenant, mais là…

Gaston a eu un geste de la main qui pouvait signifier *inutile d'en parler, mon vieux, il ne reste plus que toi et moi !*

Tout le bataillon, ai-je pensé, sans parvenir encore à vraiment y croire. Des centaines de morts et de blessés en si peu de temps. Et moi qui me réveille aussi frais et dispos qu'après une sieste…

C'était la vérité : je me sentais parfaitement reposé, de nouveau plein d'énergie. Je me suis alors rappelé l'étrange état d'excitation dans lequel je m'étais trouvé tandis que les balles traçaient en sifflant autour de moi, et aussi de la lueur entraperçue du coin des yeux. Tout ça était-il bien arrivé ? Et qu'est-ce que ça pouvait signifier ?

Ce pauvre Gaston aurait été en peine de me renseigner. Au moment de l'assaut, il ne devait pas jouer les spectateurs mais s'aplatir dans le fond de la tranchée en attendant que le fracas de la mitraille s'achève !

Il a repris la parole avec hésitation, l'air embarrassé. J'ai vite saisi pour quelle raison.

— Toi et moi, on a été réaffectés, mon vieux. Au nouveau bataillon qui va nous débarquer d'ici demain. Une dépêche est arrivée pas plus tard qu'il y a une heure. Cette fois, je ne pourrai pas y couper.

— À quoi ? ai-je bêtement demandé.

— Au feu, pardi ! s'est emporté l'Instituteur. Pourquoi crois-tu que je m'échine sur cette foutue lettre ?

Il a désigné le papier déjà noirci aux trois quarts de sa belle écriture appliquée qui faisait l'admiration de la troupe.

— C'est pour ma mère, cette pauvre vieille, a-t-il ajouté, sa douceur coutumière retrouvée. Pour lui dire que je ne reviendrai pas, contrairement à ce que je lui ai promis dans mon dernier courrier.

Il m'a coulé un regard à la fois triste et résigné derrière le verre de ses binocles.

— Si tu veux écrire à ta fiancée, je te prête volontiers ma plume, a-t-il proposé. Profite de l'occasion, tu n'en auras plus d'autre.

Songer à Séraphine a failli me briser le cœur. Comment lui dire adieu en quelques lignes ? Je n'étais pas naïf au point d'ignorer le monstrueux tribut payé par ceux des classes qui précédaient la mienne à cette guerre interminable, mais je n'avais jamais imaginé ne plus la revoir, ni la prendre dans mes bras. Les propos de Gaston me ramenaient à cette brutale réalité : l'âge ne faisait rien à l'affaire, l'amour encore moins, dès lors que le Moloch exigeait son sacrifice.

J'ai donc accepté l'offre de l'Instituteur. Il m'a cédé sa place dans le fond de la trouée, où il s'était aménagé une sorte d'écritoire à l'aide d'un morceau de planche. Je me suis d'abord désaltéré – je crevais de soif! – en avalant à longues goulées l'affreuse vinasse coupée d'eau tiède dont on nous abreuvait à profusion. J'ai aussi mâchonné un quignon de pain noir et englouti un fond de ragoût infâme avec délectation. Je n'avais jamais été gourmand, encore moins gourmet, je ne pesais d'ailleurs pas lourd, soixante kilos au mieux, mais j'avais une véritable faim de loup.

Puis, à demi rassasié seulement, je me suis concentré sur les mots à destination de ma promise. L'épreuve s'est avérée plus difficile et douloureuse que prévu. J'y ai passé les heures qui ont suivi, jusqu'à brûler toute la chandelle de mon ami. Quand j'en ai eu enfin terminé, je n'éprouvais aucun soulagement, au contraire. Il me paraissait tellement injuste d'avoir à infliger de la souffrance à Séraphine en lui annonçant que je risquais de trépasser le lendemain…

J'avais eu une chance folle, la veille, d'échapper au pire, mais aujourd'hui tout recommençait : l'attente d'un nouvel assaut, la peur qui s'insinuait dans mes pensées, dans mon sang et mes veines comme un acide prêt à me ronger de l'intérieur…

Je ne VOULAIS pas mourir, tout en moi se révoltait à cette idée. J'en frémissais de la tête aux pieds, comme soumis à une mauvaise fièvre. J'ai alors pris conscience d'un phénomène fort singulier :

j'y voyais parfaitement malgré le soir qui tombait et la chandelle entièrement consumée.

Hébété, j'ai levé mes mains à hauteur d'yeux pour constater qu'elles *brillaient*, émettant cette lueur scintillante que j'avais déjà remarquée dans le *no man's land*.

C'était moi, mon corps, ma peau, la source de cette clarté vaguement bleutée.

Je ne m'expliquais pas ce prodige. Mes connaissances scientifiques avaient beau être limitées (j'étudiais la littérature avant mon incorporation), je savais qu'en aucun cas l'anatomie humaine ne s'y prêtait. À part certains insectes comme les lucioles ou le plus bizarre poisson-lanterne des grandes profondeurs, aucun être vivant n'est censé produire sa propre lumière !

Et puis, qu'allait penser l'Instituteur en me voyant chatoyer ? Il était sorti depuis longtemps de notre abri et pouvait y revenir à tout moment. Il fallait que je retrouve mon apparence normale dans les meilleurs délais. Je me suis étendu sur la paillasse où j'avais repris conscience et j'ai rabattu les pans de mon manteau de façon à recouvrir chaque parcelle exposée de ma chair, face incluse. Je pourrais toujours faire semblant de dormir pour m'éviter des explications gênantes (que j'aurais bien été en mal de fournir !).

Sans m'en rendre compte, j'ai fini par sombrer de nouveau dans cette torpeur qui tient lieu de sommeil au soldat. Et quand j'ai rouvert les yeux, un rayon de soleil illuminait la trouée. Gaston était toujours absent. J'ignore ce qu'il est devenu, je ne l'ai jamais revu, mais je suppose que ses pires prédictions se sont réalisées.

J'ai passé la tête à l'extérieur. La tranchée s'était remplie du nouvel arrivage de bleusaille évoqué par l'Instituteur. Aux expressions arborées, j'ai compris qu'on avait annoncé le prochain assaut – la peur avait débuté son lent travail de sape.

Je me suis mis en quête de quelque chose à boire. La soif était de retour et j'avais vidé mon quart. Je n'avais pas fait trois pas qu'une voix autoritaire m'interpellait :

— Grenadier Jean Valmont ?

Une espèce d'échalas au nez proéminent, à la lippe un peu molle et aux oreilles en pointe, le cheveu noir et gominé, la raie sur le côté, venait d'apparaître sanglé dans un uniforme couvert de décorations, parmi lesquelles figurait la croix de guerre avec étoile d'argent – un vrai arbre de Noël !

— C'est moi, mon capitaine.

J'avais repéré les galons au col amidonné de la vareuse.

— Suivez-moi, je vous prie.

Et poli, avec ça ! Trop pour être honnête ? Qui diable était ce zigoto si haut perché que son crâne culminait au-dessus du parapet ? Un bon tireur allemand (et il n'en manquait pas !) aurait pu le lui faire sauter à chaque instant.

— Où donc ? me suis-je méfié.

— Je vous offre l'opportunité d'échapper au front. Je n'ose dire à une mort certaine, car il m'apparaît que vous avez su l'éviter.

Il a tiré un feuillet manuscrit d'un porte-document coincé sous un bras interminable. J'ai reconnu les boucles et les déliés de l'Instituteur. Comment s'était-il procuré le rapport transmis à notre commandement ?

J'ai préféré jouer les idiots :

— Je ne vois pas de quoi vous parlez…

— Ça viendra en temps utile, m'a-t-il coupé avec agacement. Faut-il vous contraindre à m'accompagner ?

C'est alors qu'un gaillard bâti comme un Hercule, nanti d'une paire de magnifiques bacchantes en guidon de vélo, s'est profilé dans son dos, bloquant toute la largeur de la tranchée.

Lui non plus ne portait pas de casque. Mais il avait le crâne si parfaitement lisse et luisant qu'on l'aurait cru coulé dans un airain poli par le passage des ans.

— Le Brigadier se fera une joie de vous forcer la main, a repris l'énergumène galonné. Toutefois je préfère quand mes recrues se montrent volontaires.

— Vos recrues, mon capitaine ?

J'étais perdu. L'échalas a esquissé un sourire sous le trait fin d'une moustache peu fournie.

— Celles de mon escouade particulière. Vous y avez votre place, grenadier Valmont, je le crois. Du moins certains tests nous permettront de le confirmer… ou non. Mais je vous en dirai plus pendant notre voyage.

— Ah ! Je peux au moins vous demander où on va ?

Il a répondu avec le plus grand sérieux :

— L'information est classée Secret-Défense. Si vous la découvriez avant de faire officiellement partie de mon escouade, le Brigadier de Fer serait obligé de vous supprimer séance tenante !

3
LE FANTÔME DANS LA MACHINE

JE PENSAIS AVOIR AFFAIRE À DEUX CINGLÉS.

Le Brigadier de Fer ! Et pourquoi pas le Sergent de Pierre…

Mais je n'étais pas au bout de mes surprises.

Nous avons remonté le réseau de tranchées sous la caresse brûlante du soleil, dans un silence oppressant, suivis d'un œil amorphe par les centaines de combattants affalés tout du long.

Le capitaine aux multiples décorations avançait à grandes enjambées, imposant la cadence. Si j'avais ralenti ou fait mine de changer de direction, le colosse chauve qui me talonnait m'aurait illico remis dans le droit chemin, c'était plus que certain !

L'uniforme du Brigadier m'intriguait. Il ne portait aucun insigne de régiment ou de bataillon, rien qui aurait permis d'identifier son appartenance à un corps d'armée. Teint d'un même bleu horizon que le mien, il ne semblait pas taillé dans une toile aussi grossière mais dans un drap plus fin. Surtout, il mettait en valeur la plastique d'athlète du bonhomme en soulignant les courbes d'une musculature développée à outrance.

Ce gars était donc un adepte de la gymnastique, certainement aussi haltérophile, mais encore ? Je le devinais plus âgé que moi, approchant la trentaine – un de ces briscards mobilisés dans les premières années du conflit et qui devenaient de plus en plus rares…

— Nous y sommes, grenadier Valmont. Permission de monter à bord !

Brusquement tiré de mes pensées, je contemplais avec stupéfaction le monstre d'acier devant lequel nous étions arrêtés. J'avais déjà vu des chars en action aux actualités cinématographiques, ou même défiler sur les Champs-Élysées avant de rejoindre l'un des fronts où ils faisaient soi-disant merveille. Mais aucun des engins ainsi présentés à la population ne pouvait rivaliser avec celui-là.

Son envergure, gigantesque, était celle de plusieurs locomotives. Monté sur deux larges paires de chenilles mobiles, indépendantes (l'une à l'avant, l'autre à l'arrière), il se rehaussait d'une demi-douzaine de tourelles bardées d'épais rivets, d'où dépassaient les canons d'un assortiment d'obusiers et de mitrailleuses. Une vraie forteresse ambulante !

Le capitaine m'a invité d'un geste à le précéder par l'ouverture pratiquée sur le flanc – lui a été obligé de se courber pour entrer sans se cogner le front.

L'intérieur du navire terrestre (l'image m'a paru sensée) sentait la graisse chauffée, l'huile et la transpiration. Des ampoules jaunes et rouges y chassaient l'ombre, révélant une forêt de leviers, manettes et volants crantés autour de cadrans dont les aiguilles indiquaient toutes sortes de données chiffrées. J'ai presque eu le tournis à tenter de décrypter autant d'informations…

Quelque chose m'a frôlé la joue, comme un souffle de vent frais, et j'ai sursauté, déclenchant l'hilarité du Brigadier.

— Ne soyez pas si nerveux, Valmont, m'a tancé le capitaine en refermant derrière nous la porte d'acier avant de la verrouiller.

Mais il paraissait amusé par ma réaction. J'ai jeté des coups d'œil dans toutes les directions. Il n'y avait aucune cachette possible. L'espace disponible était occupé par des machines et plusieurs sièges pivotants, rivés au sol de métal.

Un bref rire argentin a résonné tout près de mon oreille droite. Il n'y avait pourtant personne en vue de ce côté-là !

Je commençais à perdre patience.

— Allez-vous m'expliquer, à la fin ? Ce n'était pas le fruit de mon imagination, j'en suis certain !

— En effet, a confirmé le capitaine. Inutile de vous énerver, Valmont. Attendez un peu…

Il a sorti une paire de lorgnons d'une poche de sa vareuse et se l'est pincée sur l'arête du nez (la place n'y manquait pas !). À la différence des binocles de l'Instituteur, ceux-ci avaient des verres colorés dans une nuance de pourpre quasi sanguin. Je n'ai pas eu le temps de lui demander à quoi cela rimait et s'il se payait ma tête. Il a promené son regard autour de lui avant de l'arrêter juste entre le Brigadier et moi, où il n'y avait pourtant rien à voir, et de s'exclamer :

— Veuillez cesser vos facéties, Mademoiselle Spectrale ! Est-ce une façon d'accueillir ce garçon ? Ayez, je vous prie, la correction de lui apparaître sous une forme plus tangible.

Avait-il perdu l'esprit ? À qui croyait-il s'adresser sur ce ton de bon papa chiffonné ?

J'ai tressailli quand une voix fluette s'est élevée à mon côté :

— Quel rabat-joie vous faites, Charles… Si on ne peut plus s'amuser…

Et sous mes yeux sûrement exorbités s'est peu à peu dessinée la très menue silhouette d'une jeune fille tout de blanc vêtue. À l'instar de celle du Brigadier, sa tenue lui collait au corps, mettant pour ce qui la concernait en valeur des formes autrement suggestives.

— Ne me zieutez pas comme un nigaud, m'a-t-elle ri au nez. Non mais, on dirait que vous avez vu un fantôme !

J'ai bredouillé de vagues excuses, et puis j'ai demandé :

— Comment vous y êtes-vous prise pour réaliser un tour pareil ?

— Oh, parce que vous croyez à la magie ? Au risque de vous décevoir, je crains qu'elle n'existe pas. Ou alors pas telle que vous l'imaginez…

— Je me chargerai de fournir les explications requises en temps voulu, l'a interrompue le capitaine – Charles, donc. Pour le moment, chacun à son poste. Démarrons le Léviathan et mettons le cap sur Belgrade avant la reprise des bombardements.

D'autorité, il m'a assigné un des sièges libres.

— Asseyez-vous là, attachez votre ceinture et surtout ne touchez à rien, Valmont.

Voilà au moins un ordre auquel j'ai pu obéir sans difficulté. J'étais toujours complètement désorienté par ce à quoi je venais d'assister. J'ai donc observé le Brigadier de Fer, Mademoiselle Spectrale et leur officier supérieur tandis qu'ils manipulaient les commandes du Léviathan. Celui-ci n'a guère tardé à faire entendre le grondement de son moteur et s'est mis à vibrer de toute sa structure, comme si, ayant soudain pris vie, il cherchait à s'ébrouer pour se débarrasser de ses parasites humains.

Cependant le curieux équipage me réservait encore une surprise, et non des moindres. Les aiguilles s'affolaient sous le verre des cadrans de chaque compteur. Soudain une langue de papier a jailli d'une fente dans une machine qui ressemblait à une caisse enregistreuse de grand magasin, comme j'avais pu en voir au Bon Marché ou aux Galeries Lafayette. Mais le ruban était noirci de caractères d'imprimerie et Charles s'en est emparé promptement. Il a parcouru le texte, a souri brièvement, puis m'a lancé assez fort pour couvrir le vrombissement :

— Il vous souhaite la bienvenue et espère que vous n'aurez pas à souffrir de trop de désagréments durant votre séjour à son bord.

— Qui ça, mon capitaine ? Vous cachez un autre spectre ?

— En quelque sorte : l'esprit du Léviathan.

— Quoi ? Vous voulez me faire croire que ce char a un cerveau et qu'il est capable d'exprimer ses pensées ?

— Ne le traite pas de char d'assaut, fiston, m'a renvoyé le Brigadier, dont j'entendais la voix pour la première fois, grave et bourrue comme je m'y attendais. Tu vas nous le vexer ! Lévi a sa sensibilité.

— Nous parlons plutôt d'une programmation tatillonne, a corrigé Mademoiselle Spectrale d'un ton espiègle. Mais Émile n'a pas tort. Prenez garde à vos propos, monsieur Valmont.

Elle a ri puis s'est reconcentrée sur sa tâche – elle avait l'œil collé à l'opercule d'une espèce de périscope (les illustrations du *Vingt mille lieues sous les mers* de Jules Verne me sont revenues à la mémoire, aussi nettes qu'à leur découverte une douzaine d'années plus tôt dans la bibliothèque paternelle, chargée en éditions originales Hetzel).

Un véhicule géant intelligent *et* susceptible…

Il ne manquait plus que ça ! Et quoi, ensuite ? Quand allaient apparaître le Chapelier fou, le dodo ou la cruelle Reine de Cœur ?

Surtout, qu'est-ce que je foutais là ? Qu'est-ce qui me valait ce traitement de faveur ?

Comme s'il avait pu lire dans mes propres pensées (cela ne m'aurait plus étonné au point où j'en étais !), le capitaine a alors penché sa longue carcasse dans ma direction et déclaré :

— Il est temps que vous et moi ayons une sérieuse discussion, grenadier Valmont. Mais la salle de contrôle ne s'y prête guère. Si nous passions plutôt au petit salon ?

4
UN NOUVEAU NOM DE BAPTÊME

Le capitaine a tiré sur un levier avant que j'aie pu répondre à sa question – purement rhétorique, donc. Nos sièges se sont soulevés, comme aspirés par le plafond, où venait de s'ouvrir une trappe. Quelques instants plus tard, éberlué, je me suis retrouvé assis près d'un guéridon au milieu d'une petite pièce aveugle, lambrissée et tapissée avec un goût exquis. Une étagère supportait un assortiment de flacons et de bouteilles remplies d'alcools et de liqueurs. Ici, le grondement du moteur était étouffé par une excellente isolation. Plus besoin de hausser la voix pour se faire comprendre.

— Que désirez-vous boire, grenadier Valmont ? a demandé le grand Charles. Pour ma part, j'ai un faible pour la fine Napoléon.

Il lui a suffi de tendre le bras pour agripper le goulot de Courvoisier. J'ai décliné le cognac, je n'avais aucune envie de m'embrouiller les idées. Je n'étais pas aussi gros buveur que la plupart des autres soldats, le picrate délayé suffisait à me faire tourner la tête. Le capitaine a fait la moue et lâché du bout des lèvres :

— J'apprécie la sobriété, mais je pense que vous feriez mieux d'ingurgiter quelque chose de corsé. Ça vous aidera à assimiler mes révélations.

D'autorité, il m'a servi un verre de whiskey tourbé.

— Un cadeau de mon homologue anglais, le Premier Lord de l'Amirauté, a-t-il précisé. Churchill dirige lui aussi une escouade de combattants très particuliers, qu'il engage dans des opérations secrètes pour le compte du gouvernement britannique… Allons, cul sec, Valmont !

Lui-même a sifflé d'un trait sa fine, sûrement pour montrer l'exemple. Je l'ai imité en réprimant une grimace quand le liquide ambré m'a récuré le gosier.

— Des opérations secrètes ? ai-je bêtement répété. Pour notre gouvernement, alors…

— Les présidents de la République comme du Conseil ne sont pas au courant de mes activités. Pas plus que le roi George outre-Manche, Poincaré et Clemenceau n'ont aucun intérêt à s'impliquer dans le genre d'actions qui sont les nôtres, à Churchill et moi. Je prends mes ordres directement au plus haut sommet de l'état-major.

Il m'a fallu quelques secondes pour traduire :

— Vous voulez dire le Maréchal ?

— Lui-même. Et personne d'autre. Il m'a nommé à la tête de cette escouade et donné carte blanche, sans limites de moyens, pour parvenir à mes fins.

— Et quelles sont-elles, si je peux me permettre de vous le demander, mon capitaine ?

Il a soulevé un sourcil en signe d'étonnement.

— Mettre un terme à cette guerre, Valmont, évidemment !

Évidemment… Ça tombait sous le sens… En admettant que nous ne nous enlisions pas depuis dix ans dans une succession de combats aussi meurtriers que vains. Les différents fronts étaient figés, aucune armée ne gagnait plus de terrain (la désastreuse offensive de la veille le prouvait bien). Un temps, le possible engagement des États-Unis dans le conflit nous avait redonné quelque espoir, mais le président Wilson était vite revenu sur sa décision quand une épidémie de grippe terriblement dévastatrice avait commencé de décimer les populations d'une côte à l'autre du territoire américain, imposant un blocus absolu afin d'éviter la propagation du virus dans le reste du monde. Depuis, sur notre vieux continent, aux frontières des deux grandes nations belligérantes, entre les Vosges et la Forêt-Noire, s'étendait une bande de terre à jamais dévastée et polluée par un nuage de gaz mortel qui y interdisait toute activité humaine. Strasbourg était une ville morte, toute l'Alsace avec elle. L'Europe se vidait irrémédiablement de son sang neuf – j'appartenais à l'une des dernières classes encore mobilisables…

Bref. Personne ne croyait voir la fin de ce jeu de massacre d'une ampleur inédite dans l'Histoire. Qu'est-ce qui motivait Charles à assurer le contraire ? En quoi son Léviathan, Mademoiselle Spectrale et le Brigadier de Fer étaient-ils en mesure de nous rapprocher d'une impossible paix ?

Et moi, là-dedans ? À quoi est-ce que je pouvais bien servir ?

J'avais dû marmonner ces dernières interrogations de façon assez intelligible car le capitaine a aussitôt réagi :

— Vous serez peut-être un atout précieux dans le processus qui conduira à l'armistice, grenadier Valmont. Mais avant même de nous en assurer, il convient de vous rebaptiser. Tous les membres de l'escouade ont reçu un nouveau nom qui correspond à leur talent particulier.

— Je ne pige toujours pas ce que vous me trouvez de spécial… Je ne possède aucun don…

En prononçant ces mots, j'avais conscience de ne pas me montrer des plus honnêtes. J'étais capable d'émettre une lueur bleutée, mais en quoi cela s'avérait-il un atout susceptible de précipiter l'achèvement du conflit ?

— Pas de fausse modestie, mon garçon. Vous n'en êtes pas encore conscient, mais vous êtes différent du commun. Et je vais vous le prouver sur le champ !

Charles avait avancé la main vers un tiroir, sous l'étagère à boissons. Il en a retiré un revolver d'ordonnance et pointé le canon droit sur mon front.

— Qu'est-ce que…

Je n'ai pas eu le temps de protester davantage. Le capitaine a relevé le chien – CLIC – et appuyé sur la queue de détente – BANG !!!

Mes sphincters se sont violemment contractés. J'ai craint de m'être souillé, mais ce n'était pas le plus important : cet incroyable escogriffe avait tenté de m'abattre sans autre forme de procès et il avait très heureusement pour moi échoué !

Pour une raison qui m'échappait, son arme avait tout bonnement explosé. De la fumée s'échappait du canon dont l'embout ressemblait à présent à la corolle d'une fleur épanouie au printemps. Je n'avais jamais entendu dire qu'une chose pareille était possible. Et le capitaine non plus à en juger par son expression.

— Ce revolver était dans un parfait état de fonctionnement, m'a-t-il garanti alors que je reprenais peu à peu et mon souffle et une certaine contenance. J'y avais veillé personnellement juste avant de vous rencontrer. Je l'ai nettoyé, graissé et testé. Rien, vous entendez, Valmont, absolument rien n'aurait dû s'opposer à ce qu'une balle vous perce le crâne et réduise votre cervelle en bouillie.

Charmante description ! J'étais sur le point de lui gueuler une ribambelle de noms d'oiseaux afin de lui faire connaître le fond de ma pensée, quand je me suis aperçu que la lueur était réapparue. Mes mains, crispées aux accoudoirs de mon siège, brillaient comme dans le fond de la trouée. Le capitaine l'avait remarqué – difficile de faire autrement. Tandis que l'effet se dissipait, il a repris d'une voix apaisée :

— Aucun don, vraiment, grenadier ? Alors comment appelez-vous *ça* ? Pour moi, l'affaire est entendue et il convient désormais d'oublier Jean Valmont. À compter d'aujourd'hui on vous connaîtra sous le nom de Trompe-la-Mort.

J'ai laissé filer un silence, le temps de digérer la nouvelle. Le pseudonyme était ridicule, mais finalement pas moins que la situation dans laquelle je me trouvais plongé à mon corps défendant.

Trompe-la-Mort, pourquoi pas, après tout, si cette grande perche de 'pitaine y tenait ! Une part de moi-même le prenait encore pour un dément, malgré l'aspect spectaculaire de sa démonstration. Mais je restais quand même incapable d'expliquer l'origine de la lueur bleutée. Je supposais qu'un spécialiste de la faculté de médecine saurait poser un diagnostic sur le phénomène. On essaie de se rassurer comme on peut quand on est confronté à l'incroyable !

— À présent que nous avons réglé la question de votre désignation, a repris mon interlocuteur sur le ton pontifiant qu'il affectionnait tant, il nous faut aborder celle de vos antécédents.

J'ai étouffé un bâillement avant de demander :

— Vous parlez de mes parents ? Qu'ont-ils à voir dans cette affaire ?

— Pour votre famille comme pour vos relations amicales ou amoureuses d'avant cette journée, Jean Valmont ne doit plus exister. Un courrier annonçant son décès officiel sera expédié dans les meilleurs délais. Je prendrai soin d'y faire paraître une citation pour acte de bravoure durant l'assaut. Cela console toujours un peu une mère, un père, d'apprendre que leur enfant est tombé en héros…

— Minute ! me suis-je exclamé sans l'intensité que j'aurais pourtant souhaité mettre dans cette interruption.

Je me sentais de plus en plus mou et fatigué. J'ai dû me concentrer pour enchaîner de façon audible :

— Vous allez me faire passer pour mort ? C'est du délire…

J'étais estomaqué. Le capitaine ne s'est pas démonté.

— De cette façon, le secret sera maintenu sur l'existence de mon escouade. Aucun parent, aucune petite amie ne risquera de vous tirer les vers du nez.

J'ai aussitôt songé à Séraphine et à la lettre que j'avais rédigée pour elle, dans laquelle je lui rappelais tout mon amour ainsi que mon désir de la retrouver au plus tôt. Je n'avais pas cédé entièrement aux injonctions morbides de l'Instituteur. Si je n'avais rien caché de mon appréhension à propos de l'assaut (à supposer que la censure ne biffe pas ce passage), j'étais en revanche demeuré optimiste au point d'assurer à ma fiancée que je ferais tout pour lui revenir, si possible en un seul morceau. Et je comptais bien tenir cette promesse, n'en déplaise au capitaine !

J'aurais voulu faire connaître à ce dernier le fond de ma pensée, mais un nouveau bâillement m'en a empêché. Mes paupières avaient du mal à ne pas s'abaisser, je me sentais de plus en plus dériver vers le pays de Morphée. Rassemblant ma dernière énergie, j'ai balbutié :

— Vous m'avez… drogué, pas vrai ?

Je n'avais plus la force de pointer l'index sur le guéridon où reposait mon verre de whiskey.

— Juste de quoi faire un bon somme pendant notre voyage. Considérez cela comme une mesure de précaution, pour le cas où il vous viendrait l'idée de nous fausser compagnie. Une fois à destination, vous vous réveillerez en pleine forme. Nous reprendrons alors cette conversation et je vous exposerai les termes de votre première mission…

Je me suis effondré dans le fond de mon siège avec aux lèvres un nom d'oiseau qui n'avait rien de flatteur pour ce fichu grand serin !

5
UN NÉANT DE BRUMES MORTELLES

Je crois avoir rêvé de Séraphine, mais je n'en suis pas certain. En tout cas, au réveil, j'avais tirebouchonné les draps et resserré mon étreinte autour du traversin comme s'il s'était agi d'un corps aimé…

Il m'a fallu un temps avant de réaliser que ce lit n'était pas le mien, ni celui du petit hôtel où nous avions nos habitudes avec ma fiancée. Et que j'ouvrais les yeux sur un décor de chambre inconnue, toute de sombres boiseries et de tapisseries représentant des scènes de chasse à l'ancienne, avec des cavaliers armés de piques et portant même l'armure !

Un meuble de toilette supportant une cuvette et un broc complétait l'installation, ainsi qu'un coffre massif disposé au pied du lit. Dans ce dernier j'ai trouvé des vêtements à enfiler par-dessus mon caleçon long. Mon uniforme de poilu avait disparu. À la place j'ai passé une combinaison bleu horizon taillée dans une étoffe légère mais d'une grande solidité, qui m'habillait du cou jusqu'aux chevilles et se fermait en travers de la poitrine grâce à une double rangée d'astucieux boutons-pression. Au lieu de mes godillots, eux aussi envolés, j'ai trouvé une paire de fins souliers en cuir souple à hauts lacets. La pointure correspondait, ce qui ne m'a pas étonné – le capitaine possédait mon dossier complet.

J'ai chassé les derniers miasmes du sommeil en plongeant la tête dans la cuvette emplie d'eau tiède. Puis je me suis dirigé vers l'unique fenêtre, ouverte en face du lit, pour tenter de découvrir où j'étais. Le verre épais des carreaux filtrait une blême clarté aux reflets vaguement verdâtres, comme une lumière malsaine. J'ai constaté avec surprise qu'il n'y avait pas de poignée, qu'ouvrir n'était donc pas une option possible.

J'ai alors collé les yeux à la vitre. Ce que j'ai aperçu m'a provoqué un frisson tout du long de l'échine. Ma fenêtre surplombait une mer d'ouate vaporeuse teintée de taches jaune et vert, qui s'étirait à perte de vue. J'ai aussitôt identifié ce vaste néant brumeux pour ce qu'il était, à savoir la couche de gaz mortels pesant en permanence sur le *no man's land* alsacien, et j'ai reculé d'un bond, d'instinct.

Un éclat de rire clair a résonné derrière moi.

— Tu ne crains rien, benêt ! Le château s'élève au-dessus de la soupe de pois toxique. Elle ne grimpe pas jusque-là.

J'ai alors eu une pensée inadaptée aux circonstances : depuis quand Mademoiselle Spectrale m'observait-elle sans se faire voir ? Heureusement que je n'avais pas dormi entièrement nu !

— Le déjeuner sera bientôt servi dans la salle de banquet, m'informa-t-elle. Je vais te servir de guide.

— Ce sera plus facile de te suivre si tu daignes te montrer, ai-je rétorqué en adoptant moi aussi le tutoiement et avec sans doute un peu plus de rudesse que je ne l'aurais souhaité.

La jeune femme ne s'en est pas formalisée. Pour preuve, sa silhouette immaculée a pris forme peu à peu devant la porte toujours fermée. J'ai soudain réalisé ce que ça signifiait.

— Tu es capable de traverser les murs ! me suis-je exclamé.

— Les cloisons peu épaisses, les huis et les battants, mais pas les murailles de grès ou de toute autre pierre, ni les parois de métal trop dense. En dépit de mon surnom, je ne suis pas un fantôme...

Elle a marqué une pause avant d'ajouter dans un souffle :

— Pas encore du moins...

Puis elle a ri de nouveau et m'a pris par la main. Le contact de sa paume était étonnement soyeux.

— Viens, ne faisons pas attendre le Brigadier et le Grand-Duc.

— Qui ça ?

— Émile et Charles, mais au château personne n'emploie sa véritable identité. Tu finiras toi aussi par t'y habituer, Trompe-la-Mort !

★

Nous avons dévalé des volées de marches d'escalier taillées dans le grès rose, parcouru des corridors ornés de tentures moyenâgeuses, franchi des portes sculptées de toutes sortes de créatures et contemplé, au passage, de nombreuses peintures murales d'inspiration tout aussi médiévale.

Cependant je n'étais pas dupe de l'authenticité de ce décor. Je n'ignorais pas que ce château n'existait sous cette forme que depuis quelques années seulement.

L'histoire récente du Haut-Koenigsbourg ne m'était en effet pas inconnue. Comme beaucoup d'étudiants ou de curieux, j'en avais suivi l'évolution dans les gazettes et les revues qui s'étaient intéressées à sa destinée après l'empoisonnement de l'Alsace et la migration de ses habitants (ceux qui avaient réchappé au gazage intensif, du moins !), dans la septième année du conflit, au printemps 1921.

La forteresse originelle avait été détruite pendant la guerre de Trente Ans, dans le premier tiers du dix-septième siècle. Ruiné, le site avait été ensuite offert en 1899 à Guillaume II par les bourgeois de Sélestat, la ville qui en était devenue propriétaire après la défaite française de 1871. L'empereur Hohenzollern en a alors confié la reconstruction à un célèbre architecte berlinois, un certain Bodo Ebhardt. Et celui-ci a eu l'idée saugrenue de reproduire, plus ou moins fidèlement, l'édifice tel qu'il était censé s'élever au-dessus de la plaine d'Alsace aux alentours de l'an 1500 !

Bodo avait, dit-on, flatté à l'excès le goût teuton pour une vision du passé qui était à l'Histoire ce qu'Offenbach était à l'opéra : quelque chose de chargé en inutiles froufrous et qui ne se prenait guère au sérieux. Voilà donc pourquoi je n'étais pas surpris de découvrir à quoi ressemblait la salle de banquet.

L'aigle impériale y déployait ses ailes au milieu du plafond, situé à une hauteur démesurée. Entre des piliers de grès brut, toutes sortes de fioritures peignaient les murs, à en donner le tournis. Une paire d'énormes lustres circulaires de métal ouvragé tombait de la voûte, décorés de silhouettes animales qui mélangeaient chiens de chasse et gibiers variés.

Sous ces deux derniers s'étendait une immense table de bois ciré, encombrée de victuailles au fumet alléchant. Tourtes et quiches s'y taillaient la part belle. Un énorme plat de choucroute et de salaisons diverses complétait ces agapes, arrosées de vin blanc en carafe. Du point de vue d'un poilu habitué aux rations de singe (l'immonde bœuf en conserve composé de bas-morceaux qui craquaient sous la dent) et au picrate vinaigré, il s'agissait d'un festin de roi !

— Venez vous restaurer, Trompe-la-Mort, vous devez avoir grand-faim.

Celui qui venait de m'interpeller occupait une extrémité de la tablée, face au Brigadier de Fer, qui pour sa part n'interrompit nullement son bâfrement.

Je me suis figé en découvrant l'accoutrement de mon interlocuteur. La voix et le ton un peu hautain appartenaient sans conteste au capitaine de l'escouade – difficile de ne pas reconnaître non plus la forme longiligne de ses membres démesurés. Mais il avait troqué l'uniforme et les décorations pour une combinaison dont les couleurs brun-roux et leur disposition rappelaient un plumage, et portait même une cape découpée en forme d'ailes pour l'instant repliées dans le dos. Hormis le menton et la bouche, tout le reste de son visage disparaissait sous une espèce de compromis entre le heaume et le casque moderne, affectant l'apparence d'une tête de hibou, bec crochu et gros yeux ronds compris, ou plutôt de…

— Grand-Duc, je dois vous appeler comme ça ?

Il a acquiescé, agitant de haut en bas les aigrettes d'acier de chaque côté de son crâne.

— Je vous en saurais gré. Mais prenez place et mangez. Ensuite nous reprendrons notre discussion.

Je me suis exécuté (j'avais très faim, là-dessus le Grand-duc ne se trompait pas) en précisant d'un air narquois :

— Oh, c'est vrai, juste avant que je succombe à l'effet du narcotique versé dans mon whiskey, vous avez évoqué une mission…

— Ne sois pas caustique, fiston, m'a lancé le Brigadier en expédiant une averse de postillons et de fragments de tourte par la même occasion. Nous ne jouons pas, ici. Tout ça est très sérieux.

Je me suis retenu de répliquer que ça sautait aux yeux, avec un officier déguisé en rapace nocturne à la tête de l'escouade. Mais je n'ai pas voulu forcer l'irritabilité du colosse chauve. Déjà qu'il ne semblait pas m'apprécier…

— Trompe-la-Mort vient juste d'arriver, m'a défendu Mademoiselle Spectrale. Arrête de l'asticoter. Il est encore perturbé, rien de plus normal.

Je lui ai souri pour la remercier. Le Brigadier s'est esclaffé.

— J'en connais une qui a le béguin pour la nouvelle recrue, ma parole !

Mademoiselle Spectrale l'a fusillé du regard.

— Allons, allons, cessez les enfantillages, voulez-vous ? est intervenu le Grand-Duc. Je conçois que tout doit vous paraître étrange, a-t-il ajouté à mon intention. Mais c'est effectivement on ne peut plus sérieux. Comme je vous l'ai déjà indiqué, il s'agit d'œuvrer à l'achèvement de la guerre. Nous n'avons jamais été si proches d'y parvenir. Très bientôt, ici même, les délégations allemande et française vont se rencontrer, dans le plus grand secret. Ce qui explique, soit dit en passant, le choix de cet îlot perdu (le Grand-Duc a embrassé la salle et, au-delà, tout le château, d'un geste ample), émergé des vapeurs toxiques du *no man's land*. Pour le moment, je n'ai pas besoin de préciser quels seront les éminents émissaires envoyés par chacun des belligérants. Vous les identifierez aisément. Notre rôle consistera à assurer leur protection durant les négociations des termes de l'armistice. Pour cela, sitôt que vous serez rassasié, j'aimerais que vous vous familiarisiez avec l'environnement. Mademoiselle Spectrale se fera sûrement une joie de vous assister dans cette tâche.

J'ai opiné puis englouti une bouchée de succulente quiche, avec une pensée pour celui ou celle qui s'était activé en cuisine, tout en réfléchissant un tantinet.

— Je ne comprends pas à quoi je pourrai vous être utile, ai-je avoué. Il me semble que le Brigadier et vous-même pouvez sans problème vous acquitter de cette mission… Sans oublier bien sûr Mademoiselle Spectrale… À vous trois vous possédez sûrement le talent nécessaire. Mais moi, je ne vois pas trop comment servir…

Je me suis tu quand l'évidence a fini par me frapper – par-derrière, en traîtresse, comme souvent.

— À moins que vous ne redoutiez quelque fourberie de la part des Allemands, ai-je complété à voix basse, autant pour l'assistance que pour moi-même. Comme par exemple un attentat que vous seriez incapable de déjouer.

— L'ami Fritz est assez sournois pour y songer, a approuvé le Grand-Duc, faisant ainsi écho à la mentalité générale depuis le fond des tranchées jusqu'aux salons feutrés de l'état-major.

— Alors, en ce cas, je suppose que mon propre talent aura de l'importance. Mais encore faudrait-il être certain que mes capacités de tromper la mort s'appliquent à d'autres que moi.

— Nous aurons l'occasion de le vérifier d'ici demain. Le Léviathan est allé quérir notre spécialiste des études scientifiques dans son laboratoire parisien. Ils seront de retour dans quelques heures, à présent. Il sera alors temps de vous soumettre aux tests que je vous ai promis, mon cher Trompe-la-Mort. Et mon petit doigt me dit que le résultat ne devrait nullement nous décevoir !

6
SAUCISSES, MÉLASSE ET SOUPE DE POIS

Les murailles et les remparts de grès rose dominaient un éperon rocheux saillant d'une forêt anémiée, dont le poison répandu dans la vallée avait transformé les grands résineux en de macabres fûts noirs et émaciés, débarrassés de leurs aiguilles, telles de gigantesques allumettes consumées. Le donjon du château et son toit pointu, couvert de zinc verdi, s'élevaient en figure de proue du vaste vaisseau immobile qu'était le Haut-Koenigsbourg. Tout cela correspondait au souvenir que j'avais conservé des photos et croquis reproduits dans les journaux.

En revanche, la plateforme de bois reposant sur des dizaines d'épais poteaux entrecroisés par-dessus les toitures tout du long de l'édifice, sur près d'une cinquantaine de mètres, ne me rappelait absolument rien. Et pour cause, m'expliqua Spectrale après que je lui avais fait part de mon étonnement, puisque sa construction venait tout juste de s'achever.

— Je vois.

En réalité, pas grand-chose, aussi ai-je insisté :

— Je suppose que cette installation n'a pas seulement pour but de protéger le château de la pluie ?

Ma tentative d'humour a eu l'heur d'arracher un sourire à la jeune femme (par compassion sans doute pour ma situation, car ça n'avait rien de drôle !).

— C'est ici que les délégations se poseront, tenta-t-elle de m'éclairer.

Je ne l'étais pourtant pas davantage. Nous venions d'effectuer une promenade dans les cours intérieures et sur les chemins de ronde, comme deux vieux camarades, voire un couple en goguette (je soupçonnais le vin blanc d'être monté à la tête de Mademoiselle Spectrale, quand je m'étais pour ma part gardé d'en abuser, conservant le souvenir du whiskey drogué). Elle m'avait plaisamment décrit chacun des endroits traversés et j'avais fini par comprendre que le Haut-Koenigsbourg lui était familier, car il servait de base arrière autant que de foyer aux membres de l'escouade du Grand-Duc. Tout en m'efforçant d'ignorer la « soupe de pois toxique » qui entourait le rocher et donnait l'impression qu'il perçait les nuées d'un ciel étranger à la Terre, j'essayais de m'imaginer vivre désormais en reclus volontaire entre ses murs de grès.

En vain. Impossible pour moi de concevoir ne plus jamais renouer avec les miens, et d'abord avec celle qui faisait battre mon cœur plus vite chaque fois que je pensais à elle – ma si douce Séraphine…

— Aucun avion ne pourra jamais se poser sur une piste aussi courte, ai-je stupidement remarqué.

— Tu es à l'évidence doué du sens de l'observation, a ironisé Spectrale. Mais je n'ai jamais parlé d'avion.

— Je l'admets. Alors comment les émissaires voyageront-ils ?

Je me suis creusé les méninges pour tâcher de le deviner. À moins qu'il ne puisse s'envoler (je n'écartais toutefois pas cette possibilité), le Léviathan ne me paraissait pas le moyen le plus approprié au transport des huiles chargées de discuter l'armistice entre la France et l'Allemagne. Son étanchéité nous avait certes permis de circuler à travers la brume empoisonnée, comme

Spectrale me l'avait confirmé, mais le lourd véhicule n'allait pas grimper jusque sur cette plateforme surélevée…

— Oh, j'y suis ! Des ballons ! Ils vont utiliser des ballons pour survoler la mer de gaz.

Spectrale m'a gratifié de quelques applaudissements en plus d'un petit rire mutin.

— Mais les ballons sont tributaires des vents, lui ai-je rappelé. Comment être certain de pouvoir arriver jusqu'ici et plus encore de se poser sur un terrain aussi restreint ?

Je pensais aux *drachen* allemands ou bien à nos propres « saucisses » retenues à des filins par-dessus les champs de bataille, utiles à l'observation des mouvements de l'ennemi, ainsi qu'au réglage des tirs de l'artillerie. Ces engins embarquaient un seul aérostier photographe et demeuraient captifs, incapables de franchir par eux-mêmes de longues distances. Voler à leur bord dans le ciel du *no man's land* aurait relevé de la pure folie.

— Ceux des délégations ont été conçus pour y parvenir, tu verras, m'a répondu Mademoiselle Spectrale.

Je n'ai pas insisté. Nous avons achevé notre tour du château par la visite de bâtiments annexes qui faisaient office de réserves, du moulin et de la fontaine reliée à une station de pompage, de la citerne et du puits, avant de rejoindre le corps principal. Celui-ci abritait la salle d'honneur, dite du Kaiser, qui était aussi celle des banquets où nous avions déjeuné, la Chambre Lorraine ornée d'une sculpture de dragon issu du folklore messin – le Graoully ! – et enfin la salle d'armes choisie par le Brigadier de Fer pour ses entraînements.

— Déjà de retour, les amoureux ? nous y a-t-il reçu sans cesser de soulever d'imposants haltères composés de deux grosses boules de fonte avec aussi peu de difficulté que s'il s'était agi d'une simple paire d'édredons. Parole, fiston, tu es un rapide pour ce qui est de la chose ! Ou plutôt un tireur précoce ?

J'ai ignoré l'insulte qui me visait en dessous de la ceinture (peut-être ai-je tout de même rougi) pour ne pas donner prétexte au butor de déclencher une rixe. D'une part, le Grand-Duc nous en aurait sûrement tenu rigueur. D'autre part, le volume des biceps du Brigadier, lorsqu'ils se contractaient pour lever les poids, dépassait celui de ma tête !

L'hercule m'aurait fracassé les os d'une pichenette. Pourquoi diable s'acharnait-il à me provoquer ? Manquait-il à ce point d'adversaires ou d'exercice ? Dans ce cas, j'aurais pu lui conseiller d'aller faire un tour sur une ligne de front, histoire de débrider son agressivité en prenant quelques risques. Mais je me suis abstenu, évidemment.

Au contraire de Mademoiselle Spectrale. Elle s'est mise à vibrer de colère au point que sa silhouette a perdu de sa solidité, virant au flou juste sous nos yeux.

— Ta goujaterie dépasse les bornes, espèce de gougnafier !

Elle a perdu dans le même temps pied et empire sur son talent, et commencé à s'enfoncer dans le plancher. J'ai tenté de la rattraper par le bras alors que ses chevilles avaient déjà disparu. Mais ma poigne ne s'est pas refermée sur une chair ferme, plutôt une espèce de mélasse à travers laquelle ont plongé mes doigts. J'ai ressenti un picotement électrique, pas vraiment une décharge, rien non plus d'agréable, et j'ai rompu le contact.

Le Brigadier a ricané dans sa moustache. Il a soudain abattu une de ses mains armées d'haltère pour crever le parquet avec fracas, ainsi que les poutres de soutènement du niveau inférieur. Des échardes de bois ont fusé tels des shrapnels et je n'ai pu m'empêcher de pousser un cri étranglé. En proie à la panique devant ce coup d'éclat, j'ai diffusé bien malgré moi un halo de lumière bleutée – la clarté exsudait de mes pores comme une sueur vaporeuse.

— Ne la laisse pas te mener par le bout du nez, fiston, m'a conseillé le colosse en récupérant Mademoiselle Spectrale avec agilité.

Lui parvenait à l'agripper sans difficulté, je ne comprenais pas pourquoi. Il l'a reposée avec une surprenante délicatesse à un endroit épargné par sa colère, où elle a pu progressivement recouvrer son intégrité.

Mon nimbe a perdu de son intensité tandis que la vérité s'imposait au sujet de ces deux-là. Ils se comportaient avec trop de passion refoulée pour n'avoir pas été amants, j'en aurais mis ma main au feu. Ce à quoi je venais d'assister n'était rien d'autre qu'une scène de jalousie exacerbée par les manières attentionnées de Mademoiselle Spectrale à mon égard. D'ailleurs je me demandais dans quelle mesure elle ne m'avait pas joué la comédie afin de provoquer l'ire du colosse au crâne nu. Quoi qu'il en fût, je savais maintenant pourquoi il me considérait avec autant d'animosité.

— Sapristi, vous avez donc perdu l'esprit ! s'est écrié le Grand-Duc depuis l'entrée de la salle opposée à celle que nous avions empruntée, Mademoiselle Spectrale et moi, et où il venait d'apparaître.

Le capitaine n'était pas seul. Celle qui l'accompagnait, littéralement pendue à son bras tant était grande entre eux la différence de taille, observait le désastre avec un regard sévère.

— On dirait que j'arrive pile au bon moment, Charles. Ne pouvez-vous donc pas veiller sur nos évolués en mon absence et les empêcher de se comporter comme des enfants capricieux ?

J'ai cligné plusieurs fois des yeux en reconnaissant la femme d'un âge avancé, mais qui se tenait encore droite et dégageait une véritable aura d'autorité. Son portrait s'étalait assez souvent à la une des gazettes pour que je l'identifie sans peine. Il s'agissait d'une véritable célébrité issue de la communauté des gens de science, où les représentantes du sexe prétendu faible faisaient figure de rareté.

Elle s'est avancée jusqu'à moi en me tendant une main ferme.

— Ravie de vous rencontrer, Jean… Ou je devrais plutôt dire Trompe-la-Mort, c'est bien ça ?

J'ai opiné et balbutié :

— Me… Moi de même, madame Curie !

7
COMME UN RAT DANS UN CHAUDRON

Marie Curie m'a entraîné jusqu'au donjon sans me laisser le choix. Depuis que nous avions échangé une ferme poignée de main, elle ne m'avait plus relâché. Pour une femme aux cheveux déjà gris et aux traits amaigris, elle demeurait pleine de vigueur.

Très vite, les remontrances du Grand-Duc, qui houspillait le Brigadier pour sa conduite inacceptable, se sont estompées et nous n'avons plus perçu que l'écho de nos souliers frappant les marches de l'escalier nous conduisant dans les hauteurs de la grande tour carrée.

Nous avons finalement débouché sur une pièce débarrassée de tout mobilier à l'exception d'une espèce d'énorme chaudron retourné, hérissé de rivets et relié par des câbles à divers instruments de mesure nantis de cadrans à aiguille.

Madame Curie a donné plusieurs tours du volant cranté qui refermait une trappe d'accès de forme circulaire, percée d'un hublot de verre épais. Comme beaucoup de Français, j'étais fier de la renommée et du prestige que ses succès dans divers domaines scientifiques avaient attirés sur notre patrie, mais ce n'était pas une raison pour lui obéir aveuglément. Aussi me suis-je récrié quand elle m'a demandé, poliment mais avec fermeté, comme s'il n'y avait rien à discuter, de pénétrer dans la machine.

— Pardon, mais il me semble avoir droit à quelques explications, vous ne croyez pas ?

Elle m'a fixé avec intensité et j'ai craint de l'avoir froissée. Puis elle a soupiré et répondu d'un air subitement las :

— Je suis désolée d'avoir à vous brusquer, jeune homme... Cette guerre interminable est un fardeau sur mes épaules dont je me passerais volontiers. Elle influe sur mon caractère plus que je ne le souhaiterais. J'ai pris l'habitude de commander à mes unités mobiles de chirurgie et de radiologie sur les différents fronts, et donc d'être obéie... Mais vous avez raison, vous méritez de recevoir quelques éclaircissements sur votre situation.

Je l'ai sentie plus fragile qu'elle ne voulait en donner l'impression. J'ignorais alors tout de la terrible maladie qui avait commencé à la ronger de l'intérieur et contre laquelle elle luttait admirablement. Toutefois je percevais de l'humanité sous le masque d'imperturbabilité, bien plus que chez le Grand-Duc, sans comparaison possible.

— À l'instar d'Émile et de Mariette, a-t-elle repris en me dévoilant du coup le prénom officiel de Mademoiselle Spectrale, la guerre vous a irrémédiablement changé... Ou plutôt que la guerre elle-même, qui produit ses effets regrettables sur chacun des soldats engagés au combat, l'émotion la plus primordiale qu'elle a fait rejaillir en vous.

— La peur, ai-je saisi illico.

J'avais encore chevillée au cœur et au corps la sensation de pure terreur associée à l'apparition du halo, quand j'avais été certain de mourir, pendant l'assaut raté au sud de la Serbie.

— La peur, a répété Marie Curie, est certainement la plus ancienne et la plus puissante des passions jamais éprouvées par les humains, ce qui à cet égard les place au même niveau que la plupart des autres animaux. Pendant des millions d'années, nos ancêtres y ont été confrontés jour et nuit, sans répit, quand la mort pouvait surgir à tout moment, sous la forme d'un prédateur ou de façon incompréhensible pour eux, comme par l'infection d'une blessure mal guérie. Ainsi, génération après génération, la peur a-t-elle façonné les circonvolutions de notre cerveau à mesure qu'il devenait de plus en plus performant et que nous-mêmes accédions à toujours plus d'intelligence. Me suivez-vous jusque-là ?

J'ai acquiescé, fasciné par ce que laissaient entrevoir ses révélations, l'encourageant à poursuivre :

— Un cerveau humain soumis à un violent traumatisme est capable de générer d'étonnants mécanismes de défense. Le docteur Freud aurait beaucoup à dire à ce sujet, mais pour ce qui me concerne je ne parle pas simplement d'illusions ou de dénis, de fabrique de faux souvenirs ou de fantasmes. Dans certains cas, très rares, peut-être un individu sur un million ou plus, cette défense se traduit par une perturbation physionomique autant que mentale, avec un impact à la fois sur l'organisme et le psychisme, une altération de la matière ainsi que des lois supposées immuables de la physique… Cette fois, mon ami Albert Einstein serait en mesure de vous exposer plus précisément de quelle façon, mais cela nous entraînerait trop loin… Tout ce qu'il vous faut savoir, c'est que vous êtes maintenant passé à un stade supérieur dans l'évolution du genre humain.

J'étais ébloui, mais pas au point de rester muet.

— Tantôt, à votre arrivée, vous avez désigné le Brigadier et Mademoiselle Spectrale comme des *évolués*.

— Faute d'un terme plus approprié. On pourrait également les qualifier, vous qualifier, de *mutés* si l'expression n'avait pas un double sens par trop administratif ou militaire !

La scientifique m'a adressé un sourire sincère, plein de chaleur, avant de continuer :

— Je sais que vous avez souffert, mais je vais vous prier d'accepter de nouvelles épreuves. Le capitaine de Gaulle vous a déjà exposé les enjeux de votre mission.

J'ai approuvé tout en prenant note du patronyme de mon officier – le Grand-Duc, alias Charles de Gaulle.

— Il pense que nos talents peuvent aider à hâter la fin du conflit.

— Cela vaut en tout cas la peine d'essayer. Il serait égoïste de ne pas mettre au service de la paix ce que la nature a cru bon de vous octroyer et qui vous place désormais au-dessus du lot des mortels.

— Vous croyez donc que je ne peux *vraiment* plus mourir ?

Prononcer ces mots me révélait tout l'extraordinaire d'une telle affirmation.

— Nous allons nous employer à le vérifier. Et à mesurer les limites de cet incroyable talent. Maintenant, si vous daigniez enfin pénétrer dans le caisson... Je vous assure que vous n'y risquerez rien.

Je n'étais pas pleinement convaincu sur ce dernier point. Mais j'ai obtempéré. Je me suis donc faufilé par l'écoutille ouverte sur le ventre rebondi du chaudron renversé. Marie Curie a refermé derrière moi. J'ai eu l'impression d'être fait comme un rat !

Je me retrouvais dans une obscurité presque absolue, obligé de m'accroupir, car en dépit de ma taille modeste il m'était impossible de demeurer debout. J'ai tâtonné pour prendre la mesure du ventre d'acier tout rond qui venait de m'avaler : environ une longueur de bras de rayon.

— Et maintenant ? ai-je demandé, assez fort, en espérant que madame Curie pouvait m'entendre.

Soit ce n'était pas le cas, soit elle ne voulait pas répondre. Un silence oppressant régnait dans le chaudron. Je n'y percevais que le bruit de ma respiration...

Du moins tant que j'ai pu aspirer de l'air. Au bout d'un moment je me suis en effet rendu compte que mes poumons ne se remplissaient plus avec régularité. J'avais beau tenter de les gonfler, rien à faire. J'ai alors réalisé avec horreur que la scientifique cherchait à m'asphyxier !

Quel meilleur moyen de prouver que j'étais devenu immortel ?

J'ai repoussé autant que possible la panique, lutté contre l'envie de tambouriner au hublot et d'appeler à l'aide. J'étais certain que

Marie Curie demeurerait insensible à mon appel. Elle n'avait pas quitté son institut parisien pour refuser de mener son expérience à terme. Et puis je n'avais que trop cédé à mes instincts jusque-là. J'ai donc décidé d'assister en spectateur stoïque à cette mise à l'épreuve de mes capacités.

Une fois poussé mon dernier souffle, je me sentais étrangement léger. Mes mains se sont mises à briller, comme je m'y attendais. Les battements de mon cœur ont commencé à s'espacer, jusqu'à ne plus du tout résonner entre les parois de ma prison. J'ignore combien de temps s'est écoulé, quelques minutes ou bien une heure, car j'avais perdu tout repère. Mais je suis resté dans cet état d'apnée involontaire sans subir aucune gêne, quand bien même le sang avait cessé de circuler dans mes veines et mes artères !

Un mouvement a fini par attirer mon attention, quelque part au niveau de mes talons. Quelque chose s'était introduit dans le chaudron – ou l'avait plutôt été par Marie Curie – et se promenait à présent entre mes pieds. Dirigeant vers le bas la lueur diffusée par mes paumes, j'ai distingué plusieurs dos couverts d'un poil noir et frémi en découvrant la dizaine de rats avec lesquels je partageais désormais cet espace si étroit.

Je ne craignais pas ces rongeurs, nombreux dans les tranchées et même les casernes. Mais de là à apprécier qu'ils grouillent aussi près de moi…

Qui plus est, l'absence d'air risquait de les rendre agressifs à défaut de les tuer. Car force était de constater qu'ils ne paraissaient pas troublés par l'impossibilité de respirer, eux non plus. J'ai pris le temps de les observer. Une fraction du halo bleuté semblait se dégager de sous leur fourrure lissée.

Ainsi l'hypothèse du Grand-Duc se trouvait-elle validée : mon talent exerçait son influence, dans un périmètre restreint du moins, sur d'autres créatures !

Arrivée sans doute à la même conclusion, Marie Curie n'a plus tardé à me délivrer. Dès que le hublot a pivoté, j'ai pris une grande inspiration et regonflé mes poumons avec bonheur. Mon cœur s'est peu à peu remis à battre sur un rythme régulier. Les rats ont filé en couinant par l'ouverture et se sont égaillés dans la pièce, avant de disparaître par des interstices du vieux plancher.

— Bon débarras, a maugréé la scientifique. Je n'ai jamais aimé ces bestioles. Mais je leur sais gré de leur concours.

— Vous auriez pu me prévenir de ce qui allait se passer, ai-je mollement protesté.

— Cela aurait pu compromettre l'expérience. Je tenais à m'assurer que votre don est capable d'agir en dehors de votre volonté propre. Qu'un en sens, on peut le comparer à un réflexe. Il s'est déclenché automatiquement à l'apparition des autres organismes vivants.

Ce constat m'a amené à exprimer un regret :

— Si les copains du bataillon étaient restés collés à mes basques pendant l'attaque où mon talent s'est révélé, auraient-ils évité les balles, eux aussi ?

Marie Curie n'a pas cillé en rétorquant :

— Inutile de vous tourmenter avec ce genre d'interrogation. Personne ne peut y apporter de réponse.

— Difficile de ne pas y songer, tout de même. J'aurais peut-être pu sauver d'autres peaux que la mienne !

— Ce qui fonctionne sur des rats n'est pas forcément reproductible sur l'humain...

— Pour le savoir, l'ai-je interrompue, il faudrait effectuer le même test avec un homme.

— Je vois où vous voulez en venir. Nous en avons discuté avec Charles. Recourir à un prisonnier de guerre, comme il me l'a proposé, ne correspond guère à mon éthique. Je n'utiliserai pas de cobaye humain qui ne soit pas volontaire.

Je n'ai pas fait de commentaire, car j'étais partagé. Je ne haïssais pas l'ennemi, trop souvent réduit à la caricature du boche, mais je n'aurais pas été choqué de soumettre à l'expérimentation quelques-uns de nos détenus, parmi les plus vindicatifs et enragés, comme il s'en trouvait certainement.

— C'est tout à votre honneur, me suis-je contenté de répliquer. Mais alors nous ne connaîtrons pas l'étendue de mon pouvoir.

— Moi, je veux bien me porter volontaire !

Mademoiselle Spectrale avait passé la tête au travers de l'huis. Le reste de sa charmante personne a presque immédiatement suivi.

— Vous êtes sûre ? a demandé Marie Curie.

Elle ne protestait pas, apparemment ravie de cette proposition spontanée. Pour ma part, je l'étais moins. J'en avertis Mariette :

— Tu ne dois pas agir sur un coup de tête.

— Parce que je suis une femme, tu me crois seulement sensible et juste capable de céder à des pulsions ? Va, tu es bien aussi bête qu'Émile, dans le fond !

Je n'ai plus cherché à l'empêcher de gagner l'intérieur du chaudron. Je l'y ai rejointe, un peu honteux – et aussi gêné par la promiscuité qui nous obligeait à nous serrer de très près.

— Je ne voulais pas te blesser, ai-je murmuré.

— Je sais, nigaud. Tais-toi, maintenant, économise ton souffle !

Marie Curie a refermé le hublot. Nous avons patienté, blottis l'un contre l'autre, nos deux peaux séparées seulement par la minceur du tissu de nos combinaisons. Spectrale maintenait admirablement la fermeté de ses chairs. Son contact m'a troublé, est-il encore besoin de le préciser ?

J'ai adressé mes excuses muettes à Séraphine pour les pensées qui me venaient à l'esprit. Ce n'est pas comme si je l'avais trompée en acte, mais ça s'en rapprochait !

Réunis dans une forme harmonieuse de « petite mort », Mademoiselle Spectrale et moi avons brillé du même halo pendant ce qui m'a paru durer une trop courte éternité.

Puis l'expérience – une réussite – s'est terminée. Marie Curie nous a délivrés. La scientifique affichait un sourire radieux (sans mauvais jeu de mots !).

— Allez-vous reposer, mes enfants. Demain, vous aurez besoin de toutes vos forces.

J'étais en effet exténué. Mariette a étouffé un bâillement. Mon talent contagieux était gourmand en énergie. Nous nous sommes séparés avec un geste de tendre maladresse au sortir du donjon. J'ai regagné la chambre qu'on m'avait attribuée, où je me suis effondré en travers de l'édredon sans même prendre la peine de retirer ma combinaison.

J'ai aussitôt sombré dans un sommeil profond. J'ai eu cette fois la chance de rêver à Séraphine, d'abord, puis à Mariette, ensuite ; enfin à toutes les deux réunies...

Mais par souci de discrétion, ou de simple pudeur, je n'en révélerai pas davantage en ces pages !

8

GALONS, KÉPIS ET CASQUES À POINTE

— Bon dieu, il est immense ! me suis-je exclamé en découvrant la silhouette du squale qui naviguait au-dessus de la mer de gaz mortels.

— Ne jurez pas en vain, mon garçon, m'a repris le capitaine de Gaulle à la façon d'un grand-papa réprimandant un de ses rejetons.

Il s'est néanmoins empressé d'ajouter, un sourire en coin plissant le trait de moustache sous le bec de son masque :

— N'empêche que vous avez raison. *La France*, troisième du nom, est actuellement le plus grand engin volant de la nation. N'est-*elle* pas admirable en tous points ?

L'admiration faisait vibrer la voix du Grand-Duc. J'ai pris note de l'emploi appuyé du féminin, destiné à corriger mon erreur d'accord, pour désigner le vaisseau aérien, comme les marins le font avec leurs bateaux. Puis j'ai reporté mon attention sur l'objet de notre discussion.

Je connaissais l'existence des ballons dirigeables, mais je n'en avais encore jamais vu aucun en action. Certains modèles prussiens avaient bombardé la région parisienne dans les premières années de la guerre, sans causer de dégâts importants. Plusieurs s'étaient même écrasés en rase campagne sur le chemin du retour vers l'Allemagne. Aussi personne, dans aucun camp, n'avait jugé utile de développer une arme si lente et qui pouvait servir de cible évidente aux mitrailleurs des avions adverses, d'autant que ces outres obèses étaient gonflées d'hydrogène inflammable – BOUM garanti à la moindre étincelle !

— Un sacré morceau pour sûr, a confirmé le Brigadier de Fer. Le trajet depuis Paris a dû être plus agréable à ces messieurs de l'état-major que s'ils l'avaient effectué dans notre bon vieux Lévi !

Je ne pouvais qu'être d'accord, à considérer les vastes nacelles suspendues sous le ventre de toile tendue à l'extrême. Elles étaient trois, peintes aux couleurs du drapeau national et reliées entre elles par une passerelle couverte. Chacune avait la taille d'une voiture de chemin de fer. Et j'imaginais sans peine qu'à leur bord le confort devait être de qualité *pullman* !

— Préparez-vous à l'atterrissage, a ordonné le Grand-Duc.

Nous nous tenions en bordure de la plateforme installée sur les toits du château. Mademoiselle Spectrale et Marie Curie étaient là, elles aussi. Le soleil lui-même daignait se montrer, illuminant la surface du brouillard toxique de reflets incandescents tout autour du rocher du Haut-Koenigsbourg. Le spectacle avait de quoi ravir mon sens de l'esthétique, si j'oubliais que rien ne survivait, ni plantes ni animaux, dans la plaine d'Alsace comme sur les contreforts du massif des Vosges.

La France a ralenti et achevé sa course sur son erre, une fois les pales de ses hélices immobilisées. Son ombre gigantesque s'est coulée jusqu'à nous, précédant de peu le vaisseau, tandis que l'équipage lançait par-dessus bord plusieurs longueurs de cordage. Le Brigadier s'est précipité pour attraper les filins entre ses grosses pognes. Il les a rassemblés et noués autour de ses avant-bras, puis il a halé le dirigeable jusqu'au niveau de la plateforme en deux temps, trois mouvements, à la force du biceps. La nacelle de tête a fini par racler le plancher à moins d'une dizaine de mètres de l'endroit où nous patientions.

Une fois le vaisseau immobilisé et solidement amarré à plusieurs piquets, ses illustres passagers en sont descendus un par un, magnifiques dans leurs tenues d'apparat pour les militaires, plus austères dans leurs costumes noirs et gris pour les civils qui les accompagnaient. Le maréchal Foch, commandant suprême des forces alliées, était flanqué du général Pétain, la moustache abondante virant du blond au blanc. Tous deux portaient le képi, brodé de fil doré, ainsi que des vareuses alourdies de médailles et de décorations si nombreuses qu'elles en effaçaient presque le bleu horizon des étoffes taillées sur mesure. Manches et épaulettes étaient cousues de galons à ne plus savoir qu'en faire. À eux deux, ils auraient pu distribuer de quoi récompenser l'ensemble des héros remarqués en dix années de guerre !

Ils se sont avancés droit sur le Grand-Duc, figé dans un impeccable garde-à-vous.

— Repos, capitaine… détendez-vous, si vous le pouvez, a commandé Pétain avec comme un zeste de malice dans la voix, en tout cas quelque chose qui témoignait d'une sorte de complicité avec de Gaulle.

Ce dernier a eu un mal de chien à se déraidir tant il s'était tendu de la pointe des orteils jusqu'au cou à l'apparition de ses supérieurs. Le Brigadier, Mademoiselle Spectrale et Marie Curie se sont pour leur part contentés d'un geste moins protocolaire. Quant à moi, je ne savais pas trop quoi faire. J'étais officiellement tombé au champ d'honneur, mais en théorie incorporé à l'escouade secrète du capitaine, donc soumis à l'autorité des grands chefs. Dans le doute, j'ai esquissé un vague salut, que personne ne m'a d'ailleurs renvoyé. Peu importait, dans la mesure où je n'étais guère féru de discipline militaire !

Le général Weygand, chef d'état-major, talonnait Foch et Pétain. Deux secrétaires, messieurs Deledicq et Grandchamp, complétaient la délégation française. Venaient à leur suite les représentants de la couronne britannique : l'amiral Wemyss et l'adjoint de Winston Churchill, le contre-amiral Hope. Enfin, le commandant de *La France* se joignit à l'équipe, dans son grand manteau de cuir doublé de fourrure qui lui conférait une fort belle allure. Le comte Jean du Plessis de Grenédan avait un nom aussi impressionnant qu'il se montrait simple et sans affectation, bien qu'il pût se vanter d'exploits aériens en tant qu'ancien pilote de coucous moins imposants que son navire actuel, comme je l'appris par la suite.

Tout ce petit monde s'est réuni à l'abri de l'auvent que nous avions dressé, le Brigadier et moi, un peu plus tôt en matinée. Des fauteuils pliants ont accueilli les prestigieux fessiers de ces messieurs tandis que nous sommes restés debout, plantés à leurs côtés. Toutefois l'honnêteté me pousse à préciser que madame Curie a eu droit à un traitement de faveur, eu égard à sa célébrité, puisqu'on l'a invitée à prendre place entre Foch et Pétain, visiblement ravis de cette proximité.

Nous n'avions plus qu'à attendre l'arrivée des autres « visiteurs » du Haut-Koenigsbourg. Pour cela, nous avons guetté en direction de l'est et de la Forêt-Noire, dont les sombres reliefs se devinaient au-delà de la purée de pois toxique. Cela n'a pas été très long. Quelques minutes après que nous avions épuisé le charme des mondanités, le ballon dirigeable des Allemands s'est profilé sous le couvert des nuées de coton qui emplissaient le ciel au-dessus de leur *Vaterland*.

Si j'avais été – et pour cause – impressionné par *La France*, il m'a bientôt fallu me rendre à l'évidence : en comparaison, le vaisseau germanique était un ogre, un authentique Titan !

— Toujours ponctuels, a commenté Pétain en consultant la montre qu'il portait au gousset. On ne peut pas leur retirer ça.

À mesure qu'il se rapprochait, beaucoup plus rapidement que ne l'avait fait *La France*, l'appareil ennemi nous révélait le détail de son habillage. L'aigle impériale déployait ses ailes noires sur le fond d'or de sa toile, au côté d'une immatriculation peinte en lettres géantes.

— LZ-114, ai-je lu à haute voix.

— Le dernier modèle sorti des ateliers du comte von Zeppelin, m'a indiqué le Grand-Duc. Mais ne vous laissez pas abuser par le nombre. Nos espions sont formels, l'Empire dispose au mieux d'une vingtaine de ces appareils.

— Et nous ?

— Hum, encore moins… Mais peu importe, ce n'est pas le propos.

Admiratif, Jean du Plessis de Grenédan s'est alors mis à réciter avec une espèce de ferveur poétique :

— Une longueur de 226 mètres, un volume de 68 500 m^3, un diamètre de 24 mètres, une hauteur totale de 28 mètres, un poids de 85 tonnes pour une charge utile de 55, sept moteurs Maybach à essence de 260 chevaux, six hélices propulsives, une vitesse maximale de 80 km/h…

Il a souri, le temps d'une pause, quasiment en extase.

— Un pilote ne peut que rêver de prendre les commandes d'une pareille merveille, a-t-il ajouté. J'envie son capitaine !

Le vrombissement de la mécanique prussienne a peu à peu rendu vaine toute parole. Son ombre nous a entièrement recouverts à son approche. Je n'étais sûrement pas le seul à retenir mon souffle, comprenant l'attitude de Plessis de Grenédan. Le LZ-114 ridiculisait autant *La France* que notre plateforme d'atterrissage. Même le château perché sur son rocher faisait pâle figure au côté de la nouvelle venue (je lui accordais le féminin dans mes pensées sans m'en rendre compte).

Le Brigadier a répété la manœuvre d'arrimage sitôt les câbles largués depuis l'unique nacelle, plus longue que les trois de l'engin français mises bout à bout. Puis il a attiré l'appareil au plus près, jusqu'à ce que sa panse de toile se colle à celle de sa rivale tricolore. Le bec ouvert en grand de l'aigle impériale donnait l'impression de vouloir gober tout cru notre drapeau !

— N'y voyons surtout aucun mauvais présage, a tenté de plaisanter Foch.

Des ricanements forcés ont jailli des gosiers autour de moi.

Mais le Grand-Duc ne riait pas. La mâchoire contractée, les poings serrés, il prenait sur lui pour ravaler l'humiliation imposée par cette démonstration de la supériorité allemande en matière d'aérostat. Marie Curie, elle, demeurait impassible, observant le débarquement des invités avec un détachement tout scientifique.

Sitôt la porte de la nacelle ouverte, les marches d'un escalier métallique se sont dépliées. Le représentant du gouvernement allemand, un certain Matthias Erzberger, est descendu le premier, talonné par une poignée d'officiers supérieurs tout autant décorés que les nôtres mais coiffés de casques à pointe dont les dorures étincelaient sous le feu du soleil.

Le plus spectaculaire nous a été présenté par Pétain comme le *generalmajor* Detlof von Winterfeld, de l'Armée impériale. Il avait le port altier, le menton pointé vers l'avant, une splendide moustache cirée et l'air si arrogant qu'il donnait l'impression d'avoir conquis l'Europe et de venir négocier notre reddition plutôt qu'un armistice.

J'ai eu en l'apercevant un drôle de pressentiment. La tension palpable dans l'air, la solennité du moment, y étaient sans doute pour beaucoup. Mais pas seulement. Un fourmillement dans les avant-bras m'a alerté. J'ai jeté un coup d'œil discret sur mes poignets (j'avais les mains gantées comme tous ceux de l'escouade) : ils brillaient de la lueur bleutée à laquelle je commençais à m'habituer.

Pourquoi mon talent se manifestait-il ? Était-ce encore l'effet de la peur ou de l'appréhension, sa cousine ?

Les membres de la délégation allemande ne se trouvaient plus qu'à une dizaine de pas de notre position, sous l'auvent. J'étais tellement troublé qu'il m'a semblé voir leurs silhouettes faseyer sous le souffle de la brise…

Sauf que je ne rêvais pas tout éveillé. Quelque chose clochait avec ces cocos-là. Et je n'étais pas le seul à l'avoir remarqué. Mademoiselle Spectrale avait usé de son don pour s'effacer à nos regards et se porter en toute discrétion à la rencontre d'Erzberger et de von Winterfeld.

Sa voix a soudain retenti, semant la confusion :

— Ils ne sont pas ce qu'ils paraissent ! C'est une ruse, attention !

Le cri de Mariette a agi comme un signal. Sous nos yeux ébahis, la plupart des membres de la délégation allemande se sont tout bonnement évanouis. Au lieu de ces messieurs, il n'est plus resté devant nous qu'un improbable trio dont l'apparence et les costumes n'avaient rien à envier aux nôtres.

Mais nous n'avons pas eu le temps de les admirer davantage, car ils sont aussitôt passés à l'attaque…

9

LA BATAILLE DU HAUT-KOENIGSBOURG

Lorsque j'évoque aujourd'hui le souvenir de la bataille du Haut-Koenigsbourg, j'ai encore du mal à croire qu'elle a duré seulement une poignée de minutes, à considérer ses effets destructeurs !

Elle a aussi été le tout premier affrontement entre *évolués* français et allemands – hélas pas le dernier…

Mais n'anticipons pas.

Dès que Mariette – Mademoiselle Spectrale – a eu lancé l'alerte, le combat s'est engagé sans que j'en prenne conscience. Tout est en effet allé très vite. Je n'ai d'abord perçu que des images dénuées de sens apparent, comme celles d'un film de cinématographe dont on aurait coupé des scènes au hasard avant de les projeter dans le désordre sur l'écran.

À la place du *Generalmajor* von Winterfeld est apparu une espèce de géant à la toison dorée autant qu'abondante, tous muscles saillants, sanglé dans un harnachement de cuir qui mettait en valeur une anatomie digne des représentations du panthéon grec ou romain. Il brandissait une épée dont la lame atteignait presque ma taille et menaçait de s'abattre sur le pauvre Weygand, tétanisé, au risque de le fendre en deux de la tête aux pieds !

Heureusement pour le chef d'état-major de nos armées, je me trouvais assez proche pour que mon propre talent lui permette d'échapper à l'ultime seconde au sort funeste qui lui était réservé. Comme pour les rats dans le chaudron de madame Curie, l'officier a bénéficié de ma protection indirecte. Au tout dernier moment, l'épée a dévié de sa trajectoire après un faux mouvement de l'assaillant. Elle a crevé le plancher de la plateforme, traversant sans effort une épaisseur de bois d'environ trois paumes. L'imposant guerrier blond a lancé un juron dans la langue de Goethe qui aurait fait rougir le jeune Werther !

Le Brigadier de Fer est alors entré dans la danse. Tête baissée, crâne en avant, il a donné un formidable coup de bélier dans le flanc gauche du géant – j'ai nettement perçu le craquement de plusieurs côtes – l'obligeant à lâcher son épée.

Bien que déséquilibré, le barbare germain n'en a pas paru très affecté pour autant. Il a refermé l'étau de ses bras puissants autour du torse d'Émile et tenté de le soulever, mais le poids conséquent du Brigadier l'en a empêché. S'il donnait l'impression de peser un très honnête quintal, le colosse chauve était en réalité beaucoup plus lourd que ça. Je l'ignorais encore et l'information échappait également à son adversaire, car la surprise se lut sur ses traits de divinité nordique.

Toutefois, il n'était pas disposé à renoncer aussi facilement. Poussant un rugissement à faire se dresser le duvet de ma nuque, il a frappé le plancher de son talon (aussi nu que le reste du pied et de la jambe sous le jupon de cuir qui lui ceignait la taille et cachait ses parties génitales). Une trouée s'est ouverte, engloutissant les deux hommes forts. Ils ont glissé le long de la toiture de cuivre, très pentue, avant de s'écraser en contrebas sur le pavé de la cour intérieure. Où ils se sont relevés sans mal pour reprendre illico le combat avec des cris de fureur !

Mais je n'ai pas pu suivre plus longtemps ce match défiant toute concurrence, pour la bonne raison qu'il m'a fallu concentrer mon attention sur les deux autres belligérants apparus quelques instants plus tôt.

Ils étaient de natures très différentes. Le premier se maintenait à distance prudente ; drôle de petit homme portant lorgnon à pince-nez, il était coiffé d'un chapeau melon et avait passé une cape au revers velouté en travers des épaules.

La seconde apparition était plus étonnante, car elle tournait autour de l'auvent à une vitesse stupéfiante, semant dans son sillage une gerbe d'étincelles crépitantes. Une paire d'ailes de feu se déployaient dans son dos. Mais la couleur de leurs flammes n'était pas celle du soleil. Elles se consumaient avec une ardeur azuréenne, semblable à l'éclat de mon propre halo, quoiqu'avec bien plus d'intensité.

Captivé, je regardais cette jeune femme (je ne pensais pas me tromper en l'affectant d'emblée dans les rangs de l'armée du sexe prétendu faible) effectuer sa ronde folle sans songer au danger. Elle-même, m'a-t-il semblé, me jetait à la dérobée des coups d'œil appuyés. C'était peut-être l'effet de mon imagination malmenée par l'accumulation d'événements extraordinaires, mais j'avais l'impression qu'elle me reconnaissait, bien que nous ne nous soyons jamais rencontrés.

La voix du petit homme au lorgnon s'est alors élevée, tantôt fluette, tantôt grinçante, surtout quand il jappait ses ordres en allemand. Je n'étais pas véritablement bilingue, mais j'avais assez eu l'occasion de me familiariser avec le dialecte d'outre-Rhin pour saisir l'essentiel – il exigeait de cesser de perdre du temps –, et en particulier le nom de la femme ailée…

Blauer Engel, l'a-t-il appelée. Ange Bleu, en bon français. Aurait-on pu lui attribuer meilleur sobriquet ?

Obéissante, elle a ralenti son allure pour finalement se figer face au Grand-Duc, qui s'était interposé entre nos galonnés et la menace ailée. Une flamme bleue a jailli des paumes jointes, comme en prière, de l'Ange. J'ai pensé aussitôt aux images pieuses de mon enfance, qui montraient les armées célestes se heurter à celles de Lucifer, et aux épées de feu des bons archanges.

Le Grand-Duc, pour sa part, était plus pragmatique. Il a vu l'occasion d'une ouverture propice à la fuite des non-combattants.

— Courez vous mettre à l'abri ! s'est-il écrié en repoussant les civils, Deledicq et Grandchamp.

Ceux-ci se sont précipités tout droit en direction de *La France*. Mais l'Ange Bleu les a fauchés d'un revers étincelant et ils sont tous les deux tombés en cendre dans l'instant !

Jean du Pléssis de Grenédan a alors eu le bon réflexe. Empoignant Marie Curie par l'avant-bras, il l'a entraînée vers le sas d'accès à son dirigeable en empruntant un chemin détourné pour éviter l'Ange Bleu, occupée par le Grand-Duc.

Ce dernier avait dégainé le revolver d'ordonnance porté à son ceinturon (un modèle évidemment issu de la Manufacture d'armes de Saint-Étienne). Il en a vidé le barillet avec méthode et précision, visant le cœur de sa cible à une distance si rapprochée que chacune des six balles a touché droit au but, sans aucune contestation possible. Ce qui n'a nullement perturbé la jeune femme nimbée d'un halo de flammes. Elle souriait, énigmatique et dangereusement belle – il m'a semblé que ses lèvres comme ses yeux étaient soulignés d'un trait de maquillage sombre et qu'elle avait les joues poudrées, creusées de fossettes profondes...

— Trompe-la-Mort ! a tonné le Grand-Duc. À la rescousse, au lieu de bayer aux corneilles !

Je me suis repris juste à temps pour éviter au capitaine de passer un fâcheux moment entre les bras de feu de l'Ange Bleu, qui se ruait pour l'étreindre et sûrement le réduire lui aussi à un simple tas de cendres.

D'instinct, j'ai jeté mes deux mains en avant, paumes ouvertes, tandis que le picotement électrisant de mon talent faisait vibrer le réseau de mes nerfs en m'embrasant de l'intérieur. Stoppée nette dans son élan, l'Ange Bleu a paru se heurter à un mur invisible. Elle a poussé un cri de surprise plutôt que de douleur avant de me fixer avec une attention nouvelle et de lâcher dans un murmure :

— *Beeindruckend, mein Hübscher...*

Ce qui pouvait se traduire par : « impressionnant, mon joli-cœur » ; ça ressemblait à un compliment, si l'on exceptait le sourire de prédatrice dévoilant deux rangées de dents d'une éclatante blancheur, teintée d'un vague reflet marin.

— *Kannst du es noch besser machen ?*

Est-ce que je pouvais faire mieux encore ? Telle était la question, en effet, car l'effort consenti m'avait vidé d'une part de mon énergie.

La flamme a réapparu dans les mains de l'Ange Bleu. J'ai compris qu'elle allait me faire subir le même sort qu'aux infortunés secrétaires de nos officiers d'état-major. Trop tard pour fuir ou me dérober.

Au moins mon intervention avait-elle permis au Grand-Duc d'éloigner Foch, Pétain et Weygand. Je n'ai pas voulu fermer les yeux. Le feu étincelant m'a atteint en pleine poitrine. Le temps s'est comme suspendu. J'ai senti trembler chaque atome de mon corps et j'ai poussé un hurlement qui a longuement résonné à mes oreilles – une éternité –, puis tout s'est remis en mouvement autour de moi.

Constatant que j'étais toujours entier et bien vivant, l'Ange Bleu a cessé de sourire. Elle affichait un rictus où le dépit le disputait à l'incompréhension. Le contact de sa flamme électrique m'avait requinqué au point que je débordais de vitalité. Sans savoir ce que je faisais, j'ai esquissé un geste dans sa direction – je demeurais infichu de lui lancer mon poing à la figure, empêché par certains principes de correction m'interdisant de frapper une femme, fût-elle une tueuse dénuée de scrupules !

Elle a battu des ailes avec furie lorsque je l'ai effleurée. Incapable d'interpréter cette réaction, j'ai pensé qu'elle n'avait pas l'habitude d'être touchée. Elle a reculé sans cesser de me défier du regard jusqu'à la position tenue par le petit homme au chapeau melon et au lorgnon. Ce curieux observateur n'était pas intervenu durant notre altercation. Il se tenait en retrait au milieu de la plateforme, dans l'ombre des gigantesques vaisseaux amarrés de chaque côté. Apparemment décidé à sortir de son rôle inactif, il a rejeté les pans de sa cape en arrière dans un geste un peu mélodramatique avant d'agiter des bras courtauds en psalmodiant à voix trop basse pour que je puisse saisir le moindre mot.

Son intervention a eu un effet immédiat. Le Grand-Duc s'est soudain plié en deux, comme cueilli par un direct décoché en plein foie. Il a poussé un râle avant de pivoter à gauche, à droite, sautant d'un pied sur l'autre, pris de frénésie.

— Allez-vous-en ! hurlait-il. Laissez-moi tranquille !

Je ne sais pas à qui il croyait s'adresser, mais une chose est certaine : ceux qu'il était le seul à voir autour de lui l'effrayaient au point que je craignais pour sa raison. Et s'il avait soudain perdu l'esprit ?

L'Ange Bleu a profité de l'occasion pour fondre sur le trio d'officiers abandonnés par leur protecteur. J'ai frémi à l'idée que Foch, Pétain et Weygand ne soient rendus à la poussière dans la seconde. Mais ce n'était pas le plan ourdi par nos assaillants. Suivant les indications du petit homme, l'Ange a forcé les galonnés à s'engouffrer dans la nacelle du LZ-114 à grand renfort d'étincelles dirigées sur leurs arrière-trains.

Un rapt de notre état-major, voilà de quoi il s'agissait. Et je ne pouvais rien faire pour m'y opposer. Mon talent ne m'était d'aucune utilité car ma vie ne se trouvait pas en danger. Le Grand-Duc affrontait toujours ses démons invisibles, le Brigadier avait été attiré par le guerrier blond dans quelque piège éloigné et Mademoiselle Spectrale n'était pas reparue depuis qu'elle nous avait alerté de la duplicité des Allemands…

Pour un fiasco, c'en était un de taille !

L'escouade particulière du capitaine de Gaulle venait de prouver son incapacité à assurer la sécurité des émissaires du gouvernement Clemenceau et des huiles de notre armée.

Pour couronner le tout, la plateforme a commencé à tanguer sous mes pieds. J'ai perçu le fracas d'un écroulement pareil à celui d'une avalanche de caillasse. Un des murs du château venait de céder sous les coups qu'échangeaient le barbare bardé de cuir et le Brigadier. Combien de temps encore avant que les plus épais remparts ne s'effondrent à leur tour ?

Il fallait fuir sans délai. J'ai interpellé le capitaine :

— Grand-Duc ! Ressaisissez-vous, de grâce !

Il a interrompu sa danse de Saint-Guy au son de ma voix. J'avais brisé le charme qui l'ensorcelait, mais je n'en étais pas plus soulagé pour autant.

— Valmont, c'est vous ? Je veux dire, Trompe-la-Mort…

— En personne. Ravi que vous soyez de retour. On doit se carapater tant que le Haut-Koenigsbourg tient encore debout. Aidez-moi à défaire les amarres de *La France* !

Nous nous sommes escrimés avec tant d'acharnement sur les filins noués par le Brigadier qu'ils ont fini par céder, l'un après l'autre. La plateforme était à présent agitée de soubresauts. Le donjon du château vacillait sur ses bases. L'écho des coups portés par les colosses devait résonner dans toute la vallée d'Alsace à travers la purée de pois toxique sans que personne ne les entende. Personne ne verrait non plus crouler l'édifice de grès rose qui veillait sur la mer de brouillard si nous ne nous hâtions pas de rejoindre la nacelle du dirigeable tricolore.

Nous étions sur le point de grimper à bord quand un rugissement digne d'un dragon a capté toute notre attention. Des flammes (bien orangées, celles-là !) sortaient des fenêtres du donjon et en léchaient la toiture en pointe. Un incendie s'était donc déclaré, déclenché par l'ennemi ou bien par accident, peu importait car le résultat était le même : le château du Haut-Koenigsbourg serait bientôt à nouveau de l'histoire ancienne !

10
EST-CE UN OISEAU, EST-CE UN AVION ?

— DÉPÊCHEZ-VOUS D'EMBARQUER avant que le feu n'atteigne la plateforme ! a lancé Jean du Plessis de Grenédan depuis le poste de pilotage de *La France*. Sinon la toile va s'embraser et le gaz explosera dans la seconde !

Le Grand-Duc s'est hâté de rejoindre Marie Curie à l'intérieur du dirigeable. Je suis resté planté devant l'accès à la nacelle principale. Il n'était pas question pour moi de fuir sans Mademoiselle Spectrale.

— Crénom, Valmont, qu'est-ce qui vous prend ? m'a tancé le capitaine de Gaulle, perturbé au point d'oublier le sobriquet qu'il m'avait attribué.

— Mariette manque à l'appel ! me suis-je exclamé.

— Ne vous en faites pas pour elle, mon garçon. Elle est plus en sécurité que nous pour l'instant.

— Comment pouvez-vous en être certain ?

Il a pointé l'index sur le verre fumé des yeux ronds de son casque.

— Je ne l'ai pas perdue de vue grâce à ça. Elle s'est glissée à bord du LZ-114 juste derrière Foch, Pétain et Weygand. Tant qu'elle y demeure sous sa forme intangible, elle ne risque rien.

— Et quand elle sera de nouveau visible ? Combien de temps peut-elle se maintenir dans son état actuel ?

Le Grand-Duc a soupiré. Soit il n'en savait rien, soit la réponse ne m'aurait pas plu. Marie Curie a jugé bon d'intervenir :

— Elle est assez forte pour contrôler son don aussi longtemps que la situation l'exigera. Je vous en donne ma parole. Assez discutaillé, maintenant. Votre obstination nous met tous en danger. Montez, qu'enfin nous puissions décoller !

Je me suis exécuté en pensant « *oui, maman* » tant j'avais l'impression de m'être fait réprimander par une seconde mère. Un membre de l'équipage a aussitôt refermé la porte derrière moi. À travers le hublot, j'ai aperçu le Zeppelin des Allemands qui s'élevait peu à peu, traînant une échelle de corde sous sa queue de squale. Le sculptural guerrier blond s'y accrochait, récupéré in extremis par ses complices.

Parvenu à une vingtaine de mètres au-dessus de notre position, le dirigeable ennemi a effectué un demi-tour afin de repointer son museau en direction de la Forêt-Noire. Derrière la baie vitrée à l'avant de sa nacelle, l'Ange Bleu et le petit homme nous toisaient, triomphants. Ce dernier a soulevé son chapeau melon pour nous saluer. J'ai eu le temps de distinguer son impeccable coupe de cheveux, rasée sur les tempes et divisée à son sommet par une raie bien dessinée en plein milieu du crâne. J'ai mémorisé ce portrait, fermement décidé à venger tôt ou tard l'affront que nous venions de subir, mais sans savoir comment.

Puis le LZ-114 s'est éloigné avec célérité, propulsé par ses puissants moteurs Maybach, contre lesquels ceux de *La France* ne pouvaient pas lutter. Sous le ventre de notre appareil, l'incendie se propageait à tous les bâtiments du château. Tandis que nous gagnions de l'altitude, la réplique de forteresse médiévale se transformait en un gigantesque brasier. Je me suis alors rappelé qu'Émile s'y trouvait toujours coincé.

— On a oublié le Brigadier !

— Nous le retrouverons en temps utile, a maugréé le Grand-Duc. Il peut survivre au feu ainsi qu'aux gaz toxiques. Nous devons restons concentrés sur un seul objectif : la vie des otages enlevés par les boches. Commandant du Plessis, ne perdez pas le Zeppelin de vue, je vous en conjure !

— Je ferai tout mon possible, a promis le pilote. Mais si je pousse trop mes machines, elles risquent de nous lâcher. De plus je vous ferai remarquer que le LZ-114 a mis le cap sur le nord-est. À l'allure qui est la sienne, et s'il ne dévie pas, il atteindra Berlin demain matin.

Berlin ! Le cœur de l'empire prussien, près de mille kilomètres au-delà du front nord-est…

— Nous le suivrons en enfer si besoin, a rétorqué de Gaulle avec sérieux. Mais il n'est pas question d'abandonner nos éminents chefs militaires aux mains de ces barbares !

⋆

À titre personnel, au contraire de celui de Mariette, le sort des trois ganaches galonnées m'importait peu. Que le Kaiser et Hindenburg, son chef d'état-major, menacent de les exécuter pour contraindre Clemenceau à accepter la capitulation plutôt qu'un armistice ne me faisait ni chaud ni froid. Comme la plupart des poilus, surtout les vieux de la vieille qui en avaient trop vu, seule m'importait la fin de cette boucherie commencée dix ans plus tôt. S'il fallait pour cela admettre la victoire des Allemands et leur payer des réparations, qu'il en aille donc ainsi pourvu qu'ils nous foutent enfin la paix, tous autant qu'ils étaient !

Évidemment, le Grand-Duc envisageait la situation sous un angle différent. J'avais eu l'occasion de constater à quel degré s'élevait son ressentiment envers tout ce qui vivait au-delà de la ligne bleue des Vosges et qu'il ne se résolvait pas à appeler autrement que « boches » (et, encore, en grimaçant !).

Il fulminait, tournant en rond dans l'espace clos du poste de pilotage, autour du gouvernail et des autres instruments, alors que la silhouette du LZ-114 rapetissait à vue au-dessus du massif de la Forêt-Noire.

Lorsque du Plessis, cramponné à la barre, a ordonné dans son cornet acoustique que l'on prenne de l'altitude, obligeant pour cela ses machinistes à réduire notre allure, de Gaulle a laissé éclater sa colère :

— Vous laissez filer l'ennemi sous notre nez ! Qu'est-ce qui vous prend ? Ça relève de la trahison ! Accélérez, bon sang !

J'ai bien cru qu'il allait dégainer son revolver et forcer le commandant, canon sur la tempe, à lui obéir.

— Après la purée de pois, nous survolerons le territoire ennemi, lui a calmement rappelé Grenédan. Nous serons alors une cible plus que tentante pour le premier poste d'artillerie venu. Il suffira d'un tir dans le mille pour déclencher le feu d'artifice. Je refuse de compromettre la sécurité de mon équipage et celle de mes passagers.

Il a esquissé un geste en direction de Marie Curie, assise dans un fauteuil, en retrait, silencieuse et pensive. L'expression de la scientifique témoignait d'une grande préoccupation ou de son extrême fatigue, difficile de faire la différence.

— Il a raison, Charles, a-t-elle plaidé. Reprenez votre calme, je vous prie. Nous précipiter dans la gueule du loup ne servira à rien. Je me demande si nous ne ferions pas mieux de rebrousser chemin et de réunir l'escouade afin d'envisager plus sereinement un plan de sauvetage.

— Hors de question ! s'est entêté le Grand-Duc. Ils ne s'en tireront pas si facilement !

L'officier en second de Grenédan a alors pointé l'index droit devant à travers la baie panoramique ouverte à l'avant de la nacelle.

— Quelque chose fonce sur nous à toute vitesse, commandant !

Il a braqué le double objectif de ses jumelles sur le point sombre et flou, panaché de fumée grise, qui zigzaguait dans le ciel germain telle une mouche prise de folie.

— Est-ce un oiseau, est-ce un avion ? s'est enquis du Plessis, intrigué.

— Ni l'un ni l'autre, commandant… a bredouillé le second. Je… Je n'ai jamais rien vu de pareil… On dirait un chevalier volant…

— Vous déraisonnez ! l'a tancé le Grand-Duc en lui arrachant les jumelles des mains.

Mais quelques secondes plus tard, il confirmait avec incrédulité :

— Il s'agit bel et bien d'un individu portant l'armure, le dos chargé d'un dispositif mécanique…

Je me suis approché de la baie, mirettes écarquillées. J'ai failli me pincer pour prouver que je ne rêvais pas tout éveillé.

Le second avait bien vu. Celui qui *volait* vers nous ressemblait à une caricature de chevalier du Moyen Âge dans sa panoplie de guerre ou de tournoi, à ceci près qu'elle s'encombrait d'un entrelacs de tuyaux argentés depuis les omoplates jusqu'au fessier – l'abondante fumée s'échappait de leurs gueules ouvertes sur les flancs du caparaçon d'acier ; des espèces d'ailerons saillaient sur les côtés et au sommet du heaume, ainsi qu'au niveau des gantelets, fermés en poing au bout des bras tendus comme deux ailes, tout comme aux talons des bottes de métal.

Si vous vous demandez comment j'ai pu décrire aussi précisément l'étrange personnage sans l'aide de jumelles, c'est simple : il a bientôt frôlé notre nacelle, longeant la baie vitrée et la rangée de hublots de si près que j'ai craint qu'il ne les percute !

Sous nos yeux ébahis, le chevalier volant a dessiné dans le ciel un impeccable demi-cercle avant de revenir vers nous à vitesse plus réduite, offrant à contempler certains détails qui nous avaient échappés à son premier passage. Comme, par exemple, la lettre K en majuscule gothique, gravée sur son plastron bardé de gros rivets.

— Un hommage à son maître le Kaiser ? s'est interrogé le Grand-Duc à voix haute. Un indice sur son grade de *Kommandant* ?

— Vous faites fausse route, Charles, a répondu Marie Curie, l'air blême.

Ses mains tremblaient sur les accoudoirs de son siège tant elles les serraient avec insistance.

— Si vous savez quoi que ce soit à propos de cet énergumène, c'est le moment d'en parler, l'a conjurée de Gaulle.

— Je ne pensais pas que ses travaux avaient abouti, je croyais même à une bravade de sa part, ou une exagération de nos espions infiltrés dans l'empire industriel de la Ruhr…

Elle s'est interrompue le temps d'observer le manège de l'homme volant qui nous narguait de l'autre côté des fenêtres, à près de trois mille pieds d'altitude si j'en croyais le cadran de l'appareil chargé de mesurer cette dernière. Puis Marie Curie a repris d'une voix blanche :

— Mais ce démon de Tilmann Krupp a gagné son pari d'imiter et surpasser Icare…

— Krupp comme le fameux baron de l'acier ? ai-je stupidement demandé.

— Tilmann est le mouton noir de la famille, a confirmé la scientifique. Le petit-cousin dont on préfère taire l'existence car la façon qu'il a de concevoir la science ne cède rien à l'orthodoxie ni au bon sens. Une sorte de mauvais génie, dérangé en apparence, pourtant brillant dans ses raisonnements…

— Que fait-il ? s'est exclamé le second du bord. Où est-il donc passé ?

Pendant que nous écoutions Marie, Krupp s'était comme évaporé. N'en subsistait que les volutes de fumée crachées par son incroyable dispositif de vol individuel.

— Alerte à tout l'équipage ! a lancé Grenédan dans son cornet semblable à une fleur à la corolle de cuivre épanouie. Tenez-vous sur le qui-vive…

Le commandant n'est pas allé plus loin. Krupp a soudain reparu devant le nez de *La France*, en vol stationnaire, comme perché sur l'épaisse colonne de fumée échappée de sa machine dorsale. Entre ses poings gantés, il brandissait un pistolet de la taille d'un tube de mortier qui n'avait rien à envier à notre crapouillot des tranchées.

Je n'ai pas eu le temps de distinguer le calibre du projectile qui s'y trouvait emboîté, car Krupp a soudain tiré et la bombe fuselée s'est précipitée à la rencontre de la baudruche gonflée d'hydrogène située juste au-dessus de nos têtes.

— Grands dieux ! a juré Grenédan tout en faisant tourner la barre aussi vite que c'était humainement possible mais pas assez pour nous écarter de la trajectoire fatale. Trop tard pour l'éviter, nous allons tous sauter !

11

ESPACE, TEMPS ET AUTRES CONTINGENCES

NOUS N'AVONS PAS EU LE TEMPS de paniquer. La masse gigantesque du dirigeable a amorcé un lent changement de cap, tandis que la bombe volante fusait droit sur sa panse enflée. Quelques secondes plus tard, le projectile touchait sa cible – impossible à rater – et la crevait de part en part… sans exploser !

Ce miracle n'en était pas un, à la vérité. Une brusque bouffée de chaleur m'avait envahi et ma peau s'était mise à briller de la fameuse lueur bleutée sous l'étoffe légère de ma combinaison, signe que mon talent venait de se manifester. Néanmoins nous étions loin d'être tirés d'affaire.

D'une part, Tilmann Krupp ne semblait pas disposé à renoncer après cet échec patent. D'autre part, et plus problématique encore, la trouée provoquée dans l'enveloppe du ballon laissait fuiter le gaz dans toutes les directions, si bien que l'engin perdait sa capacité de nous maintenir en l'air à mesure qu'il se ramollissait.

Autrement dit, nous amorcions une chute inexorable vers la couche de purée de pois toxique des abords de la Forêt-Noire !

Si le choc de l'impact avec le sol ne nous tuait pas alors, le brouet de molécules vénéneuses s'en chargerait à coup sûr, d'autant que mes forces m'abandonnaient peu à peu.

Je n'aurais pas l'énergie de solliciter encore mon don pour sauver l'équipage de la mort. Je n'étais même pas certain de pouvoir cette fois me sauver moi-même.

Marie Curie a deviné mon trouble. Alors qu'autour de nous, dans le poste de pilotage, chacun s'efforçait de repousser la catastrophe, elle m'a tendu ses mains jointes afin que je les agrippe, en déclarant :

— Je sais que vous ne vous en pensez pas capable. Mais c'est faux, Trompe-la-Mort. De tous les évolués que j'ai examinés, et il y en eut beaucoup d'autres finalement recalés par le capitaine, vous êtes le plus remarquable. Vous n'avez pas idée du formidable potentiel qui est le vôtre.

— Elle dit vrai, a appuyé de Gaulle. J'ai su que vous étiez exceptionnel à la lecture du rapport de votre camarade. Le moment est venu ou jamais de le prouver, soldat !

Ces paroles m'ont comme galvanisé. Elles étaient peut-être seulement dictées par l'annonce de notre *crash* imminent – je pouvais sentir les doigts invisibles de la force de gravité se refermer autour de *La France* en perdition et l'attirer vers le noyau de la Terre – mais, dans le fond, je n'y croyais guère.

J'ai ignoré les cris de l'équipage et son agitation, la lutte désespérée de Grenédan avec ses instruments pour empêcher la nacelle de virevolter follement, la silhouette de Tilmann Krupp qui nous accompagnait dans la chute en spiralant autour de notre ballon blessé…

J'ai réussi, j'ignore comment, à effacer de mon esprit tout ce qui était susceptible de me déconcentrer, hormis une chose : la peur, fondamentale et pure, tel un diamant enchâssé en mon cœur, créé sous la pression des circonstances. Je le voyais briller de mille feux, chacune de ses innombrables facettes renvoyant un rayon bleuté, et tout illuminer aux alentours.

L'ai-je imaginé ou bien l'explosion de lumière a-t-elle eu lieu ? Peu importe, car le phénomène a eu un effet aussi surprenant qu'immédiat : une fraction de seconde plus tard, le ventre du dirigeable raclait le sol sans encombre, hormis des secousses de faible intensité. Sa toile déchirée s'est affaissée sur les nacelles reliées par leur passerelle avec la grâce d'un jupon démesuré retombant sur les cuisses d'une donzelle gargantuesque – qu'on me pardonne l'image osée !

Moi, je tremblais, déconcerté, ahuri même, trempé d'une sueur malsaine, le front brûlant de fièvre. Je me suis effondré dans les bras de Marie Curie. Le dernier son perçu, outre l'inquiétant craquement de la structure de l'enveloppe menaçant de s'effondrer, a été le marmonnement échappé d'entre les lèvres du Grand-Duc.

Il priait, j'en suis sûr, le bon Dieu pour le remercier de nous avoir accordé cette incroyable faveur.

Je me souviens avoir songé que le 'pitaine ne manquait pas d'air (au contraire de *La France* !) en attribuant le mérite de notre survie au vieux barbu suprême. Puis j'ai perdu connaissance, ce qui commençait à devenir une habitude chez moi.

★

— Il revient à lui… Jean, m'entendez-vous ?

J'ai hoché la tête, senti le coussin moelleux glissé dessous ma nuque, enfin daigné rouvrir les yeux. Marie Curie me souriait, un linge frais et humide à la main, qu'elle utilisait pour tamponner mes joues, mon front toujours fiévreux.

— N'essayez pas de vous relever, vous êtes trop faible encore. Tout va bien, nous sommes en sécurité. Grâce à vous, est-il besoin de le préciser ?

J'avais la bouche pâteuse, les lèvres comme engluées, mais j'ai quand même pu balbutier :

— Que… que s'est-il passé ?

Et non un plus convenu « *où suis-je ?* », car j'ai reconnu le décor du petit salon cossu où le Grand-Duc m'avait servi le verre de whiskey drogué. Nous nous trouvions donc à bord du Léviathan. J'ai gagé que Marie me raconterait de quelle façon nous nous étions transportés de la carcasse de *La France* à celui-ci. Et en effet :

— Quand l'incendie s'est déclaré au château, Lévi a récupéré le Brigadier et pris l'initiative de poursuivre notre ballon. Au cas où vous vous poseriez la question, son télémobiloscope lui permet de détecter des objets en mouvements à travers le plus épais brouillard. Il a ainsi pu nous pister sans difficulté dans le *no man's land* de la plaine d'Alsace. Quelques minutes après que l'on s'y fut posés, si le terme peut convenir, il nous rejoignait pour assurer le transbordement de l'équipage dans les meilleures conditions, déployant pour ce faire un sas étanche aux émanations toxiques jusqu'à l'accès au poste de pilotage. Mais je me doute que ces détails vous indiffèrent. Vous vous demandez surtout ce qui explique qu'on ne se soit pas écrasés au milieu des champs de choux-raves dévastés par les bombardements au début de la guerre…

J'ai acquiescé d'un nouveau hochement de tête – un effort plus intense que je ne m'y attendais, qui m'a causé une vilaine migraine. Marie Curie a soupiré.

— Je vous ai déjà parlé de mon ami Albert Einstein, a-t-elle enchaîné. Lui serait capable de vous exposer diverses théories susceptibles de satisfaire votre légitime curiosité. Moi, je peux juste me perdre en conjectures. Enfin, voici ce qu'il m'est permis de conclure : l'espace et le temps, entre autres contingences, sont irrémédiablement liés par toutes sortes de lois, supposées immuables. À tort car parfois, bien que très, très rarement, un événement bouleverse leur strict ordonnancement, au niveau le plus infinitésimal, celui des constituants mêmes de la matière, en deçà de l'atome. Je crois que *vous êtes* cet événement, Jean. Ou plus exactement que vous possédez le pouvoir de le déclencher.

J'ai tenté d'assimiler tout ça, malgré mon mal au crâne et surtout ce que cela impliquait de fantaisie ou de merveilleux, même teinté de scientifique. Ainsi, selon la plus éminente savante de notre République, l'un des plus brillants cerveaux du siècle, la peur m'avait hissé au rang de divinité capable de manipuler les concepts de la science physique dans ce qu'ils avaient de plus fondamental. Pas mal pour celui qui n'était qu'un banal étudiant en lettres quelques semaines plus tôt !

Eh bien soit, j'acceptais ce fardeau ainsi que les responsabilités afférentes. Je n'avais de toute façon pas d'autre choix. Et tant pis si je n'avais pas la moindre idée de la manière dont je pouvais contrôler mon incroyable talent.

Une trappe s'est alors ouverte dans le sol pour céder le passage au Brigadier de Fer, sanglé sur un des sièges du niveau inférieur, où se situaient les commandes du Léviathan.

— Ravi de te revoir, fiston, m'a-t-il salué en lançant une œillade appuyée. Tu n'as pas l'air en trop mauvais état.

Il paraissait sincère, en tout cas je n'ai pas perçu de sarcasme.

— Difficile d'en dire autant pour toi, lui ai-je renvoyé.

L'uniforme d'Émile était en effet couturé de toutes parts, brûlé à divers endroits et noirci de suie. Son crâne lisse chatoyait en revanche à la lueur des ampoules qui éclairaient la pièce, aussi propre qu'un sou neuf.

Il a frisé la pointe d'une de ses moustaches entre ses doigts avant de répondre :

— Tu devrais voir l'autre gars !

Et partir d'un rire un peu forcé.

— C'est fait, ai-je rétorqué. Quand il a grimpé dans le zeppelin. Je ne veux pas m'avancer, mais il m'a paru entier.

Je n'avais pas souhaité le provoquer avec cette dernière remarque, juste rappeler l'évidence. Se contenant visiblement devant Marie Curie, le Brigadier s'est mis à ronchonner :

— Je suis sûr de l'avoir pas mal amoché… Je n'ai pas retenu mes coups, tu peux y compter ! Mais j'admets qu'il sait encaisser, ce nouvel ami Fritz…

— Un évolué, sans conteste, a remarqué la scientifique. Comme les autres responsables de l'attaque. Le cas de Tilmann Krupp est différent. Lui a fabriqué de quoi se générer quelques talents techniques. Mais tous ont su se réunir pour former une alliance.

— Comme nous au sein de l'escouade, ai-je souligné. Qui est donc leur Grand-Duc, à votre avis ? L'étrange petit bonhomme au chapeau melon ?

— C'est ce qu'il m'a semblé, a confirmé Marie.

— Avez-vous idée de son identité ?

Elle a fait signe que non.

— Nous n'avions jamais eu vent de son existence avant ce jour. Nous nous doutions pourtant que des évolués pouvaient surgir de chaque côté du front. Maintenant nous en avons confirmation.

— Je me demande de quel talent il dispose, me suis-je interrogé à voix haute. Quand il en a usé, le capitaine a paru complètement déboussolé. Il s'est mis à hurler…

— On s'en fout pour le moment, m'a coupé le Brigadier. Il y a plus urgent, à savoir retrouver les otages et Mariette.

J'ai acquiescé, soupçonnant qu'il se préoccupait davantage de cette dernière que des premiers (tout comme moi, soit dit en passant !). Émile a continué sur sa lancée :

— Je suis venu vous informer que nous arriverons bientôt dans les ruines de Strasbourg.

Nous n'avions donc pas fait demi-tour en direction de Paris, ou n'importe quelle autre destination nous éloignant du territoire ennemi. Je m'en suis étonné :

— Qu'est-ce qu'on vient fiche ici ?

— Le 'pitaine et Lévi vont te mettre au jus. Debout, soldat !

Il m'a soulevé sans peine du petit sofa où je reposais. Marie Curie a tiqué mais elle ne s'est pas opposée à mon « enlèvement ». Entre les bras du Brigadier, je me faisais l'effet de ne rien peser du tout, ou guère plus qu'une taie de mon propre volume entièrement remplie de plumes.

La descente jusqu'au poste de commande n'a pas duré plus de trois ou quatre secondes. Mais cela a suffi pour me rendre compte de l'incroyable densité de l'amas musculeux qui m'enserrait. En termes de dureté, Émile en aurait remontré à plus d'un bronze de ce vieux Maillol !

Il m'a libéré et aidé à m'asseoir sur le dernier des sièges libres au milieu des manettes et leviers qui assuraient le contrôle du Léviathan. Grenédan et ses hommes, une dizaine au bas mot, se tassaient tant bien que mal dans le coin qu'on leur avait concédé. Le Grand-Duc m'a accueilli avec un long ruban de papier entre les mains, craché de la gueule de la machine à imprimer par laquelle s'exprimait le cerveau du char géant. J'interrompais leur conversation ou ce qui en tenait lieu.

— Ah, Trompe-la-Mort, vous tombez à pic, mon garçon. Bravo pour votre numéro aérien, nous vous devons une fière chandelle.

C'était le moins qu'on pût dire, en effet. Le capitaine ne souhaitait toutefois pas s'attarder sur ce « détail », obnubilé par la revanche à prendre sur le trio de ravisseurs du maréchal et des deux généraux.

— Connaissez-vous le principe des communications par ondes radioélectriques ? La télégraphie sans fil ? C'est encore expérimental et réservé à un usage militaire. Notre Marine est d'ailleurs pionnière en la matière puisqu'elle l'utilise depuis 1905. Je n'exclus pas que le procédé remporte son petit succès une fois passé dans le camp des civils. Imaginez plutôt : avec le matériel de réception idoine et une puissance d'émission adaptée, une fois la paix signée, monsieur et madame Dupont pourront écouter depuis leur chambre à coucher une œuvre de Wagner jouée à Bayreuth, ou à l'inverse *Herr und Fraü Schmidt* un opéra donné en direct depuis Garnier…

— Très intéressant, ai-je ironisé, excédé par cette nouvelle leçon hors de propos et toujours taraudé par la céphalée. Mais en quoi cela nous concerne-t-il pour le moment ?

— En ce que notre camarade Lévi dispose de son propre émetteur-récepteur. Ce qui nous a permis d'entrer rapidement en contact avec le Grand État-Major allemand pendant que vous récupériez, afin d'élever une protestation officielle et réclamer le retour sans condition des otages.

— Je comprends mieux. Et qu'est-ce que ces messieurs ont répondu ? Quelque chose comme « *allez vous faire cuire un œuf* » ou l'équivalent dans la langue de ce vieux Kant, je parie ?

— Ne cédons pas au mauvais esprit, mon garçon ! Figurez-vous que nous avons appris des bouches mêmes de Ludendorff et Hindenburg qu'ils n'étaient pas informés d'un quelconque projet de pourparlers secrets. Mais l'idée est loin de leur déplaire, car ils sont aussi las que nous de cette interminable guerre qui sape chaque année un peu plus le fondement de l'économie allemande, sans parler du moral des populations. Les Dioscures, c'est le surnom qu'on leur donne en référence bien sûr à Castor et Pollux, verraient donc d'un bon œil la reprise d'authentiques négociations.

Il a marqué une pause, pour voir si je suivais ou s'assurer que j'étais de nouveau capable de raisonner. Malgré l'étau qui m'emprisonnait les tempes, j'ai anticipé le hic :

— Je suppose qu'il y a un *mais* de taille.

— Comment pourrait-il en aller autrement ? a soupiré le capitaine, un brin mélodramatique. Les Dioscures nous ont révélé que le LZ-114 a été dérobé dans un hangar de leur armée de l'air la semaine passée, vous devinez sûrement par qui.

— L'Ange Bleu et ses drôles d'amis.

Le Grand-Duc a opiné, étiré une caricature de sourire sous sa pauvre moustache, avant de lâcher sa bombe finale :

— À savoir un groupe de nihilistes sans dieu ni maître, attaché à la perte des nations d'Europe et bénéficiant de la protection d'Othon Ier, le roi fou de Bavière !

12
UNE RENCONTRE AU SOMMET

— VOUS POUVEZ RÉPÉTER, CAPITAINE ?

Je pensais que ma migraine me jouait des tours, qu'elle me causait des hallucinations auditives. Des nihilistes ? Un roi fou ? La Bavière ? L'aventure virait au cauchemar pataphysique digne d'Alfred Jarry et son grotesque père Ubu !

— Inutile, a rétorqué le Grand-Duc. Les véritables émissaires de Hindenburg et Ludendorff ne vont pas tarder à nous fournir toutes les explications requises. Nous les rencontrerons d'ici quelques instants. Vous avez juste le temps de passer votre scaphandre…

— Minute. Mon *quoi* ?

— Perdez donc l'habitude de vous ébaudir à tout bout de champ, c'est agaçant à la fin ! Vous n'avez jamais lu Jules Verne ? *Vingt mille lieues sous les mers* ? Quel piètre étudiant en lettres vous feriez si ce n'était pas le cas !

Pris de court, j'ai opiné.

— Si, évidemment. Et je sais ce qu'est un scaphandre, mais pourquoi diable aurais-je besoin de m'équiper d'un de ces appareils de plongée sous-marine ?

— À moins d'être capable de retenir votre souffle sans limite de durée, cette précaution s'impose pour circuler dans les vapeurs toxiques strasbourgeoises.

J'ai alors compris qu'il comptait m'expédier à l'extérieur du refuge étanche que constituait le Léviathan, afin que mon talent puisse profiter aux envoyés allemands comme français pendant leurs tractations. Sitôt sur pied et déjà renvoyé au charbon, parole, c'était encore pire qu'au front ! Je devais afficher une mine pour le moins renfrognée car le Brigadier a cru bon de me rassurer :

— J'en serai aussi, mon gars, pas de raison de paniquer. Je ne te lâcherai pas d'une semelle.

— Vous veillerez sur les environs pendant que je m'entretiendrai avec les envoyés des Dioscures, ai-je voulu résumer.

— Rectification, soldat, a repris le Grand-Duc, plus insupportablement maître d'école que jamais. Je me chargerai de la parlotte et vous resterez muet. Un porte-bonheur n'a pas besoin de pérorer…

— C'est ainsi que vous me considérez, alors ? Rien de plus que l'équivalent d'un fer à cheval ou d'une patte de lapin ?

Je n'étais pas encore assez vaillant pour véritablement me mettre en colère, mais je n'en bouillais pas moins à l'intérieur. Mon expression devait d'ailleurs parler pour moi, car le capitaine a eu un frémissement de sa ridicule moustache avant de daigner lâcher ce qui devait chez lui se rapprocher le plus d'excuses sincères – et dont je devais me contenter :

— Vous m'êtes bien plus précieux, ne dites donc pas de bêtises ! Je tenais juste à souligner qu'il valait mieux que je conduise l'échange. Les boches préféreront s'adresser au plus haut gradé, voilà tout. Cessez de toujours compliquer la situation, voulez-vous ?

Il me rembarrait, à présent ! C'était le bouquet ! Et le Brigadier qui ricanait sans chercher la discrétion. Grenédan, qui avait suivi la discussion avec attention, m'a envoyé un discret signe du menton qui pouvait vouloir dire *« ne faites pas attention, il est dans son rôle d'officier pète-sec, mes hommes et moi savons que nous vous devons la vie et nous vous en remercions ».*

J'ai sûrement extrapolé à partir d'un geste aussi peu appuyé, mais cela m'a fait du bien et a quelque peu calmé ma céphalée.

Au moins je disposais d'un réel soutien parmi l'aréopage de militaires qui m'entouraient.

— Nous approchons de notre destination, a enchaîné de Gaulle en consultant le nouveau ruban de papier émis par le cerveau du Léviathan. Il est temps d'enfiler notre équipement. Suivez-moi, soldats !

Émile et moi lui avons emboîté le pas jusque dans le sas attenant au poste de commande. Ce n'était guère qu'une boîte en fer étroite et puant le renfermé, aux parois de métal brut hérissées de têtes de rivet, éclairée par une simple ampoule de faible intensité. Là, dans cette ambiance qui révélait mes penchants à la claustrophobie, plusieurs drôles de pendus oscillaient à leur gibet au gré des trépidations de notre véhicule géant.

Si je n'avais pas été prévenu pour les scaphandres, j'aurais peut-être lâché un cri tant les tenues complètes, de la pointe des bottes caoutchoutées au sommet du casque arrondi, évoquaient les silhouettes d'inquiétants hommes-machines, mâtinés de spectres aux immenses orbites circulaires et vides – impression conférée par l'épais verre filtrant et teinté qui servait à optimiser la vision dans l'océan de brouillasse toxique où nous allions plonger. Les trompes flexibles qui assuraient le dispositif de respiration autonome donnaient l'air de gigantesques mouches bipèdes à ces cauchemardesques costumes de carnaval. Elles venaient se connecter à de lourdes bouteilles d'acier portées dans le dos, telles que je n'en avais jamais vues auparavant (encore un élément à ajouter sur ma liste sans fin d'étonnantes découvertes !).

— Chacune contient une réserve d'air comprimé qui nous permettra de respirer normalement dans l'heure qui vient, m'a informé le Grand-Duc tout en se tortillant pour pénétrer à l'intérieur de son propre scaphandre par l'ouverture pratiquée dans le torse, comme si on avait taillé une épouvantable boutonnière à son improbable *Doppelgänger* (je lui trouvai en effet un vague air de sosie avec le 'pitaine, question de proéminence de l'appendice nasal sûrement).

J'ai imité son approximative danse du ventre afin de me faufiler dans le mien. La texture semi-rigide des éléments articulés aux jointures ne m'a pas facilité la tâche. J'ai eu un mal de chien à refermer correctement les glissières hermétiques dessinant une cicatrice entre le col et le nombril, à cause de l'épaisseur des gants de caoutchouc qui me rendait les doigts gourds. J'y suis tout de même parvenu au terme d'efforts qui m'ont laissé en sueur – il faisait là-dedans une terrible chaleur !

Je n'entendais plus que mon souffle, précipité, haletant, et les battements de mon cœur qui cognait à tout rompre. Le poids considérable de cet engin de malheur m'obligeait à mobiliser toute mon énergie pour simplement soulever une jambe et avancer d'un pas. Je me suis demandé comment j'allais pouvoir me déplacer à l'extérieur, surtout s'il nous fallait presser l'allure en cas de danger.

Le Brigadier n'avait pas ce genre de souci, bien sûr. Il est sorti le premier du sas, une fois que Lévi en a eu abaissé le portail mobile, à la façon d'un pont-levis miniature. Le Grand-Duc s'est glissé derrière lui et j'ai fermé la marche, pénétrant à la traîne dans un univers d'ouate jaunasse qui escamotait tout à plus de quatre ou cinq pas de distance.

Au bout de quelques secondes, j'ai commencé à y voir un peu plus clair – l'effet quasi magique des verres filtrants. Des volutes de gaz évoluaient dans l'air avec la grâce d'étranges serpents volants en cours d'obscènes accouplements. À travers elles, je distinguais toutefois les façades à colombage, typiques de l'architecture alsacienne, d'une poignée de maisons encore debout à moins d'une dizaine de mètres. Et derrière elles, pointée tel un index accusateur de grès rose sur le ciel, invisible dans les hauteurs, se dressait la flèche unique de la cathédrale, épargnée par les bombardements.

Le Léviathan nous avait déposés sur son parvis de pavés irréguliers, où perçaient çà et là des touffes d'une herbe maigre, fragile, qui cassait sous nos lourdes semelles. J'aurais aimé en apercevoir davantage, même si une petite voix m'avertissait que la révélation d'une trop grande désolation m'aurait paru intolérable. Il courait tant de rumeurs sur le destin indigne de cette cité naguère prospère, tout du long des tranchées comme dans les salons de l'arrière du front, que je me sentais privilégié de pouvoir en fouler le sol et, dans le même temps, frustré de ne pas être autorisé à en rapporter des images capables de susciter l'admiration de futurs auditeurs.

On disait que les gaz largués par les obusiers depuis les massifs de la Forêt-Noire, côté allemand, et des Vosges, côté français, s'étaient à ce point mêlés et condensés qu'il était né de leurs noces chimiques de quoi pervertir à ce point les chairs de leurs victimes, comptées par dizaines de mille, qu'elles continuaient de s'animer bien après le trépas. Je me souvenais avoir entendu plus d'un camarade évoquer de sinistres histoires de cadavres pourrissants qui arpentaient toujours les rues où ils allaient de leur vivant ; d'autres affirmer, juré craché, qu'une armée de ces morts ambulants rôdait aux marges de la plaine assassinée, prête à en découdre avec n'importe quel intrus, fritz ou poilu, et qu'elle se nourrissait de viande humaine et s'abreuvait de sang.

Je n'avais jamais accordé aucun crédit à ces racontars nés de superstitions ancestrales, de lectures trop hâtives de Bram Stoker ou de Mary Shelley (ou plus vraisemblablement des visionnages de leurs versions cinématographiques). Je les jugeais même stupides, naïves pour le moins – mais je ne m'en étais jamais moqué. À présent, je me demandais s'il n'y avait pas un fond de vérité là-dedans !

Je ne me rendais pas compte à quel point j'étais à cran. Le Grand-Duc demeurait figé, imperturbable, et le Brigadier tournait autour de nous, les poings serrés, aux aguets, dans l'attente des émissaires des Dioscures. Je respirais avec difficulté l'air comprimé craché par ma bouteille, songeant à chaque inspiration qu'elle pouvait être la dernière. J'avais déjà fait l'expérience de la suffocation dans la machine de Marie Curie et je ne souhaitais guère la répéter, quand bien même elle ne m'entraînerait pas dans l'autre monde. Mariette m'avait accompagné et soutenu dans l'épreuve. Je m'inquiétais énormément à son sujet, autant qu'Émile, sinon davantage. J'espérais de tout cœur que son talent la dissimule aux évolués allemands, et surtout à l'Ange Bleu qui me paraissait la plus redoutable d'entre eux. Combien de temps Mademoiselle Spectrale pouvait-elle se maintenir sous sa forme astrale ? Et ne subirait-elle aucune séquelle à forcer trop longtemps son pouvoir d'invisibilité ?

Voilà le genre de questions qui me tourmentait lorsque ceux que nous attendions sont enfin arrivés, et de quelle façon !

J'ai d'abord cru qu'une des maisons encore debout était en train de s'effondrer lentement, devant nous. Mais non. Ce qui avançait dans notre direction avait pourtant la taille d'une de ces grosses demeures à étages. Et se déplaçait avec la grâce nonchalante d'un éléphant sûr de sa formidable puissance. C'était monté sur deux paires de pattes articulées hautes comme quatre ou cinq hommes ; ça crachait à tout-va de longs sifflements aigus, ainsi que des grincements stridents à faire crisser les dents, des chuintements de liquides éjectés sous pression ; ça écrasait la pierre sous l'acier de pieds ronds devant peser chacun pas moins d'une ou deux tonnes ; et ça tendait une gueule démesurée au bout d'un cou qui ne l'était pas moins, éclairant son parcours à la lueur incandescente d'une paire de faisceaux jaillis d'yeux évoquant les lampes de phares jumeaux.

La monstrueuse apparition s'est figée à quelques pas du Léviathan, modeste en comparaison, braquant sur lui les feux croisés de ses projecteurs, comme pour le prendre au piège ou le défier. Un K majuscule ornait le front de ce dragon d'acier (je ne lui remarquais aucune aile, mais savait-on jamais ?), levant le doute sur l'identité de ceux qui l'avaient fabriqué : la compagnie Krupp, évidemment.

Il a replié chacune de ses pattes sous sa panse démesurée, multipliant les jets de vapeur et les horripilants crissements qui me faisaient grincer des dents, même atténués par le casque de mon scaphandre. Enfin, il a expulsé deux espèces d'œufs d'une ouverture judicieusement placée à hauteur du croupion, provoquant ma perplexité et, j'imagine, celle d'Émile et du Grand-Duc. L'effet comique provoqué par cette ponte inattendue contrastait en effet avec celui – impressionnant, majestueux ! – du surgissement de la bête d'acier des brumes qui nous entouraient.

Mais je n'avais pas le cœur à rire. Même en voyant la paire d'œufs rouler à notre rencontre en tressautant sur le pavé inégal. Il s'agissait en réalité, comme la logique le supposait, d'équivalents teutons de nos scaphandres, dont les occupants apparaissaient à travers des hublots latéraux : de magnifiques officiers du Kaiser, qui n'avaient pas lésiné sur le nombre de médailles et breloques à suspendre à leur veste d'uniforme. À la longueur de leurs moustaches, aux pointes en forme de croc remontant jusqu'à l'os des pommettes, on devinait le très haut dignitaire du Reich chez ces énergumènes.

Chacun nous a salués d'un oscillement assez raide de la nuque. Puis ils ont roulé jusque sous le porche de la cathédrale avant de s'engouffrer dans l'édifice en repoussant le portail. Nous les y avons suivis sans plus tarder.

La pénombre était propice au rendez-vous secret. On n'y voyait pas à un mètre. Le gaz avait envahi tout l'espace autrefois sacré, à travers les vitraux fracassés – mes semelles faisaient craquer suffisamment d'éclats pour que je puisse en juger. Je me suis alors demandé comment nous allions pouvoir échanger, prisonniers que nous étions de nos scaphandres.

L'un des œufs a émis un faisceau lumineux assez vif pour percer l'obscurité. Il s'est promené quelques instants à gauche, à droite, avant de se fixer sur une porte discrète à l'entrée de la nef. Comprenant la consigne muette, nous nous en sommes rapprochés. Le Brigadier l'a ouverte sans difficulté. Derrière, un escalier en colimaçon s'enroulait sur lui-même, grimpant vraisemblablement jusque dans les hauteurs de la flèche.

L'ascension n'a pas été une partie de plaisir, c'est le moins que je puisse en dire !

Il a fallu que nous facilitions celle des teutons. Émile a fourni l'essentiel des efforts nécessaires, le Grand-Duc ne ménageant pas non plus sa peine, empêchant les œufs de fer de repartir en arrière à mesure qu'ils sautaient de marche en marche de pierre. Je n'ai pas été d'une grande utilité dans l'exercice, éternisé pendant de très longues minutes. Mais une récompense nous attendait à son terme, car une fois arrivés sur la plateforme à ciel ouvert qui culminait à une centaine de mètres, la vue était époustouflante.

Nous dominions la nappe de brume toxique couleur moutarde, stagnant à mi-hauteur de la tour de grès rose. Au loin se dessinaient les contours des Vosges et ceux du massif de la Forêt-Noire. Le calme qui régnait là aurait pu nous faire croire que la guerre s'était comme mise en pause.

Le Grand-Duc a coupé l'alimentation de sa bouteille et dévissé un opercule sous la trompe de son masque de mouche géante. Nous l'avons imité, avec Émile, moi des plus malhabiles, hésitant à emplir mes poumons de ce qui était peut-être du poison. L'air était vif, piquant, avec une pointe de saveur épicée qui m'a arraché une grimace.

— Je te rappelle que tu ne peux pas mourir, m'a soufflé le Brigadier, alors arrête un peu de t'angoisser !

Les délégués allemands ont ouvert chacun un des hublots situés sur le côté de leurs costumes ovoïdes et ont rejoint de Gaulle, planté devant la rambarde de grès rose. Comme lui, ils semblaient contempler le panorama avec nostalgie, sensibles à l'étrange paix des lieux. Pour la première fois depuis que j'avais rejoint mon bataillon (et que j'étais officiellement mort au combat, ne l'oublions pas !), il m'apparaissait que ceux d'en face, y compris en haut lieu, éprouvaient le même sentiment d'extrême lassitude que moi envers cette guerre qui n'en finissait pas.

Impression confirmée par les paroles d'un des officiers, exprimées dans un français quasi parfait – à peine si les syllabes les plus dures étaient appuyées de façon gutturale :

— Ici, le temps semble avoir suspendu son vol, ne trouvez-vous pas ?

Je m'attendais à ce qu'il nous déclame « Le Lac » de Lamartine *in extenso*, mais ça n'a pas été le cas.

— Venons-en au fait, *meine Herren*, les a priés le Grand-Duc sans y mettre trop de formes. Les heures nous sont comptées ! Vous avez des informations à nous délivrer. Nous vous écoutons.

L'autre a échangé un bref hochement de tête avec son collègue avant de répliquer :

— C'est juste. Veuillez me pardonner. Celui qui nous a pris de court dans les négociations et joué un tour pendable se surnomme lui-même *Meister des Schreckens*, le Maître des Terreurs…

Appliquée au petit homme portant lorgnon et chapeau melon, l'expression m'a paru incongrue, pour le moins grandiloquente. Mais je n'oubliais pas qu'il avait été capable de ridiculiser notre escouade, avec l'aide de ses acolytes, et qu'il ne fallait donc pas en mésestimer les capacités de nuisance.

— D'où sort-il, ce zigoto ? a demandé Émile, ce qui lui a valu un froncement des sourcils de la part du Grand-Duc.

— Nous l'ignorons, hélas. Il a commencé depuis seulement quelques mois à semer le trouble en se livrant à toutes sortes d'exactions, jusqu'à présent cantonnées à de vulgaires attaques de fonds ou d'établissements malfamés appartenant à la pègre. Il n'intéressait donc que les services de police, plus particulièrement ceux du Grand Berlin où se concentraient ses activités criminelles. Mais force nous est de constater qu'il est passé à beaucoup plus sérieux.

Difficile de le contredire à ce propos ! Nous avons donc gardé un silence quasi religieux, qui s'imposait logiquement en ces lieux, tandis qu'il poursuivait :

— Le Maître a maintenant trouvé refuge dans le royaume d'Othon Ier, ce dernier ayant fait sécession à notre empire, comme vous le savez peut-être. Nous soupçonnons très fortement le Maître d'avoir ourdi le rétablissement du roi dément sur le trône après s'être débarrassé de son cousin Louis, le régent… Quoi qu'il en soit, la Bavière lui sert désormais de base arrière. Là-bas, nous ne pouvons intervenir officiellement. Cela créerait un incident diplomatique qui desservirait nos intérêts.

— Nous n'aurons pas à nous soucier d'un tel désagrément, a souligné de Gaulle, pince-sans-rire, reprenant la direction de l'échange. Et ceux qui accompagnent le Maître ? Que pouvez-vous nous en dire ?

— Le guerrier à l'épée a été baptisé Sigurd, je suis sûr que l'allusion à notre mythologie ne vous échappera pas. Il est le fruit gâté d'une expérimentation de soldat amélioré par la science. Oh, ne prenez pas cet air surpris ! Vous avez mené vous aussi toutes sortes de manipulations génétiques, plusieurs rapports de nos espions l'ont confirmé. Mais vous n'avez pas rencontré le même succès que nos scientifiques !

La pique a titillé la fibre patriotique du capitaine.

— Joli résultat, *meine Herren*. Pas de quoi vous vanter, vraiment ! Sigurd a échappé à votre contrôle. Nous réservez-vous d'autres surprises de cet acabit ?

L'officier du Kaiser a hésité un court instant avant d'avouer (cela lui coûtait visiblement) :

— *Nein*. Le Maître a tout détruit dans le laboratoire où a été conçu l'invincible guerrier.

— Enfin une bonne nouvelle ! s'est réjoui Émile.

Je partageais son point de vue. Affronter une cohorte de soldats aussi indestructibles que l'adversaire du Brigadier ne m'aurait guère emballé…

— Tilmann Krupp est un cas particulier, a repris notre interlocuteur galonné. Il a rejoint le Maître pour s'amuser et se démarquer des siens. Sa famille demeure en effet un fervent soutien de notre effort de guerre. Lui préfère s'y opposer par goût de l'anarchie et du chaos. Il finançait déjà en sous-main la Ligue spartakiste…

— Sparta-quoi ? s'est étonné le Brigadier. Qu'est-ce que c'est que ce machin ?

— Un groupe d'illuminés naïfs qui avait cru pouvoir arrêter la guerre il y a quelques années, lui a expliqué de Gaulle, visiblement bien informé. Ils avaient même une femme à leur tête, c'est vous dire à quel point ils s'illusionnaient sur leur capacité de victoire ! À présent, taisez-vous, c'est un ordre, soldat !

Émile a ronchonné tandis que l'émissaire des Dioscures le plus disert (l'autre n'avait toujours pas ouvert la bouche) reprenait :

— L'assassinat de Rosa Luxembourg a certainement contribué à repousser les premiers pourparlers d'armistice. Le mouvement populaire en faveur de la paix est aussitôt retombé. Nous ne pensions alors pas que le conflit durerait encore cinq longues années.

— Cela a au moins empêché une révolution socialiste, a souligné le Grand-Duc avec une pointe de dégoût à cette perspective. Mais passons. Quels renseignements pouvez-vous nous fournir au sujet de la diablesse qui a bien failli nous faire mordre la poussière au Haut-Koenigsbourg ?

Il parlait bien sûr de l'Ange Bleu. Je me suis demandé s'il frémissait le plus en l'évoquant parce qu'elle possédait un redoutable talent ou qu'elle appartenait à l'autre sexe – sa remarque à propos de cette Rosa Luxembourg me prouvant, s'il en était encore besoin, que mon chef d'escouade souffrait d'un grave complexe de supériorité à l'égard de la gent femelle !

— Lili Marleen était une jeune fille de milieu modeste, amoureuse d'un fantassin affecté à un poste de sentinelle dans une de nos casernes, a révélé l'officier allemand. Quand il a été expédié sur le front, elle l'a suivi par ses propres moyens. L'amour pousse à bien des folies, vous n'allez pas me démentir, messieurs les Français ! Mais comme nombre d'histoires d'amour, la leur a fini mal. Pour lui, d'abord, atrocement mutilé à l'occasion de son premier combat. Il est mort après quelques jours d'agonie. Elle l'a veillé jusqu'au bout avant de sombrer dans le chagrin. Très mélodramatique, elle a voulu mourir à son tour. Mais elle n'a pas choisi la méthode de suicide la plus simple ! Après avoir enfilé l'uniforme ensanglanté de celui qu'elle venait de perdre, on la vit errer à l'avant de nos tranchées et dans le *no man's land* en appelant la mort, suppliant les vôtres de la lui donner. Aucun de vos tireurs n'accéda à ses vœux. Geste de chevalerie, qui sait ? En tout cas la jeunette éplorée s'enfonça toujours plus dans une sorte de démence enragée, finissant par se persuader de son invulnérabilité…

Je buvais littéralement chacune de ses paroles entre deux goulées d'air vicié. L'histoire de la pauvre Lili me touchait droit au cœur. Et pour cause : bien qu'ayant cheminé jusque-là par des voies différentes, nous étions arrivés, elle et moi, à une destination semblable.

J'ai anticipé la suite du conte macabre avant que les mots du haut gradé ne la confirment :

— Elle se jetait alors à la rencontre des balles, surgissant au premier rang des attaquants à chaque nouvel assaut, survivant entre deux on ne sait trop comment, de vols de rations ou de la pitié de nos propres soldats… Jamais cependant elle ne reçut la moindre blessure, quand autour d'elle les hommes tombaient par centaines. Une étrange lumière la protégeait, ont témoigné les blessés interrogés à son sujet.

Le Grand-Duc n'a pas bronché, mais m'a tout de même glissé un coup d'œil en biais, m'intimant sans doute de ne pas faire de commentaire.

— Comment a-t-elle rencontré le Maître des Terreurs ? a-t-il demandé.

— Nous avons procédé à la capture de la malheureuse afin de la transférer dans un établissement où lui prodiguer des soins…

— Et procéder à l'analyse de son cas, n'ai-je pu m'empêcher d'intervenir en songeant à mon séjour au Haut-Koenigsbourg et aux tests effectués sur moi par Marie Curie.

— Le Maître ne nous en a pas laissé le temps.

L'officier ne démentait pas l'évidence, c'était tout à son honneur. De Gaulle n'avait pas l'air content, mais je m'en fichais. Avant qu'il ne me cloue le bec, j'ai insisté :

— Que s'est-il passé ?

— Une révolte des pensionnaires du sanatorium, fomentée par les soins de notre homme, comme nous l'avons découvert plus tard. Il s'y était introduit sous l'identité d'un praticien hypnotiseur, le docteur Caligari. Mais au lieu d'atténuer les souffrances des patients, il a usé de son talent pour les mener au paroxysme de la violence. Certains l'ont retournée contre eux-mêmes. La plupart contre le personnel et les gardiens. Ce fut un massacre abominable. Lorsque nous avons pu enfin rassembler les morceaux épars de cadavres pour les identifier, il a bien fallu nous rendre à l'évidence…

— Lili Marleen n'était pas du lot, ai-je logiquement conclu. Et l'Ange Bleu est apparu.

Les deux émissaires du Kaiser ont approuvé d'un air faussement contrit ou alors contrarié par cette preuve de leur incurie. Celui qui n'avait pas encore parlé, mais comprenait apparemment le français lui aussi, a enfin daigné faire entendre le son de sa voix :

— Le *Generalfeldmarschall* von Hindenburg se montre très soucieux du règlement de cette malheureuse affaire. Il tient à ce qu'une solution définitive y soit apportée dans les meilleurs délais. C'est la condition à la reprise des négociations entre nos gouvernements. Mais celles-ci doivent demeurer secrètes, aussi n'interviendra-t-il pas officiellement.

— Par solution définitive, vous entendez l'élimination du Maître et de sa clique, a voulu s'assurer le Grand-Duc.

Un double hochement de tête lui en a donné confirmation.

— Cette option a la préférence du *Generalfeldmarschall*, a appuyé le premier officier. Vous avez carte blanche pour récupérer vos dignitaires et agir comme il conviendra pour aboutir à cette solution finale. Mais nous ne pourrons pas garantir votre sécurité sur notre territoire, encore moins en Bavière. Si vous deviez être repérés ou arrêtés, nous nierions avoir passé le moindre accord. Une fois franchie la frontière, vous serez donc entièrement livrés à vous-mêmes !

13
CROISIÈRE, CONFIDENCES, COURTOISIE ET UNE DERNIERE LEÇON

Sitôt de retour dans le Léviathan, après une descente du colimaçon tout aussi pénible que sa montée pour les engins roulants des teutons (quoique plus rapide, forcément, les forces de la gravité aidant !), nous avons informé nos compagnons de la suite des événements.

L'entrevue avec les émissaires des Dioscures s'était achevée sur quelques points de détail, comme le transfert de Grenédan et ses hommes à bord du Béhémoth – nom attribué au dragon mécanique construit par Krupp – avec promesse qu'ils seraient débarqués à proximité de nos lignes dans les meilleurs délais. Marie Curie a décidé de se joindre à eux pour rentrer au plus vite à Paris. Avant de nous séparer, la scientifique nous a souhaité bonne chance, puis elle m'a pris à part tandis que le Grand-Duc et le Brigadier supervisaient le transbordement de nos passagers à travers l'espèce de cordon ombilical, caoutchouté et étanche, déployé entre les deux monstrueuses machines d'acier.

— Ne doutez jamais de vos compétences, m'a-t-elle soufflé au creux de l'oreille tout en refermant une poigne solide autour de mon biceps. Votre talent vous tirera toujours des mauvais pas, Jean. Faites-lui confiance.

Elle a hésité un instant, puis ajouté encore plus bas :

— Je sais que vous vous inquiétez pour Mariette. Je comprends ce que vous ressentez et pourquoi. Mais Mademoiselle Spectrale n'est pas précisément le genre de grisette qui attend qu'un chevalier servant vole à sa rescousse ! Elle appartient à cette nouvelle race de femme aussi forte qu'indépendante qui effraie tant notre capitaine et que des hommes comme Émile ne parviendront jamais à comprendre. Vous, mon petit Jean, n'êtes pas de ceux-là. Alors, de grâce, une fois que vous l'aurez retrouvée, ne vous comportez pas avec elle en parfait benêt ! Si vous éprouvez pour elle ce que je crois deviner, dites-le-lui sans détour ni crainte de sa réaction. Je sais ce qu'est l'amour et plus encore sa perte, brutale, inattendue, injuste. Ne vous privez jamais d'une occasion d'en savourer les joies, au prétexte stupide du risque d'essuyer un refus. Voilà le meilleur conseil que je puisse vous donner. Pour le reste, et malgré ses défauts, suivez ceux du Grand-Duc. Si de Gaulle est vieux jeu, même un parfait goujat à certaines occasions, son alter ego ne manque ni de courage ni de réelles aptitudes au commandement. Foch ne lui aurait jamais confié l'escouade des évolués s'il n'avait su que Charles était son meilleur choix. Si quelqu'un peut mener à bien votre périlleuse mission, c'est lui et nul autre.

Quelle tirade, mes aïeux ! J'en avais presque les larmes aux yeux, songeant surtout à Séraphine, ma si douce et patiente promise. On devait lui avoir déjà annoncé la nouvelle de mon trépas. Serait-ce donc la trahir que de voler à la rescousse de Mariette (et aussi des huiles de notre état-major, je ne l'oubliais pas) avec en arrière-pensée l'espoir, sans doute insensé, de nouer avec elle plus qu'une simple amitié ?

Mais avant d'en arriver là, encore fallait-il surmonter nombre d'obstacles et non des moindres ! Le Maître des Terreurs, Sigurd, Tilmann Krupp et l'Ange Bleu se dresseraient en travers de notre chemin, à compter même que nous n'atteignions jamais la Bavière. Je ne voyais en effet pas de quelle manière il nous serait permis d'arriver à cette destination sans provoquer la curiosité sinon l'effroi parmi les populations rencontrées en route.

J'ai fait part de mes doutes au Grand-Duc aussitôt que Marie a eu rejoint le Béhémoth – j'avoue avoir eu le cœur serré à son départ, comme ç'avait été le cas, quelques semaines plus tôt, au moment de quitter ma pauvre mère, effondrée, et mon père, impassible bien qu'ébranlé, sur un quai de la gare de l'Est.

— Comment allons-nous rejoindre le sud de l'Allemagne en toute discrétion ? Nous circulons à bord d'un engin de plusieurs dizaines de tonnes et de la taille d'une maison !

— Souvenez-vous de vos cours de mythologie, mon garçon. Quelle est la particularité du Léviathan des origines ?

J'ai dû mobiliser beaucoup de mes facultés afin de deviner où il voulait en venir.

— Il s'agit d'un monstre marin, si ma mémoire ne me fait pas défaut. Mais à quoi peut bien me servir une telle information ? De plus, je me rappelle aussi mes leçons de géographie. La Bavière se trouve à peu près à équidistance de la Baltique et de la Méditerranée. Alors à quoi bon se soucier des capacités aquatiques de la créature mythologique ?

J'ai englobé le poste de commande d'un geste vif, excédé par les mystères du capitaine, et enchaîné :

— Même si ce Léviathan-là a appris à nager, je ne vois pas le rapport !

Un sourire entendu a redressé chacune des minces moustaches du Grand-Duc sous le pic de son bec.

— Vous oubliez le fleuve qui prend sa source dans le canton suisse des Grisons et faisait office de frontière naturelle avant 1870 entre l'est de la France et le conquérant germain. Il coule tout près des ruines de la cathédrale. Nous l'aurons rejoint sous peu.

— Et après ? me suis-je écrié. Naviguer sur le Rhin ne nous rendra pas invisibles aux sentinelles postées le long de son cours !

— *Sur* le Rhin, non. Mais *sous*, si, c'est plus que certain.

J'ai mis quelques instants avant de comprendre.

— Le Léviathan peut se transformer en sous-marin ?

— L'ingénieur Laubeuf, le père même du *Narval*, premier-né de notre flotte sous-marine, a doté ce cher Lévi des dispositions requises. Périscope, ballasts, compas gyroscopique, propulsion électrique pour la navigation en plongée, rien ne manque à l'appel. Nous allons donc pouvoir remonter le Rhin jusqu'au lac de Constance et ainsi pénétrer en Bavière par le sud-ouest sans nous faire remarquer. Ensuite, il sera temps d'aviser. Satisfait, *moussaillon* ?

Autant qu'il me l'était possible, dans la mesure où il se fichait de moi, par-dessus le marché !

— À vos postes, soldats, nous a-t-il commandés plus sérieusement. Brigadier, vous serez nos yeux durant le trajet.

Émile s'est coulé sans broncher dans le siège mobile au-dessus duquel je découvrais une paire d'œilletons cuivrés, au bout d'un tube du même métal, doté de poignées latérales. Le Grand-Duc a pris d'autorité les manettes et leviers de direction – tout un fatras qui hérissait le panneau de contrôle, au milieu des cadrans fléchés ou à bulle de niveau.

— Et moi ? me suis-je inquiété alors que le Léviathan se remettait en mouvement sans que je sache comment contribuer à le manœuvrer, ni même où m'installer.

— Surtout, ne touchez à rien, a intimé le capitaine. Contentez-vous de tenir compagnie à ce vieux Lévi. Vous n'avez pas encore eu l'occasion de faire véritablement connaissance. Profitez donc des heures qui viennent pour corriger ce manquement à la plus élémentaire politesse !

J'étais soufflé par tant d'impudence, mais je me suis rappelé les paroles de Marie Curie et j'ai décidé de prendre mon mal en patience.

— À vos ordres, ai-je répliqué en insufflant tout de même un brin d'ironie dans ces trois mots. Et comment dois-je m'y prendre, je vous prie ?

La réponse n'est pas venue du Grand-Duc, tout entier concentré sur le maniement de ses instruments. Mais de la machine aux rubans de papier qui ressemblait à une caisse enregistreuse de grand magasin et occupait tout un coin de l'habitacle. Son crépitement soudain a attiré mon attention. Quelques secondes plus tard, j'avais entre les mains un court serpentin couvert de caractères imprimés et qui disait :

RAVI DE VOUS RENCONTRER – VOUS M'AVEZ FORT IMPRESSIONNÉ PENDANT LA BATAILLE !

Je n'ai pas su comment réagir. Je n'apercevais aucun clavier de machine à écrire susceptible de m'aider à exprimer mes remerciements au Léviathan. Avisant mon trouble, le Brigadier m'a pris en pitié :

— Quel empoté tu fais ! Utilise le cornet, bourrique !

Il a pointé de l'index la corolle qui imitait un pavillon de phonographe en modèle réduit, accrochée au côté de l'appareil. Elle y était reliée par un épais fil torsadé. Je l'ai approchée de mes lèvres et, gauchement, j'ai lancé :

— C'est bien aimable à vous, euh… monsieur Lévi ?

Émile a ricané et j'ai vu les épaules du Grand-Duc se soulever comme il poussait un soupir de basse. Un nouveau ruban a jailli de la fente pratiquée à la base de la caisse en métal chromé.

INUTILE D'Y METTRE AUTANT DE FORMES – JE NE POSSÈDE PAS D'IDENTITÉ OFFICIELLE – JE SUIS POUR PARTIE UN ÊTRE ARTIFICIEL – DOUÉ DE RAISON MATHÉMATIQUE – MAIS CAPABLE D'APPRÉCIER VOS EFFORTS DE COURTOISIE !

Je l'ai remercié avec plus de spontanéité. Quelques jours plus tôt, seulement, j'aurais été estomaqué par cette étrange conversation avec un esprit mécanique. Mais après ce qui s'était passé au Haut-Koenigsbourg, je ne m'étonnais plus de rien !

★

J'ai vite perdu toute notion du temps, bercé par le tranquille ronronnement des moteurs électriques du Léviathan. Une fois notre véhicule immergé dans les eaux du Rhin, ceux-ci ont en effet pris le relais du système principal de propulsion qui fonctionnait de manière hybride, vapeur et pétrole se partageant l'effort selon les impératifs du terrain.

Lévi m'a lui-même instruit au sujet des secrets de sa mécanique, prenant apparemment plaisir à satisfaire ma curiosité (et puis cela m'empêchait de penser au sort de Mariette en exclusivité !). En échange de quoi il me posait toutes sortes de questions liées à ma propre situation ainsi qu'à mon passé. Je ne voyais nul inconvénient à lui apporter les réponses les plus honnêtes. Je trouvais même émouvant qu'il cherche à découvrir celui qui se cachait sous l'alias de Trompe-la-Mort. De tous les membres de l'escouade, c'était celui qui tentait vraiment de connaître Jean Valmont.

Au bout d'un moment, j'ai fini par comprendre les raisons de son comportement. Pour lui, notre univers se résumait aux instructions de sa programmation ainsi qu'aux rares éléments apportés par ses passagers. Or il brûlait d'en découvrir les merveilles devinées au gré de ces échanges trop restreints, d'en apprendre toujours plus et d'affiner ses capacités d'analyse. Il était comme un enfant prodige, avide d'emmagasiner savoirs et sciences, arts et cultures, mais brimé par de sévères parents qui ne l'autorisaient pas à parcourir le monde à sa guise. Bien sûr, Mademoiselle Spectrale, le Brigadier et même le Grand-Duc lui manifestaient une forme indéniable de respect – j'en avais été le témoin –, insuffisante toutefois car circonscrite aux intérêts des missions de l'escouade.

Autrement dit, l'esprit du Léviathan se sentait à l'étroit dans sa carcasse d'acier. Je le comprenais parfaitement pour avoir ressenti le même genre d'enfermement, bien que chéri par mes parents, avant de pouvoir me lancer avec une sorte d'acharnement revanchard dans la poursuite de mes études.

Jusqu'à ce que la réalité du conflit y mette un terme anticipé et m'expédie dans les Balkans, fleur au fusil, pour me plonger ensuite dans une aventure dépassant mes facultés d'imagination – bien au-delà des limites de la suspension de mon incrédulité !

J'en étais là dans ma relation avec Lévi (j'avais finalement adopté ce diminutif, à présent que nous avions fait plus ample connaissance) lorsque de Gaulle a annoncé que nous approchions le lac de Constance, ou plus exactement l'*Untersee* qui en constitue une modeste part. Nous avions doublé Bâle, l'autre ville principale située sur le cours du Rhin après Strasbourg, sans rencontrer de difficulté – je somnolais à ce moment-là –, puis suivi les méandres dessinés au long de la frontière avec la Suisse jusqu'à atteindre et dépasser Zürich à la faveur de la nuit, nous a encore appris le Grand-Duc. C'était heureux, car par endroit la profondeur du fleuve ne permettait pas de dissimuler aux curieux la totalité du Léviathan, obligé alors de rouler sur le fond sablonneux et de laisser émerger une partie de sa toiture blindée. Mais l'obscurité avait joué son rôle de dissimulation et la plupart des bateliers dormaient d'un sommeil bien mérité. Quant aux sentinelles postées sur les remparts des divers châteaux ou forteresses (héritées pour certaines de Vauban) jalonnant le parcours, il n'y avait pas à s'inquiéter car elles n'avaient rien pu remarquer.

Maintenant, le jour pointait et notre capitaine a décidé de nous octroyer un temps de repos dans les bas-fonds de l'*Obersee*, soit la plus vaste des deux pièces d'eau qui, rassemblées, forment le lac en son entier, véritable petite mer intérieure entre Suisse, Prusse et Bavière.

— Profitons-en pour peaufiner notre stratégie, a proposé de Gaulle. Et nous remplir l'estomac en prévision des épreuves qui nous attendent. Nous n'aurons peut-être pas l'occasion de nous restaurer de sitôt. Pour ça, passons au petit salon, soldats, si vous le voulez bien !

Une fois installés plus confortablement sur le sofa et les fauteuils rembourrés du niveau supérieur, nous avons partagé quelques-unes des victuailles tirées de la glacière en les faisant passer avec un vin râpeux – le Grand-Duc comme Émile prenaient la question du ravitaillement toujours très au sérieux...

Mille questions me tarabustaient, pour ce qui me concernait, et mon appétit s'en ressentait.

— Mangez, Valmont, m'a encouragé le capitaine. Vous allez avoir besoin de toutes vos forces dans les heures qui viennent.

Il préférait sans doute me savoir pleinement requinqué pour le cas, plus que probable, où j'aurais à user de mon talent pour lui tirer une belle épine du pied. Je me rappelais que face au Maître, il s'était mis à paniquer. J'étais sa seule assurance-vie dans la perspective de la prochaine échauffourée. À ce titre, il aurait pu me porter davantage de considération. Mais si je pouvais lui éviter de passer dans l'autre monde, modifier sa nature profonde dépassait mes compétences, et de loin !

J'ai malgré tout noté le retour à mon patronyme officiel – un premier pas vers de meilleures relations ?

— Je ne suis plus Trompe-la-Mort, capitaine ?

Je me faisais évidemment des illusions – ce ne serait pas la dernière fois.

— Dès que cela deviendra nécessaire, vous rendosserez cette identité secrète. Mais nous investiguerons d'abord en civil afin de découvrir où le Maître retient ses otages.

D'un geste, il a désigné la garde-robe joliment marquetée en face du bar.

— Choisissez des vêtements simples, qui n'attirent pas le regard, surtout rien d'ostentatoire. Nous devons nous fondre parmi la population des paysans et des ouvriers bavarois. Mais conservez bien votre combinaison en lieu et place de vos maillot de corps et caleçon !

Émile et moi avons fouillé parmi les chemises, pantalons et vestons jusqu'à nous dégotter des frusques adaptées à nos gabarits. J'avais de nouveau l'air d'un étudiant fauché, comme c'était le cas un mois plus tôt. Et le Brigadier d'un authentique apache des fortifs de Paname, comme ceux qui avaient fait les gros titres des journaux avant le début de la guerre, avec sa casquette à carreaux de guingois sur le crâne, visière abaissée au ras des yeux – il existait sûrement l'équivalent de ces mauvais garçons là où nous nous rendions, car chaque époque troublée (et celle-ci l'était particulièrement !) engendre son lot de marginaux et de déviants (j'étais loin de me douter à quel point j'avais raison, sans toutefois imaginer le degré de vilenie atteint par l'engeance qui nous attendait !).

Le Grand-Duc, lui, a jeté son dévolu sur un costume étriqué et élimé aux manches qui le faisait ressembler à un épouvantail expulsé de son champ et jeté sur la route. Il ne lui manquait même pas le traditionnel baluchon du chemineau, à l'intérieur duquel il a empaqueté avec soin son casque à bec et quelques provisions.

— Parfait, a-t-il approuvé en contemplant son reflet dans le miroir en pied de la garde-robe. Nous ferons illusion. Voici le plan : le LZ-114 n'est sûrement pas passé inaperçu. Je suis même certain que nous n'aurons aucun mal à repérer l'endroit où il s'est posé. Depuis qu'il a réussi à imposer la sécession du royaume, en manipulant l'infortuné Othon Ier, le Maître des Terreurs n'a aucune raison de se cacher. La Bavière lui est un repaire sécurisé. En toute logique, nous devrions le retrouver au cœur même du pouvoir, à jouer les conseillers ou plus exactement les éminences grises du roi dément. Nous allons donc gagner Munich directement. Je gage que les membres de notre état-major y croupissent dans quelque cachot indigne de leur rang…

La pensée de Foch, Pétain et Weygand sur de la paille humide, réduits au régime du pain sec et de l'eau croupie, n'était pas pour me déplaire. Ces badernes assassines, responsables d'un véritable génocide de la jeunesse de France, méritaient à mon avis leur sort. Mais je me suis tenu coi, inutile de lancer le débat à ce moment-là.

— Lévi attendra sous les eaux du lac notre retour avec les otages, a continué de Gaulle. Si nous ne nous manifestons pas d'ici quarante-huit heures, il reprendra seul le chemin pour Paris afin d'avertir madame Curie de notre échec. Elle s'en fera le relais auprès de Clemenceau. Plaise alors à Dieu que le vieux tigre ait toujours les griffes et les crocs assez affûtés pour s'engager dans son ultime bataille ! Car n'en doutez pas, messieurs, il cherchera à venger l'humiliation infligée par le teuton scélérat, fût-il le jouet d'une canaille criminelle !

Sa tirade achevée (elle m'avait autant abattu que galvanisé), il a brossé de l'index les poils de sa modeste moustache sous son long nez, avant de déclarer :

— Il nous reste à accomplir une dernière formalité, qui trouvera toute son utilité dès lors que nous évoluerons dans un environnement germanophone. Je vous rappelle en effet qu'aucun de nous trois ne parle couramment l'allemand, ni ne comprend le moindre mot de ce langage barbare !

Ce n'était pas non plus le moment de lui évoquer les subtilités de la prose d'un Goethe ou d'un Schiller (le genre de remarque qui aurait pu me conduire directement au trou si je l'avais faite devant des camarades poilus). Il venait de soulever un point capital. Je ne voyais pas comment nous pourrions faire illusion au plan linguistique. Mais cela ne semblait pas affoler outre mesure notre capitaine.

Il a soulevé le couvercle d'un des meubles pour révéler une version sophistiquée de gramophone, où s'empilaient des dizaines de galettes noires et plates, vraisemblablement en gomme-laque. Plusieurs paires de cornets acoustiques, reliés par des tiges de métal courbes, y étaient connectées. De Gaulle en a coiffé une, ajustant tant bien que mal les corolles cuivrées à ses impressionnantes esgourdes, nous invitant à l'imiter. Puis il a sélectionné quelques disques et les a déposés sur le distributeur alimentant le plateau tournant.

— C'est le moment d'un petit somme instructeur, a-t-il précisé en s'allongeant sur le sofa, nous abandonnant les fauteuils. Ce sera l'affaire de deux petites heures. J'ai privilégié l'usage d'un allemand courant, pas littéraire…

— Quoi ? Cet appareil va nous métamorphoser en locuteurs germains ?

Je m'étais fait la promesse de ne plus m'étonner de rien. J'avais encore mis à côté !

— Juste ce qu'il faut pour une conversation ordinaire. Et à condition de vous plonger dans l'état de réception adéquat.

Émile m'avait devancé. Avec un clin d'œil appuyé, il m'a remis une petite fiole de verre brun tirée d'une jolie boîte en métal ouvragé.

— Tu vas faire de beaux rêves avec ça. Et au réveil, tu seras tout aussi boche que bibi !

Il a avalé la drogue devant moi, pour me prouver qu'il n'y avait rien à craindre. De Gaulle n'a pas fait plus de manières. J'ai eu une pensée pour Mademoiselle Spectrale et j'ai porté le goulot de la minuscule bouteille à mes lèvres, buvant à sa santé.

Je me suis aussitôt amolli et j'ai sombré dans un océan de bien-être, tandis qu'une voix éthérée m'assénait ma première leçon de langue en accéléré.

14
LA RÉVOLUTION QUI VIENT

LES PAYSAGES DE LA BAVIÈRE semblent avoir été créés exprès pour figurer sur les cartes postales inventées par l'éminent Emmanuel Hermann, professeur à l'académie militaire de Vienne-Neustadt ; ironie de l'histoire, la toute première carte française est apparue en 1870 dans Strasbourg assiégée par l'armée allemande. Autant de détails que j'ignorais évidemment au moment de découvrir ces vallons ballonnés et verdoyants, ces prés et ces forêts de contes de fées amassés au pied des majestueux sommets alpins, éternellement enneigés et coiffés de glaciers étincelants sous le soleil d'été.

Le tortillard qui nous emmenait jusqu'à Munich brimbalait à une allure d'escargot sur une voie qui n'était qu'une succession de courbes, ponctuées de nombreux arrêts aux noms d'autant plus ravissants que mon esprit formaté par le gramophone hypnotiseur du Léviathan me permettait d'en goûter l'exotique saveur : Hergatz, Argenbühl, Wiggensbach, Dietmannsried, Obergünzburg, Eggenthal et toute une tripotée dont la liste avait de quoi donner le tournis. Ces villages charmants éclataient de couleurs saisissantes tant leurs habitants prenaient apparemment plaisir à barioler les façades de leurs demeures. De plus, des bouquets foisonnants soulignaient les rambardes de chaque balcon. Cependant un détail plus singulier a attiré mon attention : les clochers typiques de la région, coiffés le plus souvent d'un bulbe en forme d'oignon, parfois plus simplement d'une pointe aiguë, se doublaient d'un dispositif intrigant. Une espèce de serpentin cuivré spiralait autour des tuiles de bois terni ou de plomb lustré par les intempéries, grimpait jusqu'au lanternon ou à la croix surplombant l'édifice et s'y épanouissait en une corolle rappelant celles des cornets acoustiques du Léviathan, mais de plus imposante dimension. Curieuse fantaisie architecturale pour un royaume attaché à ses traditions catholiques !

Je n'y ai pas attaché plus d'importance sur le moment, me concentrant surtout sur les mouvements des autres passagers. Très peu montaient ou descendaient à chaque arrêt, essentiellement des gens du coin, chargés seulement d'un panier-repas. Les teints rougeauds, les peaux tannées, les habits simples disaient leur appartenance au petit peuple serein, rude à la tâche, taiseux et peu souriant qu'on trouve dans chacune des campagnes de province, en Allemagne comme en France. Ils nous jetaient parfois quelques regards en biais, mais je n'y voyais rien qu'une légitime curiosité. Nous étions après tout étrangers à la poignée de villages et de fermes isolées auxquels se limitait leur univers. Aucun toutefois ne manifestait d'hostilité, rien qu'une indifférence polie, une réserve ordinaire.

L'ambiance n'a pas tardé à changer, à mesure que le train approchait de Munich. Les voitures rudimentaires, aux banquettes de bois désagréables à nos fessiers, se remplissaient de plus en plus, jusqu'au débordement, d'hommes encore jeunes mais marqués, parmi lesquels beaucoup d'éclopés et une notable proportion de gueules cassées. La plupart de ces dernières portaient des masques de carton-pâte en mauvaise imitation de la chair mutilée, de grotesques postiches ou de simples mouchoirs noués autour de la figure en guise de foulard, dissimulant leurs atroces blessures. Mais certaines n'avaient pas cette pudeur élémentaire et exhibaient leur face torturée, réparée sommairement, aux regards scrutateurs.

Il s'agissait en toute logique d'autant de réformés, blessés au front, incapables désormais de combattre, comme il en existait chez nous des dizaines de milliers, la plupart réduits à la misère et la mendicité. J'ai évité de les dévisager autant que la promiscuité me le permettait, mais c'était peine perdue au vu de l'exiguïté du compartiment que nous avions investi.

Alors j'ai observé la réaction d'Émile et surtout celle du capitaine. De Gaulle se tenait avec encore plus de raideur que d'habitude, le dos droit et les mains à plat sur les cuisses, le regard fixé en hauteur sur un point indéterminé, évitant de croiser celui du jeune gars installé en vis-à-vis. Le malheureux avait la face percée d'un grand trou au niveau de la bouche – absente, ainsi qu'une bonne moitié de la mâchoire – et émettait un horrible glouglou de tuyauterie encombrée chaque fois qu'il expirait. Je me suis demandé quel effet la vision d'une telle horreur inspirait à un ardent défenseur de la cause militaire. Le Brigadier, lui, donnait l'impression de compatir, plus renfrogné que notre officier supérieur, mais sans malaise ostensible. Il devait en avoir vu d'autres et de plus sévères, ai-je estimé.

Quant à moi, la proximité de ces infirmes odieusement défigurés me plongeait dans un abîme de mélancolie. Ceux-là pouvaient encore s'estimer heureux d'avoir survécu au feu, quand ils étaient beaucoup plus nombreux à être tombés sous les balles ou les éclats d'obus. Mais quelle vie serait la leur, ainsi réduits à l'état de monstrueuse caricature ? Privés d'un bras, d'une jambe, d'un pied, d'une main ou de plusieurs de ces membres, remplacés ici par un crochet articulé, là par une bête pièce de bois sculptée, comment allaient-ils subvenir à leurs besoins, ceux de leur famille ? Comment les plus meurtris pouvaient-ils espérer s'en sortir, quand ils n'inspiraient plus au mieux que la pitié, l'aversion au pire ?

Je me suis abîmé dans la contemplation du paysage pour essayer de penser à autre chose. Par la fenêtre dénuée de vitre du compartiment, j'ai bientôt aperçu les faubourgs de la capitale bavaroise, composés de maisonnettes arborant moult balcons fleuris et colombages, leurs façades peinturlurées de couleurs éclatantes, comme leurs consœurs campagnardes. Cette forme de gaieté forcée, un brin écœurante à mon goût, contrastait avec la réalité du conflit en cours et ses terribles conséquences. Ici aussi, j'ai remarqué sur certains toits les plus élevés l'étrange motif cuivré et spiralé éclos en fleur géante, où se reflétaient les rayons du soleil. Peut-être était-il destiné à en recevoir la chaleur pour la dispenser à un quelconque appareil de cuisson ou de chauffage ? Cela me paraissait une hypothèse valable, dans la mesure où la guerre rendait l'approvisionnement en charbon et en pétrole souvent aléatoire…

Mais nous n'allions plus tarder à arriver en gare. Le train ralentissait d'ailleurs, roulant à présent presque au pas, tellement chargé que pas mal de gars arrivés des environs s'accrochaient dehors aux portières, debout sur les marchepieds des wagons, indifférents aux émanations de fumée noire crachées par la cheminée de la locomotive ainsi qu'aux escarbilles incandescentes qui voletaient alentour.

Nous nous sommes immobilisés dans un long grincement de frein. Le halètement de la chaudière a ensuite rythmé les mouvements de la horde de passagers en cours de rassemblement sur le quai. Une certaine confusion régnait, mais sans hauts cris ni altercations. La discipline inculquée parfois à coups de schlague dans les troupes du Kaiser guidait toujours les pas de cette jeunesse sacrifiée en vain.

Avant qu'on ne descende, de Gaulle a apostrophé un des estropiés qui passait à hauteur de notre fenêtre :

— Quel est le but de cette réunion, je vous prie ?

Le jeune type l'a reluqué avec consternation, puis il a rigolé, comme si le capitaine venait de lui jouer un bon tour.

— On va à la gamelle et pis au défilé, c'te blague ! Le Tambour va d'abord causer, alors va falloir l'écouter…

Il a paru le regretter, mais s'est très vite repris, soudain méfiant, pour ajouter :

— Je dis pas ça pour critiquer ! C'est juste que je comprends pas toujours ce qu'y dit. Mais j'y suis reconnaissant pour la soupe, la saucisse et la bière. Comme nous tous ici !

Les autres, autour de lui, ont vivement acquiescé. Puis ils se sont éparpillés, les plus valides soutenant leurs camarades incapables de se déplacer sans aide – beaucoup utilisaient des cannes ou des béquilles aussi massives que des gourdins ; certains, sans doute privilégiés, disposaient de fauteuils à roues qu'ils activaient en tournant une petite manivelle à deux mains.

— Que dites-vous de ça, messieurs ? nous a demandé de Gaulle, intrigué, une fois notre compartiment vidé. Il se prépare quelque chose en ville. Mais quoi ? Cela pourrait-il avoir un lien avec l'enlèvement de Weygand, Foch et Pétain ?

— Vous ne croyez pas à une coïncidence, ai-je remarqué au ton sceptique qu'il employait.

— Parce qu'elles n'existent pas, mon petit Jean. Elles sont seulement le nom qu'on donne aux événements trop compliqués à interpréter, faute des connaissances suffisantes.

Après avoir ainsi pontifié, il a posé le pied sur le quai, à l'autre bout duquel s'éloignait le cortège des garçons autant morts que vivants, ni très vifs ni très bruyants malgré leur nombre considérable – des centaines, aisément.

— Suivons-les, messieurs. Je crois que nous n'allons pas le regretter !

Émile a acquiescé, trop obéissant pour songer à discuter. Je n'ai pas eu d'autre choix que leur emboîter le pas, même si chacune de mes pensées allait à Mademoiselle Spectrale plutôt qu'aux ganaches de l'état-major. J'espérais de tout cœur qu'elle avait su se soustraire au danger, et que la lubie du Grand-Duc ne nous ferait pas perdre un temps précieux avant de voler à sa rescousse.

Sortis de la gare, nous avons longé un coquet jardin botanique dans le sillage de cette petite armée démobilisée, puis remonté une vaste avenue bordée d'immeubles pimpants, d'une impeccable propreté. Les badauds s'écartaient prudemment au passage des jeunes gens clopinant, dépenaillés. Les hommes plus âgés se décoiffaient en signe de respect, des anciens se figeaient même au garde-à-vous en saluant – peut-être des vétérans de 1870, car certains ressemblaient à de vraies momies fripées, assez vieux pour avoir servi sous la présidence d'Otto von Bismarck.

Une grosse demi-heure de déambulation plus tard, nous sommes arrivés à destination : une immense brasserie populaire à l'enseigne de la *Bürgerbräukeller* (soit la « cave à bière du citoyen » m'indiquaient mes nouvelles compétences en matière de traduction spontanée). Des portiers en livrée tenaient les battants de l'entrée grands ouverts afin de faciliter le déferlement qui nous précédait. J'ai craint qu'ils nous refusent l'accès, mais nous ne devions pas dépareiller avec nos nippes usées, même si nous possédions encore tous nos membres et des traits réguliers.

La grande salle principale était pleine à craquer et bruissait des échos de dizaines de conversations menées à voix modérée. Une épaisse couche de fumée brune stagnait sous le haut plafond, entre les rangées de lustres sphériques, insuffisants à chasser l'ombre en dépit d'une débauche d'ampoules rondes. De Gaulle nous a guidés vers une table encore libre dans un angle proche d'une des sorties. Nous n'avions qu'une vue partielle sur l'estrade dressée à l'autre extrémité, une cinquantaine de mètres plus loin. À cette distance, ai-je pensé, avec le brouhaha ambiant, inutile de compter percevoir quoi que ce soit du discours du mystérieux Tambour. Je ne pouvais pas plus me tromper.

Un silence de plomb est retombé à l'arrivée du conférencier. Le nabot ne payait pourtant pas de mine dans son costume marron étriqué. Mais une tension palpable faisait vibrer l'air lourd d'émanations de tabac et de sueur. Il m'a même semblé que l'atmosphère gagnait en moiteur. Au-dessus de nos têtes, plusieurs ampoules se sont mises à clignoter sous l'effet d'une brusque variation d'intensité. Mais personne n'a relevé le menton pour observer le phénomène. Tout le monde n'avait d'yeux que pour l'insignifiant bonhomme aux mèches brillantinées et plaquées en arrière sur son crâne, luisant à la clarté d'un projecteur soudain braqué sur sa maigre silhouette.

Sans préambule, les poings serrés à hauteur du cœur dans une pause très dramatique, sûrement empruntée à un acteur ou une actrice du cinématographe indigène, il s'est mis à éructer en roulant exagérément les *r* :

— Braves garçons, merci de tout cœur pour votre sacrifice ! Vous êtes la fierté de cette nation ! Vos pères et vos mères ont enfanté des héros !

D'emblée il s'envolait dans des exaltations qui auraient dû déclencher l'hilarité tant il surjouait son rôle. Mais personne ne riait dans la salle. Les poses s'étaient figées autour des tablées, jusqu'à en oublier de tirer sur les cigarettes roulées et les tuyaux de pipe abandonnés aux commissures des lèvres. Chacun concentrait toute son attention sur le petit énergumène qui multipliait les effets de moulinets et les grimaces très suggestives. Dans un genre outrancier, il me faisait penser au personnage campé par Charlie Chaplin dans ses courts-métrages muets – je croyais même distinguer un embryon de moustache en brosse sous son nez –, l'effet comique en moins.

— Mais on vous a bernés ! rugissait-il désormais. Roulés dans la farine ! Vous savez de qui je parle, bien sûr !

Il a marqué un temps de pause, les bras levés, toisant son auditoire subjugué. Je n'aurais pas pu le jurer, mais durant ces quelques secondes où tout s'est comme suspendu dans l'assemblée, jusqu'aux souffles des garçons mutilés, un halo de lumière malsaine l'a enrobé, telle une version impure de l'auréole bleutée qui se manifestait quand mon talent et celui de Lili Marleen se déclenchaient. C'était peut-être un effet d'optique dû au faisceau du projecteur, qui capturait des nuées de poussière, seulement je n'y croyais guère. En tout cas ça n'a pas duré. Tout s'est dissipé sitôt que le tribun s'est remis en mouvement, aboyant avec férocité :

— Maudit soit le Kaiser ! Maudits soient Hindenburg et Ludendorff, ses âmes damnées ! Maudite soit Babylone, Berlin la prostituée ! Ils ont trahi le rêve de Grande Allemagne ! Ils vous ont forcé à verser le sang pour les Krupp, les Daimler, les Bayer et autres engeances capitalistes ! Ils vous ont méprisés ! Vous n'avez rien reçu en échange des années perdues à leur service ! Rien que leur morgue ! Alors vous avez le droit de les maudire ! Vous en avez même le devoir ! Allez, faites-moi entendre votre colère !

— Maudits, maudits, maudits, ont alors scandé mille gosiers, faiblement d'abord puis de plus en plus fort, à l'unisson, rythmant chaque syllabe d'un coup frappé sur les couverts encore vides, les plateaux de table, tout ce qui pouvait résonner.

Sans avoir à nous consulter, nous les avons imités afin de ne pas paraître suspects.

— Maudits ! Maudits ! MAU-DITS !!!

L'adjectif répété jusqu'à la transe devenait le mot unique d'une mélopée barbare qui transfigurait les jeunes Bavarois en monstres de haine. Tout aussi subitement que la furieuse harangue s'était déclenchée, le calme est retombé au moment où le gnome fulminant a rabaissé les bras, pareil au chef d'un orchestre dément imposant le silence d'un coup de baguette.

Il n'a rien ajouté pendant quelques secondes – une éternité condensée dans cet instant fugace. Puis il a éclaté, apoplectique, postillonnant :

— Ils ne l'emporteront pas au paradis ! Nous déclencherons l'enfer pour leur faire payer l'odieux crime dont ils sont responsables ! Je suis le Tambour qui annonce d'un roulement la révolution à venir ! Et c'est d'ici même qu'elle va partir ! D'ici même que l'Allemagne va recouvrer sa fierté ! Grâce à vous, mes braves, à tous vos frères inspirés par votre exemple admirable ! Bientôt, je vous le promets, vous obtiendrez réparation pour les outrages subis ! Et maintenant, régalez-vous aux frais de celui qui prend vraiment soin de vous ! Remerciez le bon roi Othon et priez pour lui… Bon appétit !

Sur ce, tandis qu'un ballet de serveurs entamait sa danse les bras chargés de soupières et de plats débordant de salaisons, le Tambour virulent s'est éclipsé à la faveur de l'obscurité côté estrade, où l'on venait de couper le projecteur. À croire qu'il n'avait jamais existé et que nous avions été les victimes d'une hallucination auditive. La salle ne vibrait plus que des bruits de succion des affamés qui engloutissaient leur potage à pleines cuillerées, s'attaquaient aux chapelets de saucisses fumantes à bouchées conquérantes – un spectacle éprouvant de la part des édentés aux gueules cassées !

Je me suis reconcentré sur ma propre tablée. Le Grand-Duc et le Brigadier avaient l'air aussi perplexes que je l'étais. À quoi venions-nous d'assister ?

Nous nous sommes mis à manger, toujours soucieux de ne pas déparer. Un pichet de grès empli de bière blonde a étanché notre soif – ils avaient je suppose le gosier aussi sec que le mien. Puis, penchés sur la nappe à carreaux, nous avons échangé nos impressions.

— Cet excité a beau être un orateur de piètre qualité, un sinistre clown en vérité, il n'en captive pas moins la foule, a souligné de Gaulle.

— Bah ! s'est exclamé Émile. Une bande de pedzouilles et de crève-la-faim attirés par la promesse de se remplir la panse… Pas de quoi s'inquiéter !

Mais ses mots ne sonnaient pas avec l'assurance habituelle. Il tentait de se convaincre du peu d'importance de la démonstration, mais celle-ci l'avait justement ébranlé.

— Souvenez-vous que c'est le manque de pain qui a poussé le bon peuple de France à prendre la Bastille et mettre le roi à bas de son trône, a rappelé le capitaine, pas féru d'histoire pour rien, et comme s'il regrettait ce fâcheux épisode de 1789.

J'ai alors amené le sujet qui me turlupinait dans la conversation :

— La façon que le Tambour a eue de faire taire son public et de le manipuler n'avait rien de naturel, avouez-le ! Vous pensez certainement la même chose que moi, capitaine.

— Un évolué ? C'est possible, en effet. Surtout s'il a combattu, comme tous ceux réunis ici, et éprouvé plus que sa part de peur sur les champs de bataille. Nous soupçonnions, avec Marie Curie, la probabilité d'une frange non négligeable de combattants affectés…

— Ne noyez pas le poisson. Les évolués sont à l'évidence plus nombreux que vous ne l'estimiez. Mais nous n'avons pas été sensibles au talent de celui-là. Pas de façon aussi flagrante que ses autres invités en tout cas. Comment vous l'expliquez ?

— Nos esprits sont français, a rappelé de Gaulle avec un mouvement de fierté cocardière de son menton fuyant, redressé brusquement. Ils ne sont pas conformés à l'endoctrinement depuis l'enfance, comme ceux de ces pauvres bougres…

Ce dont je me permettais de douter, conservant le souvenir des heures de classe passées à recopier d'horribles vers patriotards – il ne manquait hélas pas dans la patrie d'Hugo de poètes revanchards à la muse contrariée autant qu'incompétente, qui avaient trouvé là l'occasion d'assouvir leur soif de reconnaissance.

— On leur bourre le crâne depuis l'enfance, a appuyé Émile. Ces gars-là sont prêts à marcher au pas à la demande.

— Et pas toi ? n'ai-je pu m'empêcher de le provoquer.

Il m'a retourné un regard qui en disait beaucoup, par dessous la visière de sa gapette, toujours enfoncée bas sur son front.

— Allons, messieurs, pas de querelles ! a grommelé le capitaine. Valmont, remisez s'il vous plaît vos saillies défaitistes au fond de votre musette. N'oubliez pas l'objectif de notre mission : assurer au processus d'armistice ses meilleures chances de concrétisation. Cela devrait vous convenir, non ?

J'ai acquiescé en soupirant, avant de croquer dans ma saucisse pour me donner un semblant de contenance.

— En tout cas, ce guignol à moustache ridicule ne parle pas en son nom propre, ai-je fait remarquer la bouche pleine, au mépris des exigences de la plus élémentaire politesse. Il n'est que le porte-parole, le Tambour comme il se nomme, de l'authentique instigateur de ce rassemblement.

J'ai englouti ma charcuterie d'une lampée de bière fraîche.

— Le Maître des Terreurs, a compris le Brigadier. Tout ça fait donc partie d'un plan plus ambitieux qu'on le supposait ?

— C'est à craindre, a répondu de Gaulle. Toutes les pièces d'une infernale bombe à retardement s'assemblent en Bavière, jugez plutôt : l'enlèvement de nos émissaires, la mise à l'écart de ceux du Kaiser, l'échauffement des cœurs et des esprits, leur manipulation, sans doute, d'une partie de la jeunesse du royaume, le repli de celui-ci hors de l'autorité de l'Empire, tout concourt au déclenchement d'une révolution qui pourrait amener ses instigateurs aux plus hautes marches du pouvoir.

— Vous pensez à plus élevé que le trône du « bon roi Othon », n'est-ce pas ?

Ma question était rhétorique. J'ai quand même eu droit à une réponse confirmant mes soupçons :

— Les ambitions du Maître ne se limitent sûrement pas à régner sur des alpages quand il peut escompter s'emparer du Reich tout entier. À nous de trouver le moyen de l'en empêcher.

— Vous croyez qu'à nous trois on pourra y arriver ?

Je m'en suis voulu d'adopter le ton de la supplique. Je me serais préféré caustique, mais l'ampleur du nouvel enjeu outrepassait mes tendances au sarcasme.

— Voilà que vous cédez de nouveau au défaitisme, mon petit Jean… Tss tss. Il faudra corriger ce penchant. Dois-je vous rappeler que nous pouvons aussi compter sur Mademoiselle Spectrale et notre fidèle Lévi ? L'escouade au grand complet vaut bien une armée !

Puisqu'il semblait s'en persuader… On verrait bien, ma foi, ce qu'il en irait quand nous serions de nouveau confrontés à Sigurd, Tilmann Krupp et l'Ange Bleu – sans même parler du Maître des Terreurs.

Comme il n'y avait rien de plus à ajouter, nous avons achevé le repas généreusement offert par l'ennemi jusqu'à l'ultime bouchée, la dernière gorgée de bière. Inutile en effet de gâcher une nourriture aussi roborative. Mais difficile pour moi de ne pas l'assimiler au dernier repas du condamné !

15
D'UN CHÂTEAU L'AUTRE

Rassasiés aux frais d'Othon Ier, les rescapés de la grande boucherie internationale se sont mis en route pour le défilé qui suivait les agapes de la *Bürgerbräukeller.* Des pancartes et des drapeaux ont fait leur apparition, opportunément distribués à la sortie de l'établissement par des gamins dont le plus âgé ne devait pas avoir treize ans. Les blondinets au regard azur, vêtus de traditionnelles culottes de peau retenues par des bretelles ou de jupes et de tabliers recouvrant des corsets – la *Lederhose* et le *Dirndl* d'origine tyrolienne étaient nés en montagne mais essaimaient la plaine –, auraient été trognons sans cette allure d'automates miniatures difficiles à différencier, les poussant à répéter le même geste et le même discours avec un sourire figé :

— Pour l'Allemagne authentique ! Un peuple, un royaume, un souverain !

La formule fleurait trop la leçon bien apprise pour ne pas éveiller le soupçon. Nous avons accepté un fanion aux couleurs identiques à tous les autres afin de ne toujours pas nous démarquer de la foule qui ne cessait de grossir, de nouveaux venus se joignant au cortège avec spontanéité, semblait-il.

— C'est quoi, ce signe ? s'est interrogé Émile, perplexe.

Je l'étais aussi. De Gaulle itou. L'emblème ne m'évoquait rien de connu. Un marteau et une courte épée, peut-être un simple poignard, se croisaient en rouge vif sur un fond uniformément noir.

— *Mjöllnir*, l'arme préférée de Thor ? a suggéré le capitaine. Un glaive romain ? Allez savoir ! Depuis le début de cette aventure, nous nageons pour partie dans les eaux de la mythologie païenne, pour partie dans l'histoire...

Référence à Sigurd, entre autres, bien sûr.

— Peu importe de quoi il s'agit, s'est-il empressé d'ajouter en brandissant l'offrande des enfants à bout de bras. C'est l'occasion de prospecter sans attirer l'attention. Suivons le mouvement et gardons les yeux ouverts en grand !

Un conseil opportun. Le cortège s'est ébranlé le long de l'avenue, au pas des plus lents des blessés qui avançaient en tête. Fondus dans cette masse de corps indistincts, nous ne risquions en effet pas de nous faire repérer si jamais l'un de nos adversaires surgissait à l'improviste.

Pendant ce qu'il m'a semblé des heures, nous avons sillonné les artères bourgeoises et les rues populeuses de Munich. Cette manifestation n'avait rien de joyeux ni d'expansif. Partout où elle passait, c'était comme si le ciel, pourtant radieux, s'assombrissait. Les gens se découvraient ou se détournaient, certains commerces baissaient le rideau, des habitants fermaient le volet, d'autres s'agglutinaient à leur balcon pour nous observer en silence, l'air compatissant et triste. Je ressentais de leur part un étrange mélange de respect et d'appréhension. La ville tout entière me paraissait soumise à un fardeau de résignation, que j'identifiais finalement pour ce qu'il était : la peur.

Mais pas une peur panique, qui pousse à de vives réactions, non, son contraire plutôt, une peur coulée telle une chape de plomb sur les épaules et les consciences, obligeant à retenir les cris d'indignation, les gestes de protestation. Elle était comme une poix collante engluant tout Munich et sûrement la Bavière en son entièreté.

Bientôt l'Empire allemand ? me suis-je demandé en frissonnant. Les ambitions affichées par le Tambour, qui amplifiait de sa voix outrée celle plus feutrée du Maître des Terreurs, le laissaient en tout cas supposer. Comment le Grand-Duc pouvait-il espérer que nous étouffions dans l'œuf ce projet de révolution insensée ?

Un coup de coude dans les côtes m'a ramené à la réalité.

— Là-haut, regardez, a soufflé de Gaulle. Mais discrètement, faites attention !

Émile et moi avons suivi la direction qu'il indiquait de son fanion. Tilmann Krupp, dans son armure de chevalier volant, décrivait de grands cercles deux ou trois cents pieds au-dessus de nos têtes, traçant des ronds de fumée noire échappée de ses tuyères sur la toile bleue du ciel.

— On dirait que nous touchons au but, s'est réjoui le capitaine.

Le défilé avait dépassé les limites de la cité engourdie sous l'effet d'une peur indicible et continuait sa progression sur une chaussée rectiligne, bordée d'un côté de vergers et de prés, de grands arbres en fleur dont les ramures s'entremêlaient assez pour dispenser une ombre bienvenue tout au long du parcours, et de l'autre côté d'un étroit canal miroitant. Au bout d'un kilomètre environ, nous avons franchi les grilles d'un parc où les eaux de ce dernier s'engouffraient pour alimenter de superbes bassins aux contours réguliers, ne devant rien aux caprices de la nature mais tout au goût des hommes pour les règles strictes de l'ordonnancement.

Devant nous se dressaient les bâtiments d'un château imitant avec une certaine rigueur germanique le style de la Renaissance italienne, mâtiné d'une copie éhontée de Versailles. Notable incongruité architecturale, le dispositif cuivré et spiralé déjà remarqué en ville comme sur les clochers en campagne se déployait au faîte des toits. Une pelouse rase, très étendue, accueillait à main droite la silhouette dodue du Zeppelin emprunté à la *Luftstreitkfräfte*, le Service aérien de l'Armée impériale allemande, amarré solidement à plusieurs poteaux. Mon cœur s'est emballé – Mariette se trouvait-elle encore à bord de l'engin ?

La question n'a pas trouvé immédiatement de réponse. Une voix que j'avais déjà entendue a résonné depuis une des plus hautes fenêtres ouvertes en plein centre de la façade principale de l'édifice, comptant quatre niveaux élevés au-dessus d'une imposante galerie en rez-de-chaussée.

— Bienvenue au Château des Nymphes ! Bienvenue aux héros de la révolution ainsi qu'à nos invités-surprises !

Ces derniers mots m'ont fait sursauter. Émile s'est aussitôt mis en position de combat, les poings serrés à hauteur de poitrine comme l'adepte du noble art qu'il était. Et de Gaulle s'est contenté d'adopter une mine contrariée en découvrant que nous avions été joués.

Mais par qui ? Car celui qui venait de s'exprimer était un homme à la peau fripée, d'une minceur exagérée, engoncé dans un uniforme d'apparat dégoulinant de galons et de passementeries. Je n'avais jamais rencontré ce type-là, j'aurais pu le jurer !

— Merci d'avoir eu la délicatesse de nous rendre cette visite, a-t-il repris en s'inclinant légèrement. Nous apprécions cette attention !

Sa voix, j'en étais convaincu, était celle du Maître des Terreurs – d'ailleurs les lèvres du type ne donnaient pas l'impression de remuer. La supercherie a pris fin quand le petit homme au chapeau melon et au lorgnon s'est décalé d'un pas, jusque-là dissimulé derrière la silhouette du roi Othon Ier, car de qui d'autre pouvait-il bien s'agir ?

Le souverain se tenait roide, les mains agrippées au rebord de la fenêtre, comme absent. D'autres silhouettes ont rejoint celle du Maître à ses côtés. Sigurd, toujours aussi peu vêtu et dont la musculature huilée luisait aux feux du soleil déclinant ; l'Ange Bleu, qui affichait un air las de dédain, comme si tout cela l'ennuyait profondément ; et enfin le Tambour, le moins impressionnant du lot, à ne pas négliger pourtant.

— Vous resterez bien diner ? a demandé ironiquement le Maître. J'insiste !

Il a eu un signe à l'adresse du Tambour. Celui-ci s'est mis à gesticuler avec ostentation, comme nous l'avions vu faire sur l'estrade de la *Bürgerbräukeller*. Ses éructations nous ont à nouveau écorché les oreilles. Mais plus question cette fois d'apprécier les envolées de sa diatribe, car nous avons été soudain submergés par une vague humaine et emportés par elle avec une violence inouïe.

Les mutilés et autres gueules cassées nous ont enserrés dans un étau de chair plus solide que l'acier. De Gaulle et moi étions bien incapables d'y résister. Du coin de l'œil j'ai assisté à la lutte du Brigadier, le plus à même de repousser l'attaque. Il est parvenu à écraser quelques figures (ce qui n'arrangeait pas leur état déjà piteux !), assommer plusieurs malheureux (il se pouvait même qu'il les ait expédiés *ad patres* tant ses coups semblaient furieux), mais le nombre des assaillants était tel, leur masse cumulée déployant une force insensée, qu'il s'est bientôt retrouvé immobilisé par cet improbable carcan constitué de centaines d'indigents privés de volonté, soumis à celle du Tambour et transformés en une entité vouée uniquement à nous anéantir.

Ce qui se serait sûrement produit si le Maître des Terreurs n'y avait mis le holà.

— Ça suffit, je les veux entiers pour le moment, a-t-il lancé en étouffant un ricanement.

Le Tambour s'est tu et a cessé tout mouvement. J'ai failli tourner de l'œil, compressé, étouffé par ceux qui m'entouraient. J'essayais de déclencher mon talent, mais il refusait d'obéir à mes sollicitations muettes. Sûrement ne se manifestait-il qu'en cas de danger mortel. Et comme le Maître tenait à nous vivants, il ne m'était pour le coup d'aucune utilité.

Plusieurs paires de mains aux veines saillantes et noueuses m'ont agrippé par les chevilles, les poignets, la taille et même le cou. Haletant, chahuté, je me suis senti décoller du sol, puis transbahuter tel un vulgaire colis par-dessus la marée des anciens combattants, sous les quolibets jetés par Sigurd et le Tambour.

L'Ange Bleu, elle, se dispensait de moqueries. J'ignorais s'il fallait m'en féliciter ou non !

Transporté cahin-caha, j'ai gagné la fraîcheur et la semi-obscurité régnant dans la galerie du rez-de-chaussée, décorée de peintures murales aux thématiques sylvestres ou pastorales ainsi que de miroirs aux cadres dorés. Impossible de savoir ce qu'il était advenu d'Émile et du capitaine. J'ai supposé qu'ils étaient soumis au même traitement que moi, sans aucune garantie toutefois.

Quelques instants plus tard, l'esprit tourneboulé, j'ai repris pied (à défaut de ma contenance !) dans une espèce de boudoir tapissé de motifs floraux rococo, éclairé par un lustre alourdi de cristal, pendu dans les hauteurs d'un plafond où se déroulait une fresque d'inspiration mythologique – l'ironie voulait qu'il s'agisse d'un épisode tiré des *Nibelungen*, comme la taille réduite des personnages principaux et la présence d'une brume tenace en attestaient. Drôle d'endroit pour un cachot ! ai-je pensé. Mais je ne me faisais pas d'illusion : les tours de clé donnés dans la serrure ainsi que les volets barricadés de l'extérieur ne laissaient aucun doute sur ma destination.

J'ai d'abord tourné en rond sur le parquet admirablement ciré pour évacuer la tension accumulée, résistant à l'envie de frapper aux battants de la porte condamnée ou d'appeler à l'aide mes compagnons – je ne voulais pas paraître lâche, ni trop désemparé. Exténué, j'ai fini par renoncer à ce comportement de fauve encagé et me laisser choir sur le divan vieux style couvert d'un tissu velouté qui constituait l'unique pièce de mobilier. Le découragement m'a saisi tout entier. Quel fiasco ! Je me suis mis à trembler, conscient de l'isolement qui était à présent le mien, perdu en un royaume étranger, loin derrière les lignes ennemies, à la merci d'un groupe d'évolués dirigé par un être machiavélique…

Inutile d'insister sur ce bilan pathétique ! J'en voulais au Grand-Duc pour nous avoir entraînés dans ce bourbier, je m'en voulais de ne pas lui avoir résisté (mais comment ? et à quel prix ? le peloton d'exécution ? À quoi aurait-il servi avec moi ?), mais par-dessus tout j'en voulais aux têtes couronnées ainsi qu'aux galonnés, acharnés à saigner les nations de l'Europe depuis dix longues années. Leur entêtement avait à jamais changé le visage du vieux continent et libéré des forces d'une nature nouvelle, dont les agissements risquaient d'aggraver une situation déjà désespérée.

Dans mon énervement, je ne me rappelle pas avoir fermé les yeux, sinon, peut-être, pour empêcher mes larmes de couler. Toujours est-il que je me suis assoupi, ou plutôt que le sommeil m'a rattrapé, sans préavis. Je crois avoir rêvé de Séraphine et de ma pauvre mère, mais rien de certain. En tout cas d'une présence féminine, indéniablement, d'un spectre évanescent aux cheveux détachés dans le vent, à la silhouette gracile ondulant autour de ma couche…

— Jean, réveille-toi.

Ces trois mots murmurés au creux de mon oreille n'appartenaient pas au songe qui m'emportait vers quelque rivage lointain, c'était plus que certain. Ni la douceur satine de cette peau sur mes lèvres – celle d'un doigt, puis d'une paume m'incitant à ne pas donner de la voix.

Paupières papillonnantes, j'ai découvert avec un mélange d'effroi et de joie le visage de Mariette presque collé au mien. De joie parce qu'elle était vivante, comme je l'avais si follement espéré depuis sa cruelle disparition ; d'effroi parce que j'ai su, immédiatement, avant même de le voir, ou de le comprendre, que quelque chose ne collait pas.

Je pouvais distinguer les arabesques végétales du papier peint à travers son regard, son sourire affligé, son teint d'une pâleur hésitante, empruntant là aux couleurs vives du décor, ici à une carnation plus limpide. Plusieurs fragments de joues et de front passaient de l'une aux autres sans parvenir à se fixer de manière définitive. Que lui arrivait-il donc ?

— Ne dis rien, surtout… Ce n'est pas aussi grave qu'il y paraît…

J'avais dû exprimer mon désarroi, pour le moins, d'un rictus éloquent.

— Je suis restée trop longtemps sous ma forme intangible… Voilà ce qu'il en coûte de jouer les héroïnes !

Elle s'efforçait à une légèreté démentie par l'expression entraperçue dans le flou de sa figure. Sa voix elle-même n'était qu'un filet de sons clairs en provenance d'une source lointaine, même pas un murmure. J'ai contenu autant qu'il était possible ma propre inquiétude, pour ne pas gâcher nos retrouvailles. J'éprouvais le désir de l'étreindre avec fougue, mais j'y ai résisté – et si mon embrassade n'avait saisi qu'une nuée, au risque de l'évaporer ?

— Vous avez mis le temps à arriver, m'a-t-elle soufflé sur l'air du reproche. Ça m'a permis de visiter les lieux. Et repérer où sont enfermés nos officiers de l'état-major. Ce château est gigantesque, on pourrait s'y perdre aisément…

J'ai esquissé un geste en direction de la porte et secoué la tête de gauche à droite.

— Je sais que tu ne peux pas jouer les passe-murailles, espèce d'idiot ! Mais si tu veux que je te sorte de là, tu vas devoir y mettre du tien. Jusqu'à quel point me fais-tu confiance, dis-moi, Jean ?

Pris de court, j'ai froncé les sourcils, mimant l'étonnement.

— Je peux nous faire franchir cette porte, a-t-elle ajouté. Tu ne courras aucun danger si tu respectes mes consignes. Il n'y a qu'avec toi que je puisse essayer. Émile croule sous des tonnes d'acier, littéralement, impossible pour moi de l'aider. Il est de toute façon trop lourd pour que mon intrusion ait une chance d'aboutir. Et le Grand-Duc trop grand. Nous avons toi et moi à peu près le même gabarit, Jean. Ensemble, nous pouvons y arriver…

Pour une fois que mon poids plume et ma taille modeste semblaient m'avantager ! Mais le terme employé – *intrusion* ? – m'interpellait de fort peu agréable façon.

— Détends-toi, ça sera plus facile… Et moins douloureux dans un premier temps… Surtout, ne me rejette pas !

Avant même que j'aie pu protester (*douloureux*, à présent, et puis quoi ?), Spectrale s'est comme affaissée sur moi. Mes pensées ont alors volé en éclats. Ma vision s'est brouillée, tout se confondant en un maelström de couleurs mélangées autour de moi, dont certaines n'existaient même pas, j'en aurais mis ma main au feu. Et en parlant de flammes, j'ai eu l'impression de m'embraser de la tête aux pieds. La moindre parcelle de mon anatomie se liquéfiait dans un bouillon de lave. J'étais pourtant incapable de lâcher le hurlement jailli spontanément de mon gosier.

— Là, tout va bien, cède-moi le contrôle…

J'entendais sa voix, mais je ne la voyais plus nulle part. L'atroce brûlure s'est dissipée, heureusement, faute de quoi j'aurais plongé dans la folie. Je me suis retrouvé sur mes deux pieds, chancelant devant le canapé, sans me rappeler comment je m'y étais pris. Et pour cause : je n'étais plus aux commandes de mon propre esprit !

— Reste léger… Sois aérien… Songe que tu ne pèses plus rien…

Les ordres de Mariette étaient plus sibyllins que ceux de notre capitaine. J'y obéissais néanmoins avec un zèle certain !

Un pas, puis deux et un troisième. Volez, mes jambes, ai-je imploré…

Le grand battant de bois peint se trouvait maintenant à portée de main. Nous n'avons pas ralenti pour autant. L'obstacle s'est effacé soudain. Aveuglé un instant, privé d'air, j'ai craint l'étouffement. Mais la seconde suivante, nous foulions le parquet d'un corridor sans fin, impression délivrée par un double alignement de miroirs en vis-à-vis. Étourdi, je vacillais, sur le point de flancher, quand Mariette a rompu l'intrusion.

— Ça a marché, l'ai-je entendue se réjouir de très, très loin.

Ses contours troublants se dessinaient cependant à quelques centimètres seulement. Elle semblait sur le point de s'évanouir – le double sens du terme m'effrayait plus que tout. Mais elle n'en a rien fait, trouvant je ne sais où les ressources nécessaires à son ressaisissement. Admirable et courageuse demoiselle ! Quelle leçon de bravoure elle me donnait !

— À toi de jouer, à présent… Le Grand-Duc n'est pas très loin… Je vais te montrer le chemin…

J'imaginais à peine le terrible effort qu'elle avait dû fournir pour me permettre de franchir la porte de ma prison. J'aurais voulu l'en remercier mais je n'en ai pas eu le temps.

Nous avions à peine effectué quelques pas vers l'une des extrémités de la galerie aux miroirs qu'un éclair lumineux se reflétait sur leurs glaces étamées. Ébloui par son intensité, égale ou supérieure à celle d'une bombe au phosphore, j'ai dû fermer les yeux.

Quand je les ai rouverts, l'Ange Bleu se dressait devant nous dans toute sa majesté.

16

SOUS LE HEAUME, UNE VISION D'HORREUR !

— *Hallo Liebhaber ! Wie berührend !*

J'ai traduit avec un décalage, perturbé par l'apparition de Lili Marleen ou l'effet de l'intrusion de Mariette, sans doute un peu des deux. Salut les amoureux ! Comme c'est touchant ! avait-elle lancé avec un indéniable accent populaire, équivalent à celui des grisettes du faubourg parisien (ou alors je l'imaginais car je connaissais à présent une partie de son parcours et de ses origines).

— Je me doutais d'une entourloupe, a-t-elle continué, ses paroles résonnant cette fois en français dans mes pensées. J'avais raison de me méfier.

Je notais toutefois qu'elle n'avait pas alerté ses comparses. Aucun signe en effet de Sigurd ou du Tambour dans les environs. Cela m'a redonné une illusion d'espoir. Je me souvenais de la façon dont elle m'avait considéré à l'occasion de notre première rencontre, qui était aussi celle de notre premier affrontement. Sa surprise affichée à l'égard de mon talent, sa colère mais aussi quelque chose, un je-ne-sais-quoi relevant d'un autre sentiment…

— Je savais qu'on se reverrait, Joli-Cœur. Que tu ne pourrais pas rester longtemps loin de moi. Ne sommes-nous pas comme des âmes sœurs ?

Était-elle sérieuse ou non ? Difficile d'en juger sur l'instant. Le feu pâle de son talent la nimbait d'une auréole pareille à une seconde peau. Elle conservait ses ailes repliées dans le dos et s'avançait vers nous d'une démarche lente, chaloupée, maîtrisant ses effets comme sur une scène de cabaret, un sourire carnassier aux lèvres. Son regard détouré d'un large trait de maquillage violet et noir se braquait droit sur Mariette.

— Il m'avait bien semblé t'apercevoir, chérie, sur le toit de ce château ridicule… Ou plutôt ressentir ta présence. Qu'es-tu, au juste, dis-moi ? Un lémure authentique ? Une copie de revenante ? Le simple résidu d'une mauvaise expérience ? Quelle est ton histoire, ma belle ?

Je me posais moi aussi certaines de ces questions. Mais le danger imminent n'incitait pas à y répondre. Je n'oubliais pas avec quelle facilité l'Ange Bleu avait éliminé une partie de notre délégation d'un simple revers de manche, durant la brève bataille du Haut-Koenigsbourg. Je me suis alors interposé entre Mademoiselle Spectrale et elle, lançant avec toute l'assurance dont je me sentais capable :

— Ça suffit, Lili ! Assez joué !

L'injonction aurait pu s'adresser à une chatte martyrisant une souris sans défense. Au moins a-t-elle produit son effet. L'Ange a soudain détourné les yeux pour me foudroyer jusqu'à l'âme.

— Ne m'appelle pas ainsi ! Un seul homme en avait le droit et tu ne fais pas le poids en comparaison !

Le feu qui l'enrobait s'est mis à crépiter et luire avec plus d'intensité. Ses ailes ont commencé à se déployer tandis qu'elle continuait sur un ton plus apaisé :

— Tu t'es bien renseigné, Joli-Cœur, mais rien de ce qu'on t'a appris ne rend compte de la réalité…

Sa main s'est envolée à la rencontre de ma joue. Mon talent a alors jugé bon de s'éveiller, ajoutant la lueur de son halo bleuté à celle qui irradiait Lili Marleen. La galerie aux miroirs s'est emplie tout entière de lumière, au point d'effacer les détails de son exubérante ornementation.

— Tu sais que je ne peux pas te faire de mal, a-t-elle rappelé, peut-être à regret, peut-être pas. Alors reste tranquille…

Au contact de sa paume, j'ai senti m'envahir un froid tel que tous mes membres ont tremblé. La caresse n'a duré que deux ou trois secondes. Une grimace a tordu les traits sensuels de l'Ange, les rendant pour le coup hideux. Elle a retiré sa main avec précipitation, s'est reculée d'instinct. Qu'avait-elle éprouvé ? Je brûlais de le lui demander. Mais la trêve instaurée entre nous s'est brisée dans un éclat de voix discordantes. Celle qui a résonné en premier avait d'étonnantes intonations de métal et un timbre dénué d'accent autant que d'aspérités :

— Qu'est-ce que tu fiches, gamine ? Tu ne vois pas qu'il te file sous le nez ? Arrête-le donc !

— Je m'en charge, Til' ! Compte sur moi !

Ils arrivaient par une des extrémités de la galerie, attirés sans nul doute par l'explosion de clarté – Tilmann Krupp et Sigurd, facilement identifiables à leur carrure hors de mesure, le premier caparaçonné de son armure, le second hypertrophié de stature. Le guerrier génétiquement amélioré m'a foncé droit dessus, sans prendre la peine de tirer l'épée du fourreau ballotant contre sa cuisse aussi ferme qu'un rondin de bois pétrifié. Seulement je m'étais habitué à l'excès de luminosité, lui non. Je me suis dérobé à la manière d'un matador exécutant une passe sans s'encombrer de muleta. Entraîné par son élan, il a poursuivi sa course sur plusieurs mètres avant de réaliser qu'il m'avait raté et commencer de ralentir.

Sans réfléchir, je me suis mis à courir dans la direction opposée. Tilmann Krupp n'a pas bronché. Je comptais sur l'encombrement de sa carapace d'acier pour le ralentir, et sur le fait qu'il ne pourrait pas décoller dans un espace clos sans provoquer de dégâts – sa machinerie complexe n'était d'ailleurs pas en état de fonctionnement, nulle fumée ne s'échappait des tuyères dans son dos et sur ses flancs. Je n'osais pas me retourner pour voir si Mariette me suivait ou pas. Depuis que l'Ange Bleu l'avait apostrophée, elle s'était tenue coite, plus que discrète, et la débauche lumineuse l'avait comme effacée...

— Halte ! a commandé le chevalier des temps modernes de cette voix qui semblait appartenir à une machine plutôt qu'à un humain.

Il avait relevé la visière de son heaume. J'ai pu voir enfin à quoi il ressemblait – et je l'ai aussitôt regretté. Une pure vision d'horreur ! Loin, ô combien, de l'image du séducteur à l'avantageuse trombine que je m'étais imaginée. La partie inférieure de sa face n'était qu'une béance de chair boursouflée, recousue d'agrafes, hérissée de vis. Pas de bouche, pas de mâchoires, pas de nez, mais à la place un curieux dispositif de rouages chromés qui lui permettait de s'exprimer et expliquait le son si particulier de sa voix.

Je comprenais pourquoi il avait survolé le cortège des mutilés et gueules cassées. Des frères d'armes, à n'en pas douter. Ses semblables, même si j'avais du mal à imaginer qu'un Krupp ait pu être défiguré dans le fond d'une tranchée ou en montant à l'assaut. Ces gens-là ne se faisaient pas mobiliser, tout simplement. Et quand ils daignaient prendre les armes, ils endossaient un bel uniforme d'officier suffisamment gradé pour leur éviter le front et se contenter des salons de l'état-major. Toutes les armées du monde civilisé obéissaient à cette règle non écrite : ne jamais exposer au danger ceux dont les pères régnaient sur l'industrie ou bien la banque de la mère patrie !

Tilmann y faisait exception. Pour quelle raison ? Et qu'est-ce que l'armure dissimulait comme autres blessures ? Je n'allais certainement pas m'arrêter pour le lui demander ! Il a tenté d'écarter les bras pour m'attraper, mais le poids de son habit de métal et des machines qui lui permettaient de voler était au sol un fardeau handicapant. Je me suis sans problème glissé sous l'obstacle en m'aidant du parquet ciré – zuuuip !

Quelques instants plus tard, j'ai déboulé hors de la galerie pour m'élancer comme un dératé sur la pelouse qui accueillait le Zeppelin. La nuit était tombée sur ce coin de Bavière mais des flambeaux brûlaient aux croisements des allées du jardin ainsi qu'au fronton en façade du château. Je n'avais aucune idée de la direction à emprunter, encore moins de la meilleure décision à adopter. J'ignorais où Mademoiselle Spectrale avait trouvé refuge après que l'Ange Bleu nous avait surpris tous les deux, ce qu'il était advenu du capitaine et d'Émile – hormis pour ce dernier qu'il croulait sous l'acier, comme Mariette me l'avait rapporté.

J'ai couru jusqu'au bois dans le prolongement des jardins, ne reprenant mon souffle qu'une fois à l'abri des fourrés. Au moins personne ne rôdait dans le coin, les participants au défilé avaient regagné leurs foyers. Je n'étais pour autant pas hors de danger. Sigurd et Krupp n'allaient en effet pas renoncer à me récupérer. Le guerrier, torche brandie bien haut, arpentait les allées entre les grands bassins, fouillant le moindre bosquet ; le chevalier survolait l'immensité du parc en décrivant des cercles à la manière d'un oiseau de proie. Je n'avais aucune chance d'échapper à leur vigilance. Ma seule option était de rester caché, sans faire de bruit, jusqu'au petit matin, et là…

On verrait bien !

Sauf que je n'aurais même pas ce choix, ai-je compris en entendant soudain s'élever les abois d'une meute menée par des laquais qu'on avait réveillés pour me donner la chasse. Jusqu'ici, les gens du château s'étaient montrés discrets, à peine si son plus prestigieux propriétaire avait daigné se fendre d'une apparition à la fenêtre, marionnette humaine entre les mains du responsable de l'enlèvement de Pétain, Foch et Weygand. Et voilà qu'à présent ils se manifestaient, eux aussi déterminés à ma perte ! Le Tambour avançait au milieu d'eux, gesticulant et aboyant à qui mieux mieux comme pour rivaliser avec les chiens. Enfin, le Maître des Terreurs et l'Ange Bleu fermaient la marche de cette bruyante ribambelle…

Un tel déploiement de forces et de talents pour ma modeste personne, j'en aurais été honoré si je n'avais pas été déjà trop dévasté par l'accablement !

Je me suis remis en mouvement, aussi discret que possible, m'enfonçant plus avant dans le sous-bois où régnait l'obscurité la plus complète. Tâtonnant, trébuchant presque à chaque pas, me frottant à l'écorce des troncs, aux basses branches dont les griffes végétales prenaient un malin plaisir à m'écorcher au passage, j'ai parcouru quelques centaines de mètres, moins peut-être, jusqu'à rejoindre la coulée d'un canal percé à travers ce reliquat de nature sauvage et qui ouvrait une longue perspective sur l'arrière du Château des Nymphes. Derrière moi, l'écho des jappements faiblissait. Laquais et chiens avaient dû contourner le bois de crainte d'y emmêler les laisses. La chance me souriait-elle soudain ? J'ai choisi de le croire et pris mes jambes à mon cou, longeant l'orée du couvert pour me fondre encore plus aux ténèbres. Si je réussissais à atteindre l'extrémité du parc, encore lointaine, je serais peut-être tiré d'affaire, momentanément du moins…

— Où crois-tu aller comme ça, Joli-Cœur ?

Le feu de l'Ange Bleu a illuminé le décor environnant, m'en livrant ainsi la primeur – les parterres artistement taillés, les sculptures érigées en bordure du canal, mille et autres détails que je n'ai pas eu l'heur d'admirer car l'éclat de Lili s'est dissipé presque aussitôt ; elle a en effet replié ses ailes et atténué son halo pour se poser avec grâce devant moi. Je devinais sa silhouette à la pâleur iridescente qui la détourait, rien de plus. Mon cœur battait au rythme vif du boléro, j'étais en nage, guettant la suite avec appréhension.

— Nous avons très peu de temps, a-t-elle lâché dans un souffle. Ils vont bientôt te remettre le grappin dessus.

Elle ne douchait pas vraiment mes illusions. C'était le plus probable, en effet.

— Toi et moi, on se ressemble, a-t-elle enchaîné de sa voix rauquée par l'abus de tabac, peut-être. Je te fais plus confiance qu'à ton grand serin de capitaine.

— Confiance ? Pour quoi ?

Elle avait attisé ma curiosité.

— Si je m'arrange pour vous libérer tous, y compris les vieux birbes de ton état-major, me donnes-tu ta parole de m'aider à ton tour quand le moment viendra ?

Je n'en croyais pas mes oreilles. À quoi rimait cette surprenante proposition ? S'agissait-il d'un piège ? J'ai rassemblé mes esprits – les jappements se rapprochaient – et demandé :

— Tu en aurais le pouvoir ?

— Tu as vu ce que mon feu peut faire. Je ne redoute aucun des imbéciles de mâles qui m'entourent. Sauf le Maître, bien sûr... Mais ne discute pas. Le temps presse. Acceptes-tu ?

— Que demanderas-tu en échange ?

— Je pensais que tu aurais deviné : je veux faire défection au Reich et vivre là où on ne me considérera plus comme une attraction de foire au mieux, un monstre au pire... Je veux vivre à Paris et je compte sur toi pour plaider ma cause auprès de ton gouvernement. Alors ?

Le ton devenait impératif. J'étais estomaqué par ces aveux. L'Ange m'attribuait plus d'entregent que je n'en aurais jamais. Toutefois je n'allais pas courir le risque de la décevoir à un moment aussi critique.

— Entendu. Je te donne ma parole.

— Elle suffira. Maintenant, il faut que tu me pardonnes...

— Pourquoi ?

La peur rejaillissait en moi. Ne venais-je pas de commettre une épouvantable erreur ?

L'Ange Bleu a joint ses paumes en prière, comme je l'avais déjà vu faire pendant la bataille du Haut-Koenigsbourg.

Un rayon concentré de son feu a jailli, me frappant droit au plexus solaire. Je me suis alors senti éparpillé dans des milliers de directions et, sans avoir l'occasion de lâcher un cri, j'ai brûlé entièrement, consumé de la tête aux pieds en l'espace d'un clin d'œil !

17
UN DINER PRESQUE PARFAIT

L'EXPÉRIENCE DE LA RÉSURRECTION est à déconseiller, croyez-moi bien volontiers !

Le message figure peut-être dans certains évangiles apocryphes, envoyé par un Jésus traumatisé. En tout cas il devrait être rajouté en note de bas de page dans les livres sacrés de chaque côté du Rhin…

J'en conserve le souvenir d'un effroyable déchirement inversé, faute de mieux pouvoir l'exprimer. Une sorte de conception et de naissance simultanées, effectuées en pleine conscience sans passer par la gestation, durant lesquelles chaque cellule de mon corps aurait exprimé son désaccord en s'échauffant à la façon d'un infinitésimal soleil ou d'un volcan expulsant sa lave en fusion…

Mais en bien pire, encore. Inutile de m'y attarder.

Mon talent m'avait sauvé la mise, bien sûr. J'aurais dû l'anticiper, mais l'Ange Bleu m'avait pris de court. Madrée Lili Marleen ! Elle avait compris que, mis dans la confidence du stratagème, j'aurais compromis nos chances de berner mes poursuivants. Elle m'en a d'ailleurs fait la remarque sitôt que j'ai manifesté mon mécontentement.

— Si je t'avais averti, tu aurais paniqué et tout fait capoter. Je connais les hommes dans ton genre. Ils sont encore des enfants.

Je ne pouvais pas lui donner tort. Un détail me chiffonnait cependant.

— Le Maître ne va pas soupçonner la supercherie ?

Elle a secoué la tête en me souriant – ses lèvres brillaient d'un noir violacé troublant.

— Il n'a pas saisi l'ampleur de ton talent. Il n'a pas assisté à sa démonstration, ni ressenti sa puissance comme je l'ai fait en t'affrontant puis en t'effleurant. Nous avons partagé quelque chose d'unique, toi et moi, Joli-Cœur. Et je suis restée cachottière à ce sujet.

J'ai alors pensé à Mariette – *nein*, tu fais erreur, une autre que toi a eu cette chance ou ce malheur !

Mais je ne le lui aurais jamais avoué. Au lieu de quoi j'ai répliqué platement :

— Je m'appelle Jean, au fait.

— Valmont, je sais. Ton capitaine ne s'est pas fait prier pour nous donner ce genre de renseignements, qui ne nous est d'aucune utilité.

J'ai ravalé ma fierté. Et repris par-dessus une bouchée de strudel aux pommes et au miel. J'étais plus qu'affamé par mon retour à l'existence et je ne cessais de dévorer tout ce qui se trouvait à ma portée sur le plateau roulant débordant de victuailles dégottées par l'Ange aux offices du château.

Nous étions dans une chambre exiguë, quelque part dans une aile réservée aux serviteurs, où jamais ses complices ne mettaient les pieds, m'avait-elle rassuré dès mon retour. Elle m'y avait transporté quand je me trouvais toujours mêlé à son feu destructeur, luttant déjà pour me réassembler sous la forme de ce charmant garçon qu'elle s'évertuait à nommer Joli-Cœur. Elle avait dû se dépêcher car, de son propre aveu, la pression exercée de l'intérieur par mon talent menaçait sa propre intégrité – autrement dit, elle était passée à *ça* d'exploser !

— Tout le monde te croit kaput et c'est tant mieux, a-t-elle précisé. Tu vas quand même devoir te montrer discret. J'ai apporté ce qu'il faut pour ça.

De la partie basse du plateau roulant, elle a tiré un lot de nippes d'un autre temps, dignes d'un épigone de Scapin ou Sganarelle – enfin, d'une version teutonne d'un valet de la Comédie-Française, à la laquelle ne manquait pas même la perruque poudrée.

— Qu'est-ce que c'est que ce déguisement ?

— La tenue parfaite pour te fondre dans la masse des serviteurs du château. Personne ne te prêtera la moindre attention une fois que tu l'auras revêtue, crois-moi. Un des rares avantages d'appartenir au *Lumpenproletariat* !

Je n'ai pas eu besoin de lui demander où elle avait pêché ce mot-là. Juste en face de moi, sur une petite étagère, les œuvres complètes de Karl Marx et de son compère Engels s'exposaient sans complexe à la lueur d'une chandelle dans de belles reliures pleine peau. Mais plus que les lectures tendancieuses de Fräulein Marleen, son apparence actuelle avait de quoi m'intriguer.

— Qu'est-ce que tu as fait de tes ailes ?

Nul renflement, en effet, sous la toile légère de sa chemise couleur crème, sinon celui des omoplates saillantes – Lili était toute d'os et de nerfs, de muscles déliés et peu de chair. Aucun halo bleuté ne brasillait plus pour en détourer la silhouette androgyne. Seuls les reflets de son maquillage rappelaient celle que son effroyable talent dissimulait sous une présentation si anodine.

Ma question a suscité un sourire sans joie.

— Si j'avais pu les arracher, je ne m'en serais pas privée. Mais elles sont là, à leur place habituelle. Simplement tu ne les vois pas.

— Comment est-ce possible ?

— J'ai appris à contrôler les manifestations trop évidentes de ma double nature. Question de discipline. On ne peut pas se laisser dominer par cet autre nous-même, Jean.

Elle m'appelait ainsi pour la première fois. Était-ce une marque de confiance ?

— Je ne commande pas à mon talent, ai-je répliqué en y mettant ce qu'il fallait de regret.

— Je pourrai t'apprendre deux ou trois trucs à son sujet. Plus tard, quand nous aurons du temps et peut-être la paix…

Elle a secoué lentement la tête avant de reprendre :

— Mais ça n'arrivera pas si personne n'arrête le Maître. Il devient de jour en jour plus puissant. Bientôt, il le sera suffisamment pour soumettre le monde sous le talon de sa botte.

— Tu exagères sûrement ! me suis-je récrié.

Je ne concevais pas qu'un bonhomme aussi insignifiant prétende à de telles ambitions. Et je pensais à une outrance mélodramatique de la part de Lili. Son regard s'est durci. J'y ai vu luire la flamme glacée de son talent et j'ai senti mes entrailles se contracter.

— Tu es encore un naïf, un rêveur, un doux qui ne croit pas à l'existence d'un mal affranchi de toute entrave morale, intéressé seulement par l'expression de sa toute-puissance. Pourtant ce genre de monstre vit en chacun de nous. Dans des circonstances favorables, nous lui mettons des chaînes pour vivre en société. Mais dix années de guerre totale les ont brisées chez beaucoup de nos contemporains. Le Maître a été l'un des premiers. Il s'est livré d'abord à toutes sortes d'atrocités, entre autres sur des enfants. Ce n'est pas la police qui l'a arrêté, mais la pègre, qui voyait ses activités perturbées par le désordre provoqué. Il a échappé à la pendaison et a été conduit à l'asile d'aliénés. Là où je l'ai rencontré.

Elle a marqué une pause, vraisemblablement hantée par ce souvenir. Je me rappelais sa propre histoire, telle qu'elle m'avait été résumée par l'un des émissaires des Dioscures. Combien de temps avait-elle été internée ? Et qu'avait-elle subi en matière de traitement dans cet établissement ? Je n'ai pas osé le lui demander. En tout cas, cela éclairait d'un jour nouveau son attachement au Maître des Terreurs.

— Hans, a-t-elle enchaîné, exigeait qu'on ne l'appelle plus que M, comme *Meister*, même s'il ne m'a jamais donné de véritable explication à ce sujet. Je n'étais de toute façon pas en état de l'interroger. Droguée en permanence, enfermée dans une cellule capitonnée, la camisole de force pour seul vêtement, je m'éteignais à petit feu… Un paradoxe pour l'Ange Bleu, non ?

J'ai souri à cette tentative d'humour hasardeux.

— Si tu étais ainsi isolée, comment le Maître a-t-il pu te contacter ? D'autant qu'il devait lui aussi être placé sous étroite surveillance…

La réponse, courte et directe, m'a ébranlé :

— Par la pensée.

J'avais assisté à de nombreux événements auxquels la plus élémentaire raison s'opposait (j'en étais d'ailleurs un moi-même selon Marie Curie), alors pourquoi celui-là heurtait-il mes convictions plus que les autres ?

— Tu prétends qu'il est capable de s'immiscer dans les esprits ?

— Tu l'as vu à l'œuvre en Alsace. Il a réussi à vous convaincre que vous receviez les véritables envoyés de Berlin.

— Une forme d'hypnose, ai-je avancé.

— Une manipulation facile pour lui. Sonder un cerveau à distance, sans voir sa cible, lui coûte plus d'énergie. Il n'utilise ce don qu'avec parcimonie. Heureusement pour nous, car il aurait éventé mon stratagème sinon.

J'acceptais l'explication pour le moment.

— Un adepte du mal absolu, infanticide et télépathe, ai-je résumé. Charmant portrait ! Mais si je sais d'où me vient mon talent, comment M est-il né ? Il n'a pas combattu, d'après ce que tu m'en dis.

— Il n'en demeure pas moins connecté aux millions de jeunes gens envoyés sur le front. Son pouvoir provient de la peur éprouvée par ces derniers. Il s'en nourrit et croît avec elle. Mais le Maître n'en a jamais assez. Je lui ai été reconnaissante de m'avoir arrachée de l'asile, d'avoir atténué ma souffrance comme il l'a fait. J'ai même souscrit à sa vision d'un chaos régénérateur, par vengeance contre ceux qui nous avaient cloîtrés. Je reste d'ailleurs persuadée qu'un grand renversement s'avère indispensable pour un avenir meilleur…

Elle a eu un coup d'œil sur les dos de ses livres signés Marx et Engels.

— Mais lui ne vise qu'au désordre et au malheur, à une révolution qui ne serait que décombres, sans la reconstruction d'un monde débarrassé de ses erreurs passées. C'est pour ça qu'il a saboté le processus de paix. Et ce n'est qu'un début.

— Quoi, ensuite ? Quel est son plan ?

— Oh, ça n'a rien de compliqué ! Tu as assisté à une petite démonstration, hier pendant le défilé de cette malheureuse engeance dans les rues de Munich. Et aussitôt après, quand le Tambour est entré dans la danse. La Bavière leur sert de laboratoire. Ensuite viendra le tour de l'Allemagne, du Reich au grand complet, puis de l'Europe tout entière. Imagine les effets d'un déferlement de terreur sur cette dernière !

J'ai essayé. Une forme de misère ravageait déjà les âmes et les corps aussi bien sur le front qu'à l'arrière, conséquence d'un incessant effort de guerre. Cela pouvait-il être pire ? Si jamais le Maître renversait le Kaiser et ses sbires, il y avait tout lieu de le craindre. Mais pour y parvenir, comment comptait-il s'y prendre ? Munich n'était pas Berlin, il s'en fallait de loin. Déstabiliser la sereine province catholique dans l'empire protestant exigeait certainement moins de moyens, ainsi que manipuler son roi dément, sa jeunesse éreintée par l'épreuve du feu…

J'ai alors songé à ce que j'avais aperçu sur le trajet depuis les rives du lac de Constance jusqu'à ma destination présente. Ces curieux dispositifs en forme de spirale qui s'épanouissaient au sommet des clochers, sur les toits des immeubles et même ceux du Château des Nymphes. Quel rôle jouaient-ils dans les manigances de l'ancien pensionnaire d'un asile d'aliénés ?

— Une invention de Tilmann, m'a d'abord appris Lili. Krupp est un petit génie de la bricole (ce que m'avait révélé Marie Curie, déjà)… Mais pas moi ! Pour ce que j'en sais, il s'agit d'une espèce d'amplificateur des effets de certains talents, comme tu les appelles plutôt que des malédictions… En l'occurrence ceux, conjugués, du Maître et du Tambour… L'un capable d'exalter les foules et les faire obéir à sa volonté, l'autre de préparer les esprits à cette manipulation, de les rendre malléables en les confrontant aux pires abominations issues des tréfonds de leur cerveau… Tu as vu ce que ça donne sur Othon Ier et les garçons défigurés ? Mais ces machines fonctionnent aussi dans l'autre sens. Elles captent les émanations de la peur et les concentrent en un flux qui alimente le Maître. Crois-le ou non, je ne l'ai plus vu avaler quoi que ce soit d'autre depuis l'installation de ces appareils !

Une image incongrue – ou peut-être pas tant que ça – m'est venue en tête : celle du comte Dracula de Bram Stoker ou de la Carmilla de Joseph Sheridan Le Fanu. Ces créatures absorbaient le sang de leurs victimes pour en retirer un semblant d'omnipotence et d'immortalité. Si M en faisait de même avec un fluide encore plus pur et concentré, à savoir l'émotion la plus vive qu'on pouvait éprouver, qui remontait aux origines de l'humanité, quand les clans primitifs se terraient en tremblant dans le fond de leur caverne tandis qu'une nature incompréhensible déchaînait la colère de ses éléments – tonnerre, foudre, tempête, éruption volcanique… –, alors son degré de nuisance dépassait tout ce qu'un romancier pouvait concevoir dans ses intrigues !

Je n'avais plus rien à ajouter, sonné par ces révélations. Lili m'a sorti de la torpeur en brandissant son nécessaire de maquillage et la perruque de ma prochaine tenue :

— Je vais modifier un peu tes traits, on ne sait jamais. Dépêche-toi ensuite de t'habiller. C'est bientôt l'heure du diner !

⋆

La salle du banquet dégoulinait de dorures et de moulures rococo, auxquelles se mêlaient une multitude de fils cuivrés, déroulés depuis les hauteurs du plafond, convergeant tous vers le siège installé à une extrémité de l'immense table dressée au milieu de cet espace démesuré.

Le Maître des Terreurs occupait cette place d'honneur. La banalité de ses traits, inexpressifs et mous, ses lunettes rondes à monture d'écailles, sa stature réduite, sa calvitie prononcée (il avait déposé son chapeau melon) et l'empâtement bourgeois de certaines parties de son visage, tout en lui contredisait son extraordinaire réputation de dangerosité. On aurait dit un employé aux écritures d'une administration de sous-préfecture, un de ces personnages falots et cuistres qui peuplent les vaudevilles de Feydeau ou les romans de Balzac – en aucun cas le despote putatif de Bavière aux visées hégémoniques décrit un peu plus tôt !

Le Tambour et le roi Othon Ier étaient assis aussitôt à sa droite, le souverain à demi avachi dans son uniforme défraîchi – le même qu'à son apparition au balcon. Un filet de bave pendait à la commissure gauche de ses lèvres, tremblantes, comme si des mots imprononçables cherchaient à s'en échapper mais ne parvenaient pas à franchir ce dérisoire barrage de chair. La figure hâve, pâlie, orbites creusées, cernées d'une ombre qui ne devait rien au mascara, il affichait une expression de douce imbécillité qui incitait à la pitié.

De Gaulle et Émile complétaient ce côté de la tablée. Si le capitaine gardait les mains libres, le Brigadier avait d'énormes anneaux d'acier rivetés autour des poignets. Une chaîne à ses chevilles le reliait à des boulets dont le plus léger devait peser deux fois mon poids. Muscles tendus à craquer sous son costume d'apache, il donnait l'impression de fulminer. Mais l'espèce de mors grillagé qui lui masquait la bouche empêchait l'envolée des jurons vers la fresque du plafond.

Pétain, Foch et Weygand composaient l'autre rangée des convives, flanqués de Sigurd et Tilmann Krupp. La seule chaise encore inoccupée était située à l'autre bout de la table, en vis-à-vis du Maître. L'Ange Bleu s'y est coulée non sans grâce avec un signe pour ce dernier.

— Excusez mon retard. La poursuite de cet idiot m'a épuisée. J'avais besoin de repos.

L'idiot en question n'a pas bronché, confondu à la ribambelle des laquais disposés tout autour de cet aréopage distingué. Lili ne s'était pas trompée : personne ne semblait s'y intéresser. Et nous nous ressemblions tous, grimés comme nous l'étions, vêtus de nos livrées. J'en ai éprouvé un brin de soulagement. Du moins jusqu'à ce que Sigurd fasse remarquer :

— T'aurais pas dû le griller comme tu l'as fait. J'aurais aimé le secouer un peu, qu'il nous raconte comment il s'est sorti de là où qu'on l'avait enfermé.

Je pensais que le guerrier soupçonnait l'intervention de Mariette. Mais le Maître a dissipé tout malentendu :

— Un talent caché de cet individu… N'est-ce pas ?

Il s'adressait à de Gaulle. Qui a confirmé :

— Valmont n'était pas encore en pleine possession de tous ses pouvoirs. Nous venions de le recruter. Je n'aurais jamais dû l'entraîner dans cette mission.

Cela pouvait passer pour des regrets et c'était assez près de la vérité, également assez flou, pour qu'on n'y revienne pas. Le Maître n'a en tout cas pas insisté.

— Régalez-vous, a-t-il ordonné en faisant claquer ses paumes pour donner le départ du service. Nous parlerons ensuite.

Les plats sont arrivés des offices. Une débauche de volailles rôties et de cochonnailles agrémentées de chou rave et de chou blanc. Le vin des bords du Rhin coulait à flots de pichets en cristal. J'ai imité les autres laquais sans trop de mal – il suffisait de remplir les verres ou les assiettes à gestes mesurés, dans le silence le plus total, en évitant le regard des invités.

C'était ma meilleure chance de renouer le contact avec l'escouade, amputée hélas de Mademoiselle Spectrale. La seule qui s'offrirait sans doute de venger la débâcle du Haut-Koenigsbourg, avec l'appui non négligeable de l'Ange Bleu. Sans elle, j'aurais pris mes jambes à mon cou et fui la Bavière pour retrouver le Léviathan et rendre compte du fiasco de notre intervention. J'espérais que mon travestissement ferait illusion et qu'il ne viendrait aucun soupçon au petit homme aux lorgnons – je redoutais qu'il ne s'immisce dans mes pensées, même si Lili m'avait assuré qu'il réservait cette pratique pour lui coûteuse à des occasions très spécifiques et préférait s'en préserver, car tout usage immodéré de son pouvoir entraînait de fâcheuses conséquences, comme de terribles céphalées.

Mêlé, donc, au déploiement de valetaille affairée au service, j'ai approché le capitaine, qui nourrissait Émile comme un bébé à travers le mors et entre deux bouchées engouffrées dans son propre gosier. Penché sur son épaule pour regarnir son assiette d'une tranche de jarret fumé, je l'ai effleurée avec juste assez d'insistance pour qu'il m'adresse une œillade agacée. M'a-t-il immédiatement reconnu sous la couche de fard appliquée par Lili et avec ma perruque poudrée ? Il n'a en tout cas manifesté aucune surprise et a repris ses agapes comme si de rien n'était. Merveilleux comédien, ai-je pensé, car lui savait que l'Ange Bleu mentait en prétendant m'avoir éliminé !

De leur côté, les membres de notre état-major dévoraient avec un bel appétit, un peu guindés dans leurs uniformes bardés de décorations. Ils ne semblaient pas avoir été maltraités par leurs ravisseurs. Je supposais que le Maître tenait à les échanger contre quelques concessions de la part de Clemenceau – des territoires cédés pour l'extension du Reich, par exemple – et qu'à ce titre il avait tout intérêt à garantir leur intégrité. Je ne m'inquiétais pas davantage pour eux et observais plutôt les acolytes du petit homme.

Le Tambour laissait la viande à part et se contentait d'avaler ses légumes. Il ne buvait pas de vin mais seulement de l'eau claire. Sinistre individu jusque dans sa conception de la chère ! Au contraire, Sigurd engloutissait comme un furieux des volailles entières, ignorant l'usage des couverts, à la manière de ses ancêtres portant l'épée, adorateurs païens d'Odin et Thor. Le moment venu, il serait le premier à devoir être mis hors d'état de nuire, avions-nous convenu avec Lili avant de gagner la salle. Quand je lui avais demandé de quelle façon, elle avait seulement répondu de ne pas m'en inquiéter. Krupp, pour sa part, ne pouvait plus rien avaler de solide, privé de mâchoires comme il l'était. Alors il aspirait à l'aide d'un tube en métal l'espèce de bouillie malaxée entre ses poings d'acier, dans de peu ragoûtants bruits de succion que chacun feignait d'ignorer.

Peu à peu, le repas tirait à sa fin et je guettais l'instant de passer à l'action, de plus en plus nerveux à l'idée que, peut-être, l'Ange Bleu m'avait mené en bateau – mais dans quelle intention ? Quand je tentais d'attirer son attention, en remplissant son verre d'un doux vin de Bohême (la tempérance n'était pas dans ses habitudes !), elle m'ignorait superbement. Bientôt, le Maître a fait tinter la pointe de son couteau contre le bord de son assiette, aussi propre qu'une heure plus tôt car il ne mangeait pas comme nous autres, je vous le rappelle.

— Que diriez-vous à présent, messieurs, mademoiselle Marleen, d'une petite démonstration de mes modestes capacités ? Ceci afin de vous éclairer tous sur les événements à venir…

C'était évidemment une proposition impossible à décliner. Était-ce le moment attendu par l'Ange Bleu ? En la voyant opiner avec l'air intrigué, j'ai compris qu'elle n'avait pas été mise dans la confidence. Je me suis tenu prêt à forcer l'intervention de mon talent.

— S'il vous plaît, messieurs, a repris le Maître très poliment en désignant Pétain, Foch et Weygand. Auriez-vous l'amabilité de vous lever et reculer de quelques pas ? Encore un peu, je vous prie… Voilà, parfait, ne bougez plus, merci !

Les galonnés se tenaient raides, très dignes, toisant leur hôte avec cette morgue si particulière qui était l'apanage de tous les officiers supérieurs, dans n'importe quelle armée. D'ordinaire, je détestais ce genre d'attitude, mais dans le cas présent j'admirais la pose – ne rien céder à l'ennemi, lui conserver toujours son mépris…

Le Maître n'en prenait pas ombrage. Il souriait, même, sans trace d'ironie. Il a porté l'index et le médius de chaque main à une tempe et clos les paupières en signe de concentration. J'ai retenu mon souffle, devinant qu'il s'apprêtait à entrer dans l'esprit des otages. Et s'il changeait de cible au dernier instant pour inspecter celui des autres personnes présentes dans la salle ?

Ce n'étaient toutefois pas ses intentions. Une veine enflée s'est mise à battre au milieu de son front. Il a rougi, excessivement, pris d'une soudaine sudation. Personne n'a eu le temps de s'en soucier. La seconde suivante, Weygand, Pétain et Foch ont explosé dans une gerbe d'éclats immondes, sous les acclamations ravies de Sigurd et du Tambour !

18
UNE SUBLIME TRAHISON

J'AVAIS LE CŒUR AU BORD DES LÈVRES, j'étais saisi de vertige, pris d'une brusque bouffée de chaleur intime…

Pendant ce temps le Maître des Terreurs se félicitait de son exploit détonant :

— Avec quelques kilos de cordite en sus, je vous laisse imaginer ce qu'il serait resté de cette salle, voire de la bâtisse en son entier ! Et si, plutôt que trois inutiles idiots, ils étaient des centaines de garçons fidèles, obéissants au doigt et à l'œil, à déambuler où je le souhaite ainsi parés, quel grandiose feu d'artifice ce serait !

Je ne l'écoutais qu'à moitié tandis que mon talent se manifestait, éclat bleuté se diffusant à travers mes couches de vêtements, avec retard malheureusement pour Pétain, Foch et Weygand. Peut-être ma récente résurrection en avait-elle altéré le déclenchement et l'efficacité. Peut-être avait-il atteint ses limites après plusieurs sollicitations. Seule Marie Curie aurait pu me renseigner mais la scientifique n'était pas là, heureusement pour elle. Quoi qu'il en soit, je devais me reconcentrer sur ce qu'il se passait autour de moi, faute de quoi nous ne ressortirions jamais du Château des Nymphes.

L'Ange Bleu s'est envolé au-dessus de la tablée, ailes déployées au maximum de leur envergure, mains jointes en parodie de prière.

Son feu a tout d'abord frappé Sigurd au moment où le guerrier bondissait de son siège, mais pas de plein fouet comme espéré. Il a poussé un cri autant de rage que de souffrance et s'est effondré sur le parquet souillé du sang et des fluides corporels des otages sacrifiés. Un second faisceau incandescent a jailli des hauteurs de la salle pour toucher cette fois sa cible : les anneaux scellés aux poignets du Brigadier, ainsi que le masque de son mors.

Émile ne s'est pas davantage fait prier pour passer à l'action, malgré les chaînes et les boulets de fonte qui lui pesaient aux pieds. S'en saisissant à pleines mains, il les a fait tournoyer avant de les abattre sur Tilmann Krupp, redressé face à lui et qui tendait les bras gauchement, comme pour repousser l'inévitable. Le choc l'a envoyé dinguer dans un fracas de ferraille à l'autre bout de la salle, où refluait la marée des laquais pris de panique. Mêlé à ces derniers, le Tambour prenait la fuite, relevant au passage le chevalier cabossé, non sans difficulté. Tous deux se sont éclipsés dans les jardins, où les flambeaux des torches allumées en fin de journée luttaient en vain contre les ténèbres complices.

Sigurd gisait, inconscient, le torse zébré d'une vilaine brûlure fumante, au milieu de la salle dévastée. Plus surprenant, le Maître n'avait pas bougé d'un pouce, toujours installé sur sa chaise. Il applaudissait même ce brusque revirement de situation, semblait l'apprécier.

— Merveilleux ! Sublime trahison, mon enfant… Mais en as-tu bien mesuré les conséquences ?

L'Ange le survolait à présent, ses ailes battant si vite qu'elles paraissaient des milliers, un peu comme celles d'un oiseau-mouche quand il s'immobilise en l'air pour aspirer le nectar d'une fleur. Qu'attendait-elle pour réduire M en cendres ? Une occasion comme celle-là n'était pas près de se représenter…

De Gaulle m'a alors saisi par le bras – je chancelais, comme ivre, exténué, tremblant ; j'avais failli l'oublier dans le chaos ambiant…

— Reprenez-vous, soldat ! Le combat ne fait que commencer. Pas le moment de nous laisser choir !

Il s'est emparé d'un des couteaux à viande qui traînait à sa portée et s'est précipité sur le Maître. Celui-ci n'a pas bronché, absolument pas intimidé par tant d'agitation ni par cette tentative d'agression. Il s'est contenté de lever un doigt en direction du capitaine alors que moins d'un mètre les séparait. J'ai senti l'hésitation soudaine du Grand-Duc, éprouvé le vacillement de sa résolution comme s'il s'agissait de la mienne, et je l'ai vu élever la lame argentée jusqu'au niveau de sa trachée…

— Non ! ai-je croassé en pensant m'écrier.

Ma voix provenait d'une source lointaine. J'avais du mal à me tenir seul sur mes deux jambes. Toute énergie m'abandonnait. Je me suis accroché – la vie du capitaine en dépendait, mais pas rien qu'elle. J'étais persuadé que Lili risquait aussi de payer sa trahison au prix le plus exorbitant. Je ne me trompais pas de beaucoup…

Handicapé par ses entraves, le Brigadier n'aurait pas pu s'interposer à temps. Othon, le roi dément, ricanait stupidement en nous voyant en si fâcheuse posture. Mais qu'est-ce que cette pauvre créature comprenait vraiment des événements ?

— Excusez-moi un petit instant, a repris le Maître très calmement.

L'index pointé sur de Gaulle a effectué un bref mouvement. Le bras armé du capitaine s'est figé alors que le fil du couteau venait de lui percer la peau et d'en faire perler une unique goutte de sang.

— Tu peux m'inonder de ton feu, a continué le Maître en s'adressant à l'Ange Bleu. Mais tu sais que cela ne me tuera pas. Je disparaîtrai sous cette enveloppe corporelle et je reviendrai dans une autre. Tandis que toi, ma chère enfant, tu connaîtras un sort bien moins enviable. Faut-il que je te rappelle lequel ?

Le cri poussé par Lili était comme une complainte de deuil se muant en hurlement sauvage, une stridence de shrapnels fusant de l'obus et ravageant tout ce qui vivait aux alentours immédiats. J'aurais voulu me boucher les oreilles mais ma faiblesse m'en empêchait et puis cela n'y aurait pas suffi. Lili flamboyait comme jamais, nimbée d'un crépitement d'étincelles qui étaient sa colère se répandant hors d'elle.

L'atmosphère avait comme épaissi, saturée de particules vibrionnant à une vitesse insensée et qui s'entrechoquaient en provoquant d'infimes explosions de clarté. Tout cela m'apparaissait dans mon délire avec une étonnante netteté. Si je n'y comprenais rien, alors, maintenant je sais que nos talents étaient en train de s'accorder, qu'elle et moi partagions une même expérience, tous nos sens emmêlés.

— Je t'ai faite celle que tu es, soufflait la voix du Maître à travers la cacophonie, j'ai renoué un par un les fils de ton esprit. Sans moi tu pourrirais dans ta cellule, objet de la curiosité malsaine des docteurs de l'asile, soumise à leurs scalpels, leurs expériences ineptes…

Il s'est interrompu quand un trait lumineux a détruit tout un pan de paroi, éparpillant avec fracas le plâtre des moulures, la pierre même du mur ainsi que les ornements de façade en une irrespirable nuée blanchâtre qui a tout effacé du décor.

Je me suis alors dirigé à tâtons vers l'endroit où se tenait le capitaine, chacun de mes pas, incertains, m'arrachant un gémissement. Je lui ai abaissé le bras en pesant de tout mon poids et il a lâché le couteau. Au moins ne risquait-il plus de se trancher le cou !

Tout près de nous, le Maître débitait à nouveau son discours dans le silence retombé d'un coup :

— Ce que je t'ai donné avec amour, ma chère enfant, je te le reprends sans haine…

Toujours aveuglé par la poussière des gravats, j'ai attiré le capitaine à l'écart du petit homme mortifère, nous dirigeant au jugé vers la sortie empruntée par Krupp et le Tambour. J'ai trébuché sur la carcasse de Sigurd, qui revenait à la conscience et se trémoussait en grognant, bientôt remis d'aplomb. Puisant je ne sais où un regain d'énergie, j'ai hâté le pas, toussant et suffoquant, les sinus encombrés, manquant à tout instant de m'étaler. Le Brigadier m'a alors attrapé par la taille – la solidité de sa poigne m'éclairait sur son identité – et nous avons tous trois franchi l'une des portes aux battants grands ouverts sur la nuit.

Dehors, j'ai enfin pu respirer à pleins poumons. L'air rafraîchi m'a comme dégrisé. Je n'étais pas le seul dans ce cas.

— Que… que s'est-il passé ? a demandé de Gaulle, plus qu'hésitant.

— Vous ne vous rappelez rien ?

— Ce diable a odieusement exécuté les membres de notre état-major. Et puis, c'est le blanc.

— Vous étiez à deux doigts de lui régler son compte, à ce cochon-là ! s'est exclamé Émile.

Le capitaine a affiché une expression de surprise non feinte.

— Vraiment ?

— Dame ! Mais s'il croit s'en tirer, il se goure complètement !

Empêtré de ses chaînes, ralenti par le poids des boulets, le Brigadier a fait volte-face, déterminé à venger Foch, Pétain, Weygand.

— Attends…

Je me suis accroché à un pan de sa veste maculée de poussière de plâtre.

— Je ne suis plus en état… Mon talent ne te sauvera pas si le Maître te pousse au suicide…

Il a grondé de dépit ou de frustration, comme un enfant qu'on aurait privé de sa distraction.

— Trompe-la-Mort a raison, m'a soutenu de Gaulle. L'escouade a déjà perdu Mademoiselle Spectrale. Perdre aussi le Brigadier ne serait pas acceptable !

— Mariette était ici, ai-je alors marmonné.

J'ai expliqué de quelle façon elle m'avait libéré, puis dans quelles circonstances nous nous étions quittés.

— Alors elle est en vie ! s'est réjoui Émile.

— Pour autant que je le sache… Je ne pouvais pas en dire davantage, j'espérais, c'était tout, moi aussi. Je préférais passer sous silence qu'au terme de l'intrusion qui nous avait permis de fusionner, elle m'était apparue plus évanescente que jamais.

Un silence oppressant régnait désormais à l'intérieur du château. L'agitation avait cessé dans la salle du banquet. Le capitaine a raflé un flambeau planté à proximité, dans les parterres fleuris.

— Déguerpissons tant qu'on le peut, nous n'avons plus rien à faire ici…

— Attention !

Mon avertissement arrivait un chouïa trop tard. Sigurd, bien rétabli, quoique sanguinolent et la poitrine déchirée par le feu de l'Ange Bleu, expulsait de leurs gonds les battants de la porte que nous avions empruntée tantôt. Furieux, véhément, il nous invectivait tout en se ruant à notre rencontre. Émile l'a reçu comme il a pu, embarrassé de ses chaînes. Les poings nus du guerrier se sont écrasés à de multiples reprises sur la face emmoustachée du Brigadier, trop lent pour répliquer. J'ai entendu se briser l'os du nez, le cartilage, entraperçu des gerbes de glaires rougies. Le colosse a basculé, cédant le passage au teuton enragé.

Avec un courage indiscutable et une inconscience plus admirable encore, de Gaulle lui a opposé son flambeau. Sigurd en a soufflé la flamme au creux d'une paume, broyant la torche comme un vulgaire sarment de bois sec. Puis, de son autre main, il a crocheté la gorge du capitaine, s'apprêtant à lui faire subir un sort identique. J'ai supplié mon talent d'intervenir, en vain. Aucun halo n'a lui autour de moi, à peine si ma peau virait à une ridicule pâleur de gris…

Nous étions cuits !

— À toi, Valmont ! s'est alors écrié Émile en m'envoyant une boucle des maillons de sa chaîne la plus longue. Attrape et tire aussi fort que tu peux !

J'ai saisi le sens de la manœuvre lorsque l'acier a mordu le guerrier au niveau de la carotide. Le Brigadier lui avait passé un collier d'un genre particulier. Biceps gonflés à rompre, lui-même tirait de son côté avec beaucoup plus d'efficacité que je n'en démontrais. Privé d'air, Sigurd s'est résolu à libérer de Gaulle pour tenter de desserrer le lien qui l'étranglait. Je l'ai contourné et j'ai rejoint Émile. Celui-ci a posé le pied au bas du dos de sa victime, jambe à l'horizontale, et appuyé de toutes ses forces sans cesser d'exercer une formidable pression sur les maillons, à présent tous réunis entre ses mains.

Centimètre après centimètre, la colonne du guerrier germain a ployé dans une direction contraire aux lois de la logique anatomique. Des craquements s'en sont élevés. Dans le même temps, la chaîne s'enfonçait inexorablement dans la chair de son cou puissant, écrasant muscles, tendons, artères…

Il était devenu violet. Ses yeux semblaient sur le point de jaillir de leurs orbites. Sa langue dardait dans tous les sens depuis le fond de la caverne béante d'une bouche aspirant désespérément à un surplus d'oxygène. Avec un bruit de gravier sec secoué dans un tamis, sa tête s'est peu à peu décollée du torse où elle reposait. Un flot de sang noir, épais, l'a inondé jusqu'aux pieds.

Le Brigadier n'en avait pas encore fini. Haletant, le crâne brillant de sueur, il a poursuivi son effort jusqu'à rompre le dos de son adversaire et le décapiter au même moment !

Je me suis détourné pour vomir de la bile tandis que Sigurd s'effondrait, enfin terrassé, sa tête roulant à quelques mètres de son corps.

— Une bonne chose de faite, a sobrement commenté de Gaulle, félicitant ainsi son Brigadier.

Comme aucune menace ne se présentait plus – l'attaque solitaire de Sigurd évoquant un baroud d'honneur (ou de stupidité, à mon humble opinion !) –, je n'ai pas résisté à la tentation d'un dernier coup d'œil sur la salle du banquet, où la poussière s'était dissipée.

Bien m'en a pris car j'y ai découvert la carcasse de celle qui nous avait sauvé la vie. Le petit homme aux lorgnons avait, lui, disparu. L'Ange Bleu était tombée des cieux peints du plafond, son auréole éteinte, ses ailes effacées, redevenue Lili Marleen. Elle se trouvait dans un état plus que piteux, paupières entrouvertes sur un regard vide de toute expression – les mots de la malédiction du Maître ont résonné dans mon esprit : « *Je t'ai faite celle que tu es… Ce que je t'ai donné avec amour, ma chère enfant, je te le reprends sans haine…* »

Othon Ier, la bave aux lèvres, riait à gorge déployée de l'excellente farce jouée à la malheureuse. J'ai imploré le capitaine de la soulever entre ses bras, car j'étais trop faible pour cela.

— Quoi ? s'est-il étonné. Vous ne pensez tout de même pas…
— L'emmener avec nous, si. Je ne veux pas en discuter. Sans elle, je ne viens pas. Je lui ai fait une promesse. Et je la tiendrai.
On percevait assez de résolution dans mes paroles fatiguées. Pas pour le capitaine, mais pour Émile, devenu mon allié :
— Je crois qu'on lui doit une fière chandelle, à cette donzelle. Je marche avec Jean sur ce coup-là.
M'avait-il jamais appelé par mon prénom jusqu'à présent ?
À l'aide d'un tisonnier récupéré près de la cheminée, il a fait sauter plusieurs maillons de ses chaînes au bout de quelques torsions. Expédiant ses boulets d'un coup de pied à l'autre bout de la pièce, il a grondé de joie. Puis, avec une délicatesse que je ne lui soupçonnais pas, il a déposé Lili sur une de ses épaules, prenant soin de ne pas la malmener.
— Entendu, a capitulé de Gaulle, visiblement de mauvaise grâce. Elle pourra peut-être nous être utile. Si toutefois elle redevient capable de parler !
Le rire du roi dément, plus spectre que jamais, blanc de plâtre de la tête aux pieds, nous a accompagnés vers la sortie du château. Nous avons traversé le parc au pas de charge, pressés de fuir les lieux, redoutant une attaque surprise. Mais les pelouses étaient vides, les jardins silencieux. Le LZ-114 avait largué les amarres, emportant avec lui le petit homme mystérieux et sa clique.

⋆

Le retour jusqu'au lac de Constance s'est effectué dans un climat tout sauf serein. Non que la populace croisée en chemin ne nous démontre davantage d'hostilité qu'à l'aller, au gré des rues d'un Munich encore assoupi puis des différents trains que nous avons empruntés durant la matinée, épuisant le pécule du capitaine pour l'achat des billets. Mais le bilan de cette opération de sauvetage nous laissait plus qu'un goût amer en bouche. Plutôt que Mariette, nous ramenions celle qui, la veille encore, était notre farouche ennemie ; les trois prestigieux otages capturés en Alsace appartenaient désormais aux pages des livres d'histoire ; et comme si ça ne suffisait pas, le principal instigateur de ce désastre avait pris la poudre d'escampette !

L'élimination de Sigurd ne suffisait pas à nous remonter le moral. Nous nous sommes renfermés dans le silence, feignant l'endormissement pour accréditer la thèse de celui de Lili. De toute manière les Bavarois cédaient à l'étrange apathie provoquée par les machineries de Krupp, associées aux talents ravageurs du Tambour et du Maître des Terreurs.

La fuite précipitée du trio me laissait songeur. Certes, la désertion de l'Ange Bleu les privait d'un élément dévastateur. Mais elle me paraissait un peu courte pour expliquer l'abandon subit du Château des Nymphes.

De Gaulle avait suivi le cours d'identiques cogitations. Sitôt à bord du Léviathan, qui surveillait notre arrivée sur la même plage de galets isolée qu'au départ de l'expédition, il a ainsi résumé la situation :

— Tout ça ne sent pas très bon. Le Maître n'a pas filé parce qu'il nous craint. Au contraire ! Ce démon concocte un mauvais coup.

— Plus que celui de Munich ? a demandé Émile, qui ne voyait pas très loin. Il a supprimé notre état-major, rien de moins !

— Ce n'était qu'une démonstration, ai-je rappelé. Ce sont les mots qu'il a employés. Avant d'évoquer les centaines de fidèles susceptibles de se transformer en bombes humaines. Vous avez vu comme moi avec quelle facilité le Tambour peut convaincre les foules d'obéir. Et Lili m'a dévoilé les ambitions du Maître : répandre sa terreur sur toute l'Allemagne…

— Peut-être, a objecté le capitaine, mais il a besoin de se trouver à proximité de sa cible pour la faire exploser. Il ne va pas pouvoir suivre autant d'agneaux sacrificiels s'ils se dispersent dans l'Empire. Il doit forcément avoir choisi un premier objectif essentiel, question basique de stratégie. Mais lequel ?

Un ruban de papier a jailli d'entre les lèvres métalliques de Lévi, apportant un embryon de réponse :

NOUS SERONS LE 15 JUIN DEMAIN – CE SERA L'ANNIVERSAIRE DE L'AVÈNEMENT DU KAISER – GUILLAUME DEUXIÈME DU NOM EST MONTÉ SUR LE TRÔNE DE SON PÈRE À CETTE DATE DE L'ANNÉE 1888 – IL RÈGNE DEPUIS TRENTE-SIX ANS DONT DIX DE GUERRE.

— Le Maître estime sans doute que cela a assez duré, a commenté le capitaine. Qu'il est temps de lui trouver un successeur. C'est une piste possible. Pas une preuve.

Lévi a continué de cracher du ruban, en verve décidément :

UNE DÉLÉGATION BAVAROISE SE JOINDRA AUX FESTIVITÉS PRÉVUES POUR L'ÉVÉNEMENT – J'AI CAPTÉ L'INFORMATION SUR LE RÉSEAU DE RADIODIFFUSION DE L'ARMÉE ALLEMANDE EN VOTRE ABSENCE – J'AVAIS BESOIN DE DISTRACTION ET CELLE-LÀ EN VAUT BIEN UNE AUTRE – QUOI QU'IL EN SOIT CELA RECOUPE VOS PROPRES RENSEIGNEMENTS – IL Y A TOUT LIEU DE CRAINDRE UN ATTENTAT CONTRE GUILLAUME II DANS MOINS DE VINGT-QUATRE HEURES À PRÉSENT.

— Transmettons ces renseignements aux Dioscures, ai-je proposé. Lévi, utilise ta radio…

— Non, a tranché de Gaulle, définitif. C'est trop risqué. Et si le Maître interceptait la communication ? Il modifierait son plan à la dernière minute et nous nous retrouverions Gros-Jean comme devant !

J'aurais souri de l'expression, désuète même pour l'époque, en une occasion plus appropriée.

— Quelle autre solution avons-nous, sacré bon sang ?

Il commençait à m'échauffer. J'étais à bout de tout – de nerfs, de fatigue, de patience, peut-être même de talent… Inquiet pour Mariette, portée disparue, pour Lili, étrangement inerte sur la couchette que nous lui avions octroyée dans le petit salon du Léviathan…

— C'est simple, a rétorqué de Gaulle. Nous allons voler à la rescousse du Kaiser.

Ce qui a fait s'esclaffer le Brigadier, sensible à l'ironie de cette décision. Pas moi, j'étais trop atterré. Lévi s'est contenté d'apporter une précision :

GUILLAUME RÉSIDE AU CHÂTEAU DE LA FRAINEUSE – PROCHE DE SPA EN BELGIQUE – OÙ SE SITUE LE GRAND QUARTIER GÉNÉRAL DE SON ARMÉE – L'OHL OU *OBERSTE HEERESLEITUNG* OCCUPE LES HÔTELS DE LA STATION THERMALE – À PRÈS DE SIX CENTS KILOMÈTRES DU LAC DE CONSTANCE – SI NOUS VOULONS L'ATTEINDRE À TEMPS JE SUGGÈRE DE NOUS METTRE EN ROUTE DÈS À PRÉSENT.

— Encore un foutu château ! a maugréé Émile. Cette mission vire à la visite touristique, ma parole !

Lévi nous a alors prouvé qu'il pouvait se montrer goguenard :

IL Y A ENCORE UN PETIT SOUCI – UN DÉTAIL QUI A SON IMPORTANCE – DEVINEZ-VOUS LEQUEL MON CAPITAINE ?

De Gaulle a opiné. Expert en la chose militaire, il devait conserver en mémoire une carte de l'évolution des opérations menées par chaque armée.

— Il n'y a pas trente-six solutions pour arriver à destination. Soldats, nous devons traverser la ligne de front !

19
24 HEURES CHRONO !

C'ÉTAIT PARTI POUR UN SACRÉ FOUTU périple mouvementé, croyez-moi sur parole !

Mais il a commencé par un temps de repos pour votre serviteur. Une sieste proche de l'anesthésie sur le sofa du petit salon. Sans rêve ni sensations transmises par les trépidations qui secouaient Lévi, moteurs poussés à fond tout au long de la descente du Rhin jusqu'à Strasbourg. Cette partie du parcours était la plus aisée. Elle n'a pas duré plus de cinq ou six heures. Les choses sérieuses ont débuté un peu plus tard, alors que nous émergions de la marée de brouillard toxique empoissant le Nord alsacien pour pénétrer en Sarre. L'ancien département français, sous Napoléon Ier, était retourné dans le giron prussien depuis plus d'un siècle. Il se trouvait aujourd'hui en plein sur la ligne de front étendue des rives de la Manche jusqu'aux marches occidentales du Palatinat rhénan.

Mais avant d'aborder en détail les conditions de notre traversée de la zone des combats, laissez-moi apporter d'autres précisions. Je n'ai pas été tiré de mon sommeil profond par un membre de l'escouade. De Gaulle et le Brigadier n'avaient pas quitté le poste de pilotage. Lévi restait concentré sur ses instruments de contrôle, attentif à la navigation. Une voix a toutefois murmuré mon prénom au creux de mon oreille.

— Jean…

C'était tout, mais beaucoup. J'ai aussitôt rouvert les yeux. Lili Marleen gisait toujours dans un état de semi-conscience, comme sous l'effet du laudanum ou de l'opium. Ce n'était pas elle qui avait parlé. Confus un court instant, j'ai fini par appeler :

— Mariette ? Tu es là ?

Personne n'a répondu. L'enfer s'est déclenché.

*

Il faut s'imaginer l'effet produit par la soudaine apparition du Léviathan sur les troupes amassées dans ce secteur ravagé par une dizaine d'années de combats acharnés.

Ici, auparavant, la forêt et les prés composaient un charmant tableau, typique des mœurs champêtres et pastorales des siècles précédents, en contrepoint des industries de l'acier qui élevaient leurs cheminées de hauts-fourneaux à quelques kilomètres seulement. Voilà pour le décor tel qu'il existait encore dans les premiers temps du conflit. Aujourd'hui, on aurait dit la surface de la Lune telle qu'elle nous apparaît dans l'œilleton d'un puissant télescope. Un désert de cratères où le gris de la poussière et le brun de la boue sont toute la palette des couleurs permises. L'ensemble sillonné par un labyrinthe de tranchées, d'abris souterrains et autres casemates, côté français, blockhaus, côté allemand ; entre les deux s'étend la vastitude sordide du *no man's land*, encombrée de fils barbelés, d'éclats d'acier, d'os, de chair pourrissante…

La trogne de nos poilus au surgissement de Lévi, lancé à toute allure, grondant et vrombissant, crachant une fumée noire, des jets de vapeur brûlante, version gargantuesque des petits chars Renault FT apparus dès le mois de mai 1918 dans l'Aisne avant de gagner l'ensemble du front !

Je ne peux que l'imaginer, bien sûr. Mais je sais quel effet le Léviathan a produit sur moi quand je l'ai aperçu pour la première fois, dans les Balkans. Et il n'était alors pas en configuration de combat... Tout secouait furieusement à présent autour de moi. Je me suis assuré que Lili ne risquait pas un mauvais coup en écartant les objets susceptibles de lui tomber dessus. Puis je me suis glissé vers le niveau inférieur, me cognant le front, les épaules, les bras, les jambes – tout, quoi ! – pendant la descente.

— Salut, soldat ! m'a accueilli Émile, collé au périscope. Ces andouilles croient à une attaque des boches, dans une manœuvre de contournement... Ils font donner du 75 à tire-larigot ! Ah, les cons ! Tu arrives à le croire ?

Les échos de la canonnade m'y incitaient sans problème. Ainsi que les soubresauts du véhicule chaque fois qu'un tir mieux ajusté tombait à proximité.

— Une cible mobile n'est jamais facile à toucher, a rappelé le Grand-Duc (il avait repassé son costume d'oiseau de nuit, casque aux aigrettes compris – sûrement possédait-il un double dans la penderie de Lévi). Mais si une fusée percutante nous atteint, elle causera du dégât malgré le blindage.

Ses grands bras s'agitaient comme pris de frénésie sur les leviers de commande. Il devait se fier aux seuls renseignements des cadrans parsemant le tableau des instruments, pour moi ésotérique – mais c'était lui le spécialiste de la guerre mécanique et de la conduite de ce genre d'engins, me suis-je rassuré ; et puis il pouvait compter sur l'assistance du cerveau implanté quelque part dans la forteresse ambulante...

J'ai soudain donné de la tempe en plein contre une protubérance chromée et distingué nettement les trente-six chandelles de la locution verbale employée par nombre de littérateurs du siècle passé et non des moindres. Un bruit assourdissant m'a bouché les tympans. Comme je ne me tenais à rien, imbécile que j'étais, j'ai effectué une douloureuse pirouette au moment où Lévi s'est couché sur le flanc en émettant une plainte de bête blessée.

Il semblait que la prédiction du capitaine s'était réalisée et que nos artilleurs avaient notablement amélioré leurs performances dans l'usage du canon de 75 !

— Rien de cassé ? Trompe-la-Mort, je vous parle ! Le Brigadier ne risque rien, lui…

Il m'a fallu le temps de recouvrer la vue et mes esprits. De remuer bras et jambes, aussi.

— Je crois que non. Mais la mission s'arrête ici.

— Que nenni ! Vous et votre fichu défaitisme…

Le Grand-Duc s'est détaché de ses ceintures de sécurité avant de consulter sa montre de gousset.

— Il reste dix-huit heures. C'est presque trop ! Brigadier, ouvrez le sas, voulez-vous ?

Émile s'est exécuté, tout de guingois, puis glissé à l'extérieur. Je l'ai suivi à quatre pattes, autant pour ma dignité. Le Grand-Duc nous a rejoints quelques instants plus tard avec Lili Marleen entre les bras – je l'avais oubliée sous l'effet du choc, honte à moi…

Mais j'avais une autre raison de ne plus cogiter correctement. La nuit se ponctuait d'éclairs phosphorescents illuminant la scène de l'accident presque comme en plein jour. L'évidence s'imposait : notre course s'était achevée au beau milieu du *no man's land* !

— Suivez-moi, soldats !

Le Grand-Duc avait confié Lili au Brigadier pour s'élancer plus rapidement dans une direction qui ne m'inspirait pas : celle des lignes allemandes.

Cependant les tirs côté français ne cessaient pas. Aux miaulements des obus s'ajoutait le staccato cinglant d'une mitrailleuse dont les balles ricochaient sur la peau de Lévi, enfin sur son blindage – je ne m'en faisais pas trop pour lui, trop occupé à assurer ma propre survie. Je me revoyais paumé dans une situation analogue, juste avant de *ne pas* mourir pour la première fois, moins de quinze jours plus tôt. La peur me nouait de nouveau les tripes, mais sa saveur paraissait moins acide. J'ai compris pourquoi quand la lueur bleutée, encore timide, a enrobé mes mains.

Mon talent ne s'était pas envolé ! Il me protégeait toujours, et avec moi ceux qui détalaient en direction de l'ennemi, sinon la mitraille des Maxim allemandes nous aurait déjà déchiquetés et réduits à néant. Les balles avaient en effet beau fuser à raison de cinq cents coups par minute, elles s'écrasaient dans la poussière ou bien passaient au-dessus de nos têtes, et ce n'était pas par maladresse de la part des teutons !

À l'approche de leur tranchée, le Brigadier a remis Lili au Grand-Duc pour foncer en avant, tête baissée, au travers des rouleaux de barbelés, les bras écartés en grand. Il a ainsi entraîné un impressionnant métrage de fils coupants dans sa chute calculée sur les positions des tireurs embusqués. Les cris et les suppliques lancés dans la langue de Nietzsche n'ont pas duré longtemps. Sur un signe du Grand-Duc, j'ai plongé à mon tour à l'abri.

Une douzaine de soldats gris se trouvaient saucissonnés, couturés d'écorchures mais vivants, par la longueur de fil d'acier. Une Maxim encore fumante gisait brisée à leur côté.

— Ne perdons pas de temps, a intimé de Gaulle. Notre arrivée n'est pas passée inaperçue. L'officier responsable va envoyer du renfort jusqu'à cet avant-poste. Déguerpissons avant qu'il ne nous surprenne.

— On pourrait endosser leurs uniformes ? ai-je suggéré en désignant les prisonniers du Brigadier. Et nous fondre discrètement dans les rangs de leur armée jusqu'au Kaiser.

— Vous avez trop lu de mauvais romans, m'a rembarré le Grand-Duc. Il est hors de question que je me déguise en boche !

Dixit celui qui ressemblait à un rapace nocturne géant de carnaval…

Mais passons. Je l'ai bouclée et nous avons remonté le boyau de la tranchée alors que, derrière nous, l'orage provoqué par les obusiers français se calmait peu à peu. J'ai eu une pensée pour le Léviathan. Pourvu qu'il s'en soit tiré sans trop de bobos (même si je me demandais, dans le cas présent, comment une forme d'intelligence artificielle de plusieurs dizaines de tonnes pouvait passer l'arme à gauche) !

L'obscurité de retour sur ce morceau de Sarre exsangue a favorisé notre incursion derrière les lignes allemandes. Nous avons erré un moment avec seulement les étoiles pour témoins, traversé les ruines de hameaux isolés, de villages rayés depuis longtemps des cartes et même des mémoires pour ceux dont les habitants avaient été pulvérisés par les bombardements. De temps en temps, nous contournions un poste de garde, un baraquement enterré à demi dans lequel une poignée de soldats gris luttaient contre la fatigue, l'ennui, le désarroi, la peur certainement aussi. Ils restaient tapis, comme assommés d'hébétude, réunis autour du brasero, silencieux et immobiles. Peu de différence, en somme, avec les garçons mutilés manipulés par le Tambour. Toute une génération essorée par la guerre, incapable de résister aux pires harangueurs. Des esprits malléables livrés au Maître des Terreurs, de futurs sacrifiés à son délire de grandeur, si tant est qu'il s'agisse bien de cela. Car ses motivations demeuraient un mystère pour moi. Il voulait faire trembler l'Allemagne, éliminer le Kaiser, soit, mais pourquoi ? Et après ?

Lili l'avait décrit comme une pure émanation du mal, un agent destructeur dont les actes seraient eux-mêmes la justification de son existence, l'instigateur d'un chaos dénué de raison. Une thèse qui n'avait pas ma totale adhésion. Le petit homme aux lorgnons devait être animé d'une quelconque passion, même la plus méprisable, qui expliquait ses exactions. Sinon, à quelle espèce appartenait-il ?

J'en étais là de ces questions, pensées à la dérive, épuisé par cette marche qui n'en finissait pas, au contraire de la nuit – l'aube colorait de rose pâle un ruban de ciel, là-bas au-dessus du Reich –, lorsque la chance nous a souri. Elle avait pris la forme d'une impressionnante automobile arrêtée sur le bord de la route, non loin d'une sorte d'auberge typique, un *Gasthaus* où la bière devait couler à flots durant le jour mais pour l'instant tranquille. Quelques lumières tremblotaient derrière les carreaux de verre épais, laissant deviner deux, trois silhouettes près d'un comptoir. Un fumet de café – ou son ersatz – fraîchement torréfié se glissait jusqu'au-dehors. Pour un peu, je serais entré en avaler un bol tant j'étais exténué (sans compter que la faim me tenaillait) !

— Voilà ce qu'il nous faut, soldats, a murmuré le Grand-Duc. Brigadier, à vous de jouer.

Un chauffeur en uniforme fumait une cigarette à la lueur des phares. Émile a fondu sur lui avant de l'estourbir d'un coup sur l'occiput. Puis, tandis qu'avec le capitaine nous installions Lili à l'arrière, sur la banquette capitonnée de cuir, et relevions la capote, il a effectué un tour rapide du luxueux véhicule.

— Superbe, fiston ! Une Mercedes Knight double-phaéton... Admire un peu ses lignes ! Et je t'assure qu'elle en a sous le capot ! Quatre mille quatre cents centimètres cubes au bas mot...

Je le découvrais sous un jour nouveau.

— Comment sais-tu tout ça ?

— Je n'ai pas toujours été biffin, qu'est-ce que tu crois ? Que je suis né avec un calot vissé sur le ciboulot ? J'ai tâté du cerceau avant que tout ne pète, figure-toi.

Il a mimé le geste à pleines mains, voyant que je n'y pigeais rien.

— Tu as été conducteur de taxi ?

Je pensais à ceux de la Marne, dont la réquisition au début du conflit avait marqué les esprits, mais servi à peu de chose en réalité.

— Ne m'insulte pas. J'ai couru trois fois le Grand Prix de France. La dernière, en 1913, j'ai même failli doubler Georges Boillot, mais sa Peugeot était la plus forte... Je l'ai recroisé plus tard, comme chauffeur de Joffre ! Le pauvre gars a été descendu par des Fokker après avoir voulu tâter de l'armée de l'air, deux, trois années plus tard. L'aurait dû se cantonner au plancher des vaches... Là, personne pouvait l'abattre !

— Jolis souvenirs, a apprécié le Grand-Duc en calant sa carcasse dans l'espace encore disponible à l'arrière. Mais si vous démarriez, soldat ?

Il a agité sa montre à gousset avant de préciser :

— Vous avez moins de huit heures pour gagner les environs de Spa. Est-ce que ça suffira ?

Le Brigadier s'est contenté d'un hochement de tête. Il a actionné le démarreur et fait vrombir le puissant moteur. Je me suis installé sur le siège à côté du sien au moment où la porte de l'auberge s'ouvrait à la volée sur un gros type endimanché, la bouche encore pleine de kouglof ou autre gâterie sucrée, qui nous invectivait :

— Au voleur ! Sale vermine, arrêtez ! Fripouilles, bandits, vauriens…

Et autres joyeusetés, vite diluées dans le lointain par la douce mélodie des pistons emballés et le rire tonitruant du Brigadier.

— Apprends à partager, bourgeois ! s'est-il esclaffé. Cette chignole est bien trop belle pour toi ! Je suis sûr que tu ne l'as jamais conduite toi-même… Quelle misère ! Un bijou comme celui-là… Ah non, tu ne la mérites pas !

Je ne lui soupçonnais pas ces penchants à la réappropriation populaire. Émile aurait-il été un disciple de Jules Bonnot ? Il avait en tout cas un point en commun avec le braqueur anarchiste, tué avant-guerre : son goût pour les belles mécaniques et la vitesse. Il prenait un évident plaisir au pilotage de l'énorme et surpuissante voiture allemande. Nous foncions à près de quatre-vingts sur la chaussée semée de nids-de-poule et trop étroite pour croiser un autre véhicule sans casse, éclairés par le double faisceau des phares qui ne portaient pas très loin. Je m'attendais à tout instant à voir surgir en contresens l'obstacle susceptible de mettre un terme définitif à notre folle équipée. J'espérais que mon talent avait recouvré assez de peps pour nous tirer le cas échéant d'un amas de tôle froissée…

— Décrispe-toi, fiston, foutredieu ! m'a tancé le Brigadier. Je n'ai jamais effectué de sortie de route pendant une course et je n'ai pas l'intention de commencer aujourd'hui !

Je n'en étais pas plus rassuré pour autant et je me suis accroché avec ténacité au cuir des poignées, jambes raidies comme pour anticiper le choc – qui ne venait pas. Les gifles d'air frais me tenaient sur le qui-vive, ainsi que les craquements successifs du levier de vitesse à chaque changement de rapport, le constant rugissement du moteur qu'on aurait dit satisfait par le traitement infligé.

Pendant presque deux heures, nous avons ainsi longé l'ancienne frontière avec le Grand-Duché du Luxembourg, occupé par les Allemands depuis le mois d'août 1914 (tout comme la Belgique voisine, malgré une vaillante résistance de son armée aux alentours de Liège et d'Anvers, qui n'aura pas duré plus de quelques mois), piquant toujours plein nord en direction de Spa.

Le jour s'est levé pour nous en révéler un peu plus sur le panorama. Les villages défilaient, en cours d'éveil, leurs habitants surpris par le passage éclair de notre torpédo. Les champs se préparaient à la prochaine moisson de juillet. Comme les précédentes, elle serait certainement effectuée par les femmes et les vieillards encore valides, puisque les hommes occupaient le fond des tranchées quelques dizaines de kilomètres plus au sud. Les prés étaient laissés en friche, faute de bétail conduit là pour paître. La pénurie de viande était la même en France et en Allemagne, pour le petit peuple du moins. Je ne me souvenais même plus du goût d'un vrai bifteck, sans parler de rognon, d'escalope ou de bavette !

Je me suis mis à saliver à ce genre de pensée, l'estomac tiraillé par la faim. Ça valait toujours mieux que la peur de l'accident. La matinée était bien entamée, maintenant, et nous avions doublé Bitburg, Pronsfeld et Prüm lorsque la Mercedes a été prise d'une fâcheuse quinte de toux avant de parcourir ses derniers mètres en roue libre…

— Panne de carburant, a annoncé Émile. Le plein n'était pas fait. Désolé, mon capitaine.

Le Grand-Duc s'est étiré en faisant craquer ses os et en bâillant – incroyable, il avait piqué un somme !

— Les festivités débutent dans cinq heures environ, a-t-il calculé après un coup d'œil sur sa montre.

Il a réfléchi un moment.

— Il reste moins d'une centaine de kilomètres jusqu'à La Fraineuse…

Je ne me suis pas étonné d'une pareille précision. Il devait avoir photographié dans sa mémoire la plupart des cartes à sa disposition. Faute de talent offert par quelque aberration de la science ou de la nature, de Gaulle s'était astreint à une impitoyable discipline, aux fins de développer des dons qui le hissaient au niveau des évolués – ou très peu s'en fallait.

— Je suggère de nous mettre sans délai à la recherche de benzine, a-t-il complété. Si nous arrivons trop tard, nous n'aurons plus qu'à nous incliner devant la dépouille de Guillaume II. À titre personnel, je n'en serais pas attristé. Mais je refuse de partager un tel plaisir avec cette canaille de Bavière…

— Quand on parle du chien-loup, l'a interrompu Émile, l'index pointé vers les cieux. Voilà d'autres invités-surprise à la fête du Kaiser !

Le LZ-114 approchait par l'est, crevant la couche des nuées en altitude. Impossible de ne pas reconnaître son profil effilé de suppositoire volant.

— Du jarret, soldats ! nous a alors motivés le Grand-Duc. Fouillez les fermes et les hameaux des environs, débrouillez-vous comme vous le pourrez, mais rapportez-moi de quoi faire redémarrer cette voiture ou, à défaut, un véhicule de substitution. Allons, exécution !

Le carburant était une denrée rare dans la contrée, réservé à l'usage militaire et, par dérogation, à quelques rares privilégiés, telle la grosse légume à laquelle nous avions emprunté sa Mercedes – quelque magnat des hauts-fourneaux ou leur équivalent, un industriel ou un banquier à qui la guerre ne causait pas de tort quoi qu'il en soit, bien au contraire. Nous n'avons pas tardé à nous en rendre compte après avoir été refoulés par nombre de paysans peu ravis de nous recevoir. Mais l'un de ceux à la porte desquels nous sommes allés frapper, plus madré que les autres, a sauté sur l'occasion d'améliorer son ordinaire.

— J'ai peut-être ce qu'il vous faut, a-t-il déclaré après nous avoir reluqués de la tête aux pieds, satisfait sans doute par notre mine dépitée et notre air égaré, flairant la bonne affaire.

Il nous a précédés jusqu'à sa grange, encombré d'un fatras de bric-à-brac recouvert de toiles d'araignées. En découvrant ce qu'il nous proposait, Émile s'est fendu d'un sourire sous les crocs inversés de ses moustaches.

— Le 'pitaine va sûrement bicher !

C'était de l'ironie. Je m'en fichais, inquiet de ce qui allait suivre. Nous n'avions en effet rien à proposer en échange de ces trouvailles inespérées, pas le moindre fifrelin, encore moins de *Papiermark* – la nouvelle monnaie officielle du Reich depuis la suspension de la convertibilité en or de l'ancienne, dès juillet 1914. Mais le Brigadier n'avait jamais eu l'intention de payer d'autre façon que d'un direct au menton. Le fermier ainsi expédié au pays des songes (j'espérais qu'il ne l'avait pas tué !), nous nous sommes dépêchés de rapporter le fruit de notre quête au Grand-Duc.

Ce dernier nous a reçus, montre à gousset en main, avec une expression outrée.

— Moins de quatre heures à présent ! Vous avez lambiné… Et c'est tout ce que vous avez dégotté ? Vous me prenez pour « le petit ramoneur » ou bien « le vieux Gaulois » ? Vous vous payez ma tête, oui, soldats !

Les références citées ne m'échappaient pas, car en plus des classiques de la littérature étudiés à l'université, je compulsais les pages de *L'Auto-Vélo* et de son concurrent *Le Sport* avec pas mal d'assiduité pour me désennuyer le soir dans ma carrée, avant d'être mobilisé. Aussi je n'ignorais rien des carrières de Maurice Garin et d'Eugène Christophe, deux champions tricolores parmi les nombreux adeptes de la petite reine à défendre nos couleurs dans les critériums et les classiques comme le Tour de France.

— Ça ne sert à rien de râler, sauf votre respect, a répliqué Émile en déposant avec soin Lili dans la charrette attelée au tandem familial à quatre places en parfait état de fonctionner, sinon quelques grincements de chaîne pas assez huilée. Va falloir mouliner des gambettes avec entrain ! On peut encore arriver à temps…

De Gaulle a soupiré très ostensiblement. Mais il a grimpé à l'avant de l'engin sans protester. Le Brigadier a pris place à l'arrière en m'adressant un clin d'œil, et je me suis installé sur l'une des deux selles libres entre eux.

Quelques instants plus tard, nous pédalions en cadence, chaque nouveau tour de jambes nous rapprochant de Spa et du Kaiser.

20
DE CHARYBDE EN SCYLLA ET TOUTES CES CHOSES-LÀ

Nous avons maintenu une fort estimable moyenne sur les ultimes kilomètres du parcours, même si je dois avouer que l'effort essentiel était fourni par le Brigadier. En dépit de son poids considérable, qui écrasait le boyau de la roue arrière, il imposait à notre attelage un train d'enfer. Nous filions sur les routes de campagne à travers les bucoliques paysages de la Belgique occupée, croisant très peu de véhicules sinon quelques chariots tirés par des bourriques aux flancs creusés, la peau tendue sur les os. Les paysans nous regardaient passer sans manifester un quelconque signe d'intérêt. Les privations des dernières années avaient vidé le peuple de Wallonie, jadis joyeux, prospère, exubérant même, de toute son énergie.

Les images ramenées de Bavière me trottaient à l'esprit. Là-bas, les machines de Tilmann Krupp alliées aux dons du Tambour et du Maître produisaient un effet identique. Si cela devait s'étendre à toutes les parties de l'Empire, voire au-delà de la ligne de front, comment les nations de l'Europe pourraient-elles jamais se relever d'une pareille dépression ? L'anéantissement de tout élan vital, une fois atteint le point de non-retour, condamnait l'avenir du vieux continent. Qu'est-ce que le machiavélique petit homme aux lorgnons espérait donc en retirer ? À quoi bon en effet régner sur un territoire empli d'âmes désespérées, incapables de donner à l'économie l'impulsion requise à son redressement ?

Il serait toujours temps de l'interroger si nous nous y trouvions à nouveau confrontés. Et cela risquait de se produire d'ici peu de temps, car nous apercevions le LZ-114 dans les cieux chaque fois que nous relevions le nez de la chaussée ou de nos mollets. Le dirigeable ralentissait à l'approche de notre destination commune. Notre motivation s'en est trouvée décuplée.

— Hardi, soldats ! a lancé le Grand-Duc. Rien n'est encore joué ! Le Kaiser peut être sauvé !

Je le croyais moi aussi. Ne suffisait-il pas que nous avertissions la garde rapprochée de Guillaume de la menace qui planait – littéralement – sur le Hohenzollern pour l'en mettre à l'abri ? Bien sûr, nous aurions à répondre de notre présence en territoire ennemi, et serions certainement considérés comme des espions, jetés conséquemment en prison dans l'attente d'un jugement puis du peloton d'exécution. Mais la paix était à ce prix, et je ne doutais pas qu'une intervention opportune de Clemenceau auprès des Dioscures rétablisse la vérité et la réputation de notre escouade avant l'issue fatale (qui serait de toute manière contrecarrée par mon talent, aussi cette partie du plan ne m'angoissait-elle pas outre mesure).

Quel naïf j'étais ! Comme je mésestimais la folie dévastatrice du Maître des Terreurs ! À ma décharge, ces dernières vingt-quatre heures avaient été parmi les plus mouvementées de ma courte existence. Et j'étais loin de me douter que les suivantes le seraient encore davantage !

Nous arrivions en vue d'un barrage à l'entrée de Spa, ville connue initialement pour la qualité de ses eaux et la fréquentation de leur pouhon par Joseph II, à l'époque du Saint-Empire romain germanique, un bon siècle plus tôt. La bourgade tout entière était placée sous embargo militaire, comme le Kaiser et sa famille s'y trouvaient en résidence et que les huiles du grand quartier général se gobergeaient dans les hôtels de la station thermale, comme nous l'avait opportunément rappelé Lévi. L'anniversaire de l'accession au trône de l'actuel empereur disposait néanmoins les soldats allemands à une forme d'allégresse, sinon de relâchement. Découvrant nos accoutrements, en particulier le costume du Grand-Duc (Émile et moi avions conservé nos tenues de ville quelque peu négligées à présent, froissées et empoissées de sueur), ils se sont esclaffés d'un rire franc.

— Voilà les clowns pour la fête ! Vous êtes en retard, les gars ! Mais que ça ne vous empêche pas de présenter vos *Ausweis*...

J'ai craint que l'algarade qui n'allait pas manquer ne compromette nos chances de manière définitive. La demi-douzaine de soldats gris ne ferait pas le poids face au Brigadier, et mon talent nous éviterait les balles si d'aventure elles venaient à voler. Mais les précieuses minutes ainsi gâchées ne pourraient pas se rattraper.

Le LZ-114 descendait peu à peu des hauteurs ennuagées. Les mains en visière pour me protéger de la lumière du soleil, qui avait atteint son zénith, j'essayais de distinguer son aire d'atterrissage. J'apercevais, à moins de cinq cents mètres sur notre droite et légèrement en contrebas de la route, le parc et les bois entourant un modeste édifice de charme néoclassique, sur le toit duquel flottait une bannière frappée de l'aigle impériale, aux côtés du drapeau tricolore noir-blanc-rouge. Mais un autre détail a aussitôt capté mon attention : le monstre d'acier quadrupède qui effectuait une ronde autour du petit château.

— Le Béhémoth ! me suis-je écrié. Que fait-il là ?

Le soldat gris qui s'était moqué de nous a repris avec du soupçon dans la voix :

— Quoi d'étonnant ? Tout le grand quartier général est présent à La Fraineuse, à commencer par Hindenburg et Ludendorff. Leurs officiers supérieurs les ont rejoints ce matin à bord de cet engin. Le gratin du Reich participe à la cérémonie, et pas seulement. Il y a aussi Ferdinand de Bulgarie et le pacha ottoman, Charles Ier d'Autriche, et j'en oublie sûrement !

Il venait d'énumérer les trois autres membres, en plus du Kaiser, de la quadruplice, le bloc d'alliances des coquins à la tête des empires centraux de l'Europe. J'ai alors réalisé l'importance de cette petite sauterie organisée en l'honneur de Guillaume II et compris que le Maître des Terreurs n'avait pas choisi son moment au hasard…

— C'est pour ça que personne n'a le droit d'approcher sans un laissez-passer spécial, a continué notre interlocuteur, plus méfiant que jamais. Si vous ne le présentez pas immédiatement, vous allez vous attirer de sérieux ennuis !

Sans qu'il ait eu besoin d'en dire plus, plusieurs canons de fusils Mauser modèle 98 se sont levés spontanément pour nous mettre en joue.

Le picotement caractéristique m'a titillé les paumes quand mon talent s'est éveillé. Sa lueur aurait pu attirer l'attention des Germains, si celle-ci n'avait été accaparée par le geste soudain du Grand-Duc.

— Là ! Voyez !

Son bras démesuré s'était tendu, prolongé par l'index qui pointait la panse du Zeppelin. Durant l'échange avec les soldats gris, l'appareil avait repris de la vitesse et s'était incliné à près de quarante-cinq degrés, nez au sol et cul en l'air, et fonçait désormais droit sur le château. Est-il besoin de rappeler que sous la toile tendue à craquer de son enveloppe externe se dissimulait une structure rigide emprisonnant plusieurs ballons remplis d'hydrogène, gaz hautement inflammable s'il en est ? Autrement dit que l'appareil constituait une parfaite bombe aérienne ?

Là-bas, dans le parc de la Fraineuse, on a cédé à l'affolement. Des tirs ont résonné, mais si la cible était impossible à manquer, les balles de fusil ou de pistolet ne pouvaient en briser l'élan, encore moins la dévier de sa course, ni la faire exploser avant l'écrasement.

Le choc a succédé de très peu à l'embrasement. Une énorme boule de feu, pareille à un soleil levé sur la bâtisse en cours d'écroulement, a enflé subitement. Le bruit de l'impact nous est parvenu avec un bref décalage – assourdissant.

Une fraction de seconde avant l'inévitable, Tilmann Krupp a surgi de la nacelle, propulsé par les jets échappés de ses tuyères. L'auréole de feu l'a alors rattrapé et avalé, si bien que j'ai cru avoir rêvé. Mais le chevalier volant s'en est extirpé en pirouettant, sa trajectoire brisée, apparemment en difficulté. Il n'a pas pu la corriger et s'est abîmé quelque part dans le petit bois, crevant la canopée.

— Brigadier, dégagez le passage ! a ordonné le Grand-Duc.

Les soldats gris étaient trop ébahis pour se rappeler notre présence. Émile les a désarmés puis assommés avec leurs propres Mauser, ensuite cassés comme des brindilles. Nous avons pédalé jusqu'à l'entrée du château transformé en brasier, au milieu d'une foule d'uniformes arrivés de partout en lâchant des ordres et des cris dans la plus extrême confusion. Le Béhémoth avait été soufflé par l'explosion, renversé sur le flanc, mais commençait déjà à se redresser sur les colonnes d'acier de ses pattes articulées, secouant sa grosse tête marquée d'un K, comme hébété par l'attentat. Du LZ-114, il ne restait plus qu'un vague squelette de poutrelles entrelacées, visible à l'intérieur du foyer, et qui commençait déjà à s'écrouler sous l'effet de la chaleur infernale.

Plusieurs dizaines de torches humaines nous ont filé sous le nez, courant et vacillant dans les allées, avant de s'effondrer en se tordant dans d'effroyables positions sur le gravier, lâchant un dernier souffle sans que quiconque puisse les approcher. Je me suis demandé si parmi elles figuraient le Kaiser, son épouse ou l'un de leurs sept enfants, ou s'ils avaient eu la « chance » de succomber rapidement dans la déflagration. Le halo bleuté entourait toujours mes mains, mais commençait à s'effacer. Je l'ai maudit pour n'avoir su s'étendre suffisamment et protéger toutes celles et ceux qui se trouvaient réunis dans les salons de la Fraineuse pour fêter Guillaume II. À quoi me servait-il donc si j'étais incapable de lui commander l'évitement d'une pareille catastrophe ?

— Il n'y a plus rien à faire pour eux ! s'est écrié le Grand-Duc pour couvrir le rugissement des flammes, comme s'il avait deviné mes pensées (ça ne devait pas être très compliqué !).

Il a dirigé le tandem en direction de l'endroit où Krupp avait chuté. Lui aussi l'avait vu, je n'avais pas été abusé par mes sens. Nous avons mis pied à terre à proximité du couvert des bois, à l'écart du pandémonium.

— Restez là, Trompe-la-Mort. Veillez sur mademoiselle Marleen. Nous ne serons pas très longs.

Lili était toujours prostrée dans la position où Émile l'avait déposée sur le fond de la charrette. Combien de temps pourrait-elle subsister de la sorte, sans pouvoir se nourrir ni se désaltérer ? J'ai essayé de lui parler, mais les mots avaient du mal à sortir de mon gosier. Et puis quoi lui dire ? Que nous venions d'échouer une nouvelle fois à empêcher le Maître de se livrer à des atrocités ? Bon sang, il venait de décapiter l'Empire allemand et ses alliés aussi sûrement que nous l'avions fait avec Sigurd !

Quand la nouvelle se répandrait, frapperait Berlin puis le monde entier, comment réagiraient les populations, les gouvernements, les autres têtes couronnées ? Je pensais en particulier à George V, cousin de Guillaume, qui régnait sur le premier grand Empire de la planète, d'Albion jusques aux Indes, et guettait l'occasion d'agrandir toujours plus ses territoires, comme il l'avait tenté en recueillant le tsar Nicolas (son cousin lui aussi !) et les siens après la révolution des bolcheviques, en vue de préparer une expédition conjointe de reconquête des immensités de la Russie…

Mais les subtilités du jeu de la politique à cette échelle me dépassaient autant qu'elles m'écœuraient. J'en voyais trop les conséquences au niveau des simples biffins, comme se désignait le Brigadier, qu'ils portent le bleu ou bien le gris, des pauvres gens qui n'avaient d'autre choix qu'en supporter tous les mauvais côtés, en France comme en Allemagne, pour applaudir aux manœuvres des grands. Toutefois, de là à approuver le nihilisme meurtrier d'un Maître des Terreurs, le pas m'était difficile à franchir.

Émile a reparu, les bras chargés de l'armure ornée d'un K, dans un aussi piteux état que son propriétaire, concepteur et occupant. Tilmann Krupp, en effet, avait la face barbouillée de sang – en plus de son absence de mâchoire, cette vilaine béance qui lui tenait lieu de bouche.

— Il est mort ? ai-je demandé.

— Pas encore, a répondu le Grand-Duc en se montrant dans le sillage du Brigadier. Mais il ne survivra pas longtemps à sa chute. Nous devons saisir cette chance de l'interroger.

— Ici ? Vous êtes sérieux ?

Des cloches d'alarme se mêlaient à présent aux hurlements et aux lamentations, aux ordres lancés à la cantonade et au grondement furieux de l'incendie. Des véhicules de pompier, hippomobiles ou même tractés à la force des bras, arrivaient de la ville thermale. Avec eux, des soldats gris par centaines, la plupart éclopés, comme ceux de Bavière. Et s'il s'agissait de garçons sous l'emprise du Tambour et du Maître ? J'ai dû m'en effrayer assez pour que de Gaulle cherche à me rassurer :

— Ceux-là ne vont pas exploser. Spa est un important centre de convalescence pour les *Kraut*. Ceci explique leur présence. Inutile de vous en inquiéter.

Même dans ces circonstances, il laissait s'exprimer son mépris envers l'ennemi. Une telle constance dans la détestation se devait d'être saluée.

— Krupp doit connaître les intentions du Maître, a-t-il continué. Où il s'est réfugié, peut-être.

— D'accord, mais après ? Espèce de foutu emplumé borné ! Jusqu'où allez-vous nous entraîner ? Vous ne croyez pas qu'on a déjà dépassé le dernier stade de la folie ?

Mes nerfs étaient en train de me lâcher. J'ai voulu attraper le Grand-Duc par le col pour le secouer, mais Émile m'en a empêché.

— Du calme, fiston. Ça m'embêterait de devoir te cogner.

— Jean, écoute-les…

— Quoi ? Tu peux répéter ?

— J'ai dit que je ne voulais pas te frapper, mais si tu insistes…

— Pas toi, crénom ! Ferme-la donc ! Bouclez-la tous les deux ! Mariette ? Mariette, tu es là ?

Le Grand-Duc a secoué son bec mais s'est tenu coi. La voix que j'avais déjà perçue, lointaine, mal assurée, a de nouveau résonné, plus proche qu'auparavant cette fois :

— Oui, Jean… Je suis avec toi… Et aussi *là*…

Il n'y avait pas à s'y tromper : la voix de Mademoiselle Spectrale s'élevait du dispositif vocal de l'armure de Tilmann Krupp, toujours entre les bras du Brigadier, qui a poussé un « Oh ! » stupéfait et enchanté. Mais je l'entendais aussi à l'intérieur de mon crâne, j'aurais pu en jurer, dans un effet d'écho simultané tout à fait déstabilisant.

— Je suis divisée, Jean… Et affaiblie d'autant… Depuis que je t'ai libéré… Et que je me suis réfugiée dans cette carcasse d'acier… Pour y trouver la consistance qui me fait défaut…

Je me suis alors rappelé certains gestes un peu gauches du chevalier volant, ces curieuses hésitations à quelques moments cruciaux. Ils s'expliquaient par l'intrusion de Mariette dans ce qui lui tenait lieu d'exosquelette !

— Le capitaine a raison… a-t-elle repris. Tilmann Krupp est mourant… Vous n'aurez pas d'autres occasions de lui tirer les vers du nez… Ou plutôt du cerveau, si vous me laissez faire…

— Permission accordée, lui a soufflé de Gaulle.

— Minute, a protesté le Brigadier. Mariette, tu sais le risque que tu prends ?

Il avait peur, soudain, et je pensais savoir pourquoi. La réponse de Mademoiselle Spectrale m'a confirmé ce que je redoutais, hélas, moi aussi :

— Je m'efface, Émile, a-t-elle répété. Je n'y peux rien… Et toi non plus, mon pauvre chéri… La structure de l'armure ralentit juste le processus… Mais il ne l'arrête pas… Alors autant que mon départ serve à l'escouade…

— Qu'est-ce que ça signifie ? ai-je demandé, ne voulant pas croire à l'inéluctable.

— Jean, tu dois aussi l'accepter… Quand nous nous sommes rencontrés, déjà, je m'estompais… Tout talent a son revers… Le mien est que je ne peux rester entière… Marie Curie a réussi à me stabiliser un temps… Mais elle ne m'a jamais caché qu'à terme je finirais par perdre toute consistance…

Une larme a dévalé ma joue. Je n'y aurais pas fait attention si Mariette ne l'avait pas remarqué.

— Ne sois pas triste… Je ne meurs pas vraiment… Je me dissous vers un ailleurs qui échappe à notre entendement… Mais une part infime de moi-même subsistera en toi…

L'apprendre ne m'a consolé en rien. Je la retrouvais juste pour la perdre à jamais. Encore une farce cruelle du destin !

— Mademoiselle, a murmuré le Grand-Duc. Le temps presse, je le crains.

L'émotion le saisissait lui aussi, m'a-t-il semblé. Il s'exprimait en tout cas sur un ton moins assuré, se montrait un tantinet humain. Je ne l'en détestais pas moins…

Après un éprouvant moment d'attente, durant lequel elle sondait la psyché du mourant, Mariette s'est de nouveau manifestée :

— Krupp était seul embarqué à bord du Zeppelin… Trop soumis à la volonté du Maître pour que j'aie pu l'empêcher d'accomplir son terrible dessein… Il aurait dû s'offrir en sacrifice aux flammes mais je l'ai persuadé de s'éjecter au dernier moment… Dans l'espoir que vous nous retrouviez à temps… En ce moment le Maître et le Tambour font route vers les deux capitales du Reich… Chacun à la tête d'un cortège de *Jungebomben*… Si vous vous dépêchez, vous pourrez peut-être les arrêter…

— Les deux capitales, a répété le Grand-Duc, hésitant. Berlin et Charleville.

Cette dernière avait gagné le titre de seconde capitale de l'Empire, du point de vue militaire, dès le début de la guerre. C'était là, dans les Ardennes, que la plupart des officiers supérieurs se trouvaient cantonnés, après que la cité et sa voisine, Mézières, avaient été vidées de leurs occupants légitimes. Quant à Berlin, inutile je crois de rappeler ce qu'elle était !

Nous nous trouvions confrontés à un dilemme, ainsi résumé par le Brigadier :

— On ne va pas pouvoir se diviser. Alors, mon capitaine, Charleville ou Berlin ?

De Gaulle s'est adressé au chevalier agonisant :

— Mademoiselle, pouvez-vous nous indiquer quelle ville a choisie le Maître ?

Évidemment, il préférait traquer le principal responsable du chaos ambiant.

— Désolée, mais il n'a pas révélé l'information à Krupp... Je crois qu'il ne lui faisait pas assez confiance...

— Alors on tire à pile ou face ? a demandé Émile.

Le Grand-Duc a fait signe que non. Ça devait cogiter sec sous son casque aux aigrettes !

— Ces canailles ont pris de l'avance. Celle qui se dirige sur Berlin l'atteindra bien avant que l'on puisse la rejoindre. Tant pis pour ses habitants.

— Des civils, ai-je rappelé. Ça ne vous gêne donc pas de les exposer aux garçons-bombes de ces cinglés ?

— Je ne suis pas insensible aux souffrances infligées à la population. Mais il faut se montrer pragmatique, Valmont. Nous avons de meilleures chances d'atteindre Charleville avant le grand feu d'artifice.

— J'aurais cru que vous applaudiriez l'élimination de la clique galonnée ennemie...

— Remarque sensée, quoiqu'un brin perfide ! Réfléchissez cependant avant de déverser votre bile. Que se passera-t-il si le Maître détruit Charleville ? Privé de commandement, le front allemand va sombrer dans l'anarchie, surtout après la perte de l'état-major et du Kaiser. Le doute va se répandre parmi la troupe ainsi livrée à elle-même ou à l'incompétence notoire de ses sous-officiers. S'agit-il d'une révolution ? D'une opération clandestine ennemie ? L'incompréhension va susciter la peur, et plus celle-ci sera flagrante, plus le Maître s'en repaîtra pour accroître sa puissance, son capital de nuisance. Vers quel autre objectif le tournera-t-il ensuite ? Charleville est quatre fois plus proche de Paris que de Berlin. Deux cent trente kilomètres seulement les séparent…

— Vous oubliez la ligne de front.

En élevant mon objection, je me rendais compte de sa facile réfutation.

— Et vous que chacun de ses scélérats, le Tambour ou le Maître, peut convaincre une armée de marcher au sacrifice sans hésitation. Êtes-vous prêt à risquer la percée décisive du front en cas de pareille offensive, puis le déferlement de bataillons de *Jungebomben* sur Paris ? Vos parents et votre fiancée y vivent toujours, non ?

Ce rappel de leur existence – ma pauvre Séraphine ! mes chers père et mère ! – était un coup indigne. J'y ai été néanmoins sensible.

— Ce sera donc Charleville. Mais comment allons-nous circuler jusque-là ? Vous comptez pédaler jusqu'à la seconde capitale du Reich ?

Le Grand-Duc a secoué le bec de gauche à droite.

— Pas tant que les ingénieurs de la compagnie Krupp mettront charitablement un moyen de transport adéquat à notre disposition.

J'ai d'abord cru qu'il parlait de l'armure volante de Tilmann et je m'apprêtais à lui rappeler qu'elle n'était plus en état de fonctionner, sans même évoquer le fait qu'elle n'aurait pu nous transporter tous. Et puis j'ai réalisé à quoi il faisait allusion et je me suis écrié :

— Vous êtes encore plus fou que le type au chapeau melon et aux lorgnons !

21
CHARLEVILLE OU LA MORT !

Nous emparer du Béhémoth n'a pas été le plus difficile dans l'absolu désordre et la totale désorganisation des rescapés de l'explosion du LZ-114. Personne ne surveillait le monstre mécanique, éloigné de l'incendie par un équipage prévenant, qui s'était joint aux sapeurs-pompiers et aux sauveteurs improvisés accourus de toute la ville. Non, il aura été – pour moi, du moins – beaucoup plus humiliant de devoir m'introduire dans le ventre de la bête par son seul orifice faisant office de sas d'accès et situé, par quelque facétie du concepteur de l'engin, à l'endroit précis où s'ouvrait l'opercule du croupion !

Ce détail excepté, l'espèce de dragon sans ailes n'avait rien à envier à son pendant français, abandonné gisant dans le *no man's land* sarrois. Tout comme le Léviathan, il disposait d'équipements assurant le confort de ses passagers. À commencer par un compartiment de couchettes superposées, où nous avons déposé Lili, toujours catatonique, ainsi que la carcasse de Tilmann Krupp, possédée par Mademoiselle Spectrale (exception faite de l'infime part d'elle qui hantait mes pensées).

— Nous les confierons dès que possible à Marie Curie, a promis le Grand-Duc. Une fois écartée la menace sur Charleville, nous piquerons droit sur Paris.

J'enviais son optimisme. Peut-être cherchait-il juste à nous remonter le moral. Quoi qu'il en soit, nous avons fait semblant de partager son enthousiasme, avec Émile. Installés dans le poste de pilotage, au niveau du poitrail du Béhémoth, nous avons dû nous familiariser de manière empirique avec les commandes principales. À ce petit jeu, mes compagnons se montraient plus doués que moi, habitués déjà à manœuvrer Lévi. Rencogné dans mon siège, face à un panneau constellé de manettes et de volants crantés, je me suis contenté de ne causer aucun dégât tandis que nous fuyions Spa au maximum de la vitesse autorisée par la position *Galopp* (pas besoin de traduction, n'est-ce pas ?) sur le sélectionneur d'allure.

C'était parti pour une cavalcade débridée à destination des Ardennes !

Le gros moteur à pétrole, allié à de petits modèles électriques dans l'animation des articulations de chaque patte, faisait merveille et témoignait de l'indiscutable supériorité des ingénieurs allemands depuis les premiers efforts de Rudolf Diesel. La qualité des systèmes de suspension était assez remarquable, également. Malgré les accidents de terrain – nous filions à travers champs et bois, labourant tout sur notre passage, écrasant arbustes et bosquets, évitant juste les grands chênes et les pins –, le confort demeurait certain. Cahots et secousses étaient si bien absorbés que je me suis même abandonné à une somnolence réparatrice. Aussi ai-je sursauté lorsque le Grand-Duc, au comble de l'excitation, a annoncé, environ trois heures après notre départ :

— Sur la route ! Le cortège, là, voyez ! Nous n'arrivons pas trop tard !

Je me suis frotté les yeux, englués de sommeil, pour mieux voir à travers les hublots au verre fumé qui perçaient la poitrine du Béhémoth. Une colonne de camions à plateaux roulait quasiment au pas en direction de la seconde capitale du Reich, dont les toits se profilaient au creux d'une cuvette creusée au sortir de la forêt. Les *Jungebomben* se tassaient à l'arrière par grappes inertes.

Sur les toits des cabines s'épanouissaient les corolles miniatures du dispositif amplificateur élaboré par Tilmann Krupp. Impossible d'apercevoir les visages de ceux qui se tenaient à l'intérieur et de reconnaître qui, du Tambour ou du Maître des Terreurs, avait mis le cap sur Charleville, d'autant que la lumière du jour commençait à décliner.

— Brigadier, visez le véhicule de tête et feu à volonté ! a tonné le Grand-Duc. Ils ne doivent pas atteindre leur objectif !

Émile a ajusté sur son crâne lisse une sorte de casque dont la visière s'ornait d'un réticule gravé devant chaque œil. Ses poings restaient serrés autour d'une paire de leviers emmanchés dans un bloc de caoutchouc. En les inclinant de quelques degrés, il imprimait un mouvement analogue au long cou du Béhémoth, dirigeant à volonté son museau profilé sur la cible visée. Une fois celle-ci verrouillée, il a donné plusieurs coups du pied appuyé sur une pédale faisant office de détente. En guise de projectile, un long crachat de pétrole et d'huile enflammé a jailli sous pression, frappant le cul du camion. J'avais donc bien raison en comparant le monstre mécanique à un dragon !

La bâche tendue autour du plateau s'est aussitôt embrasée. Le conducteur a perdu le contrôle et plongé dans le fossé, sur le bas-côté. Les garçons-bombes se sont précipités dans les ronciers, certains pour s'y rouler afin d'étouffer les flammes sur leurs habits, mais tous indemnes à mon grand soulagement – ils étaient les victimes des agissements du Maître et je m'en serais voulu que nous soyons obligés de les éliminer, comme lui s'y apprêtait sans le moindre scrupule. Si j'avais pu me douter…

Un second tir du Brigadier a contraint le véhicule suivant à lui aussi dévier pour basculer cette fois de l'autre côté de la route. Le reste de la colonne s'est immobilisé tandis que le Grand-Duc arrêtait le Béhémoth en travers de la chaussée, opposant un barrage d'acier à son avancée. Charleville était momentanément sauvée.

— Gardez-les en joue, a intimé le Grand-Duc. S'ils font mine de fuir ou d'attaquer, grillez-les sans pitié !

J'ai tiqué mais évité de protester. Chacun des *Jungebomben* représentait une menace sérieuse. D'après ce que je pouvais distinguer, les poches de leurs uniformes étaient lestées de plaquettes de cordite solidifiée. Et ils se rassemblaient déjà en rangs, très disciplinés – trop pour ne pas être manipulés.

— Où se cache celui qui les dirige ? a demandé Émile. Est-ce que vous le voyez ?

— Non, a répondu le Grand-Duc. Et je n'entends rien non plus, le ventre du Béhémoth est insonorisé. Si le Tambour leur distribue des ordres, il n'y a qu'un seul moyen de savoir lesquels.

Il s'est levé de son siège, a tiré son revolver de l'étui, et m'a interpellé.

— Trompe-la-Mort, avec moi. Nous devons identifier l'ennemi. Et l'arrêter ici, autant que possible.

— À vous seul ? Vous avez perdu l'esprit ? Ils sont plusieurs dizaines de bombes humaines !

— Tss tss. Je vous ai pour me couvrir, non ? Que voulez-vous qu'il m'arrive de fâcheux, puisque je ne pourrai pas mourir ?

Sur ce, il s'est engouffré dans le goulet du croupion, sans me laisser d'autre choix que le suivre.

— Haut les cœurs ! m'a lancé Émile. Je veille sur vous, moi aussi.

Ce qui ne me rassurait qu'à demi. Avec devant nous une troupe d'armes explosives ambulantes et derrière une machine cracheuse de feu, je n'envisageais pas cette sortie sous les meilleurs auspices !

Le Grand-Duc, lui, ne manifestait aucun signe de nervosité. J'enviais sa merveilleuse confiance en mes capacités. Et si mon talent se dérobait à la dernière minute ? S'il ne suffisait pas cette fois à nous prémunir des conséquences définitives du trépas ?

— Cesse de douter, Jean…

— Mariette ?

— Tu ne crois pas assez en toi… C'est ta principale faiblesse…

— Tu l'as dit toi-même : tout talent a son revers. Si le mien trouvait maintenant ses limites ?

— Si, si, si… Tu radotes, Jean… Marie Curie a été claire… Tu es le véritable miracle engendré par cette guerre…

J'aurais voulu lui parler encore, suspendre à jamais cette minute et la retenir, mais le capitaine en a décidé autrement.

— Allez-vous vous taire, sacré nom de nom? Cessez vos ruminations et concentrez-vous sur la situation. Dois-je vous rappeler l'enjeu ?

Tout en m'admonestant, il marchait droit vers le premier camion renversé, qui se consumait peu à peu. Un bref coup d'œil dans la cabine du conducteur lui a indiqué que ce dernier avait levé le camp.

— Sacrebleu, a-t-il juré, s'écartant juste à temps avant que le feu n'atteigne le réservoir et le fasse sauter.

L'explosion n'a pas été retentissante, car il devait rester bien peu de carburant. Elle n'a de toute façon pas impressionné les *Jungebomben*, qui se tenaient à présent parfaitement figés, à moins d'une cinquantaine de pas, en trois impeccables rangées, le regard fixe, sans ciller. En un mot : possédés.

— Montrez-vous ! s'est exclamé le capitaine en agitant son revolver. Votre périple s'achève aux portes de Charleville. Vous n'irez pas plus loin.

J'ai alors perçu un infime grésillement, mué en gêne acoustique, comme ces sifflements ténus qui se faufilent parfois jusqu'aux tympans, mais plus subtil. Le Grand-Duc l'entendait lui aussi, car je l'ai vu secouer son casque d'un mouvement sec. Il avait passé le deuxième camion accidenté – vide, comme le premier – et vérifiait la cabine de ceux qui se trouvaient au milieu de la chaussée. Précaution inutile, ai-je songé. Il n'y avait jamais eu personne d'autre à bord que les marionnettes du Maître, chauffeurs inclus, j'en étais à présent persuadé. L'agaçant acouphène prenait en effet sa source dans les corolles cuivrées des inventions de Tilmann Krupp, qui s'étaient mises à vibrer. J'ai tenté d'alerter le Grand-Duc au moment où s'élançait un garçon-bombe :

— M les commande à distance ! Ne restez pas...

La fin de mon avertissement s'est diluée dans le BOUM de la détonation.

Les chairs du capitaine se sont dispersées avec celles du jeune soldat piégé. Son bras toujours armé s'est envolé, détaché du torse, jusqu'aux plus hautes branches des résineux poussés en bordure de forêt. Avant même qu'il ne soit retombé, je me suis mis à irradier mon fameux halo bleuté, secoué de pied en cap d'irrépressibles tremblements – comme si ma propre carcasse voulait elle aussi se disloquer.

Le temps d'un clignement de paupière et le Grand-Duc était de retour, entier, planté face à un garçon lui aussi reconstitué. Une balle a fusé du canon de son revolver d'ordonnance et s'est logée en plein front du malheureux, quoi qu'il en soit condamné.

Les autres *Jungebomben* déferlaient au pas de charge sur les côtés, pour encercler le Béhémoth. Le cou de ce dernier se tordait dans un sens, puis son opposé, cherchant le meilleur angle de tir – ou plutôt de crachat ! Mais le Brigadier ne se résolvait pas à lancer le jet de flamme qui risquait de nous calciner, le capitaine et moi. J'ai alors gesticulé comme un beau diable pour l'y inciter.

— Vas-y, bougre d'imbécile ! Tu ne nous tueras pas !

J'avais acquis une telle intensité que tout semblait repeint de bleu brillant autour de moi, jusque dans les profondeurs du sous-bois. Je sentais l'impatience de mon talent à démontrer ce dont il était capable, comme doué de sa propre volonté, désireux de m'épater. Influence bénéfique de Mademoiselle Spectrale ? Regain inespéré de confiance après ses encouragements ? Peu importait la raison véritable. Sans la totale maîtrise de mon pouvoir, nous étions tous perdus.

Je garde le souvenir confus d'une gigantesque boule de feu propagée jusqu'aux cieux et à plusieurs centaines de mètres dans toutes les directions, d'une chaleur si extrême que tout – bois, chair, métal et pierre – se liquéfiait dans la seconde, d'un idéal de dévastation propice à la totale destruction de Charleville si le cortège avait pu atteindre la capitale militaire du Reich…

Et l'espace d'un instant aussi fugitif que terrifiant, j'ai *vu* Berlin soumise à un pareil traitement, démultiplié dans ses effets ravageurs par l'étendue de la cité qui s'était choisi l'ours pour emblème, avec ses *centaines de milliers* d'habitants…

L'horreur, l'horreur, l'horreur !

La ruse odieuse du Maître des Terreurs, son formidable coup de poker, avait parfaitement fonctionné. J'étais à présent certain qu'il avait anticipé le choix logique du capitaine de protéger Charleville et d'ainsi éloigner de neuf cents kilomètres le seul individu susceptible de contrecarrer ses plans – je parle bien de moi, mais j'anticipe, n'allons pas aussi loin pour le moment.

Combien de fois, au juste, avons-nous été fragmentés, anéantis dans l'explosion de la cohorte des garçons-bombes, celle du Béhémoth et ses réserves de pétrole, de la forêt des environs ? Combien de terrifiantes détonations ont ébranlé les fondations de Charleville, éparpillé les éclats de ses vitres au hasard de rues tranquilles, durant cette chaude fin de journée ?

Je ne suis pas sûr du décompte exact. Mais il aura fallu cumuler un grand nombre de ces expériences détonantes avant que le Grand-Duc, au terme de chacune d'entre elles, n'abatte les *Jungebomben* l'un après l'autre. Car j'ai pu me débrouiller pour les exclure à tour de rôle des limites de mon talent, les expulser du périmètre d'impunité à l'intérieur duquel ils auraient indéfiniment échappé à la mort. De quelle façon ? Je ne saurais le dire avec précision. À nouveau, l'influence bénéfique de Mariette a peut-être joué son rôle, en guidant mes pensées. Ou alors j'avais suffisamment gagné en assurance.

Plus vraisemblablement, la prise de conscience de la duplicité du Maître et du sort tragique réservé à Berlin avait-elle raffermi ma résolution de mettre fin à ses mauvaises actions, au point de m'octroyer la mainmise sur ma nature profonde.

Sans doute un peu des trois, à la réflexion !

Bref. Quand il n'est plus resté aucun garçon debout autour de nous, toute tension m'a quitté et je me suis retrouvé, sans trop savoir comment, entre les bras du capitaine, qui me soulevait facilement pour me ramener à bord du Béhémoth.

— Vous m'avez épaté sur ce coup-là, Valmont. Je ne pensais pas que vous oseriez aller si loin.

Et moi donc !

— Reposez-vous, maintenant, vous l'avez mérité, soldat.

— Non… Ces gars sont morts…

Je m'en voulais de n'avoir pas trouvé d'autre solution. Mais je n'avais que mon talent à disposition et il ne suffisait pas à ramener les malheureux à la raison. L'emprise du Maître sur eux était trop forte, sans compter le conditionnement opéré par le Tambour.

— Et ceux de Charleville vivants. Nous le sommes également. Vous n'aviez pas d'autre choix. C'était une rude décision à prendre. Mais la seule qui vaille pour le moment.

— Écoute-le, Jean… a appuyé Mademoiselle Spectrale. Il est exaspérant la plupart du temps… Mais tu peux faire confiance à ses jugements…

J'étais trop affaibli pour contester l'avis de Mariette. Au moins, cette fois-ci, je pouvais me réjouir de n'avoir pas défailli. Je m'endurcissais à l'épreuve de mon talent, j'en apprivoisais les effets par la pratique sur le terrain plutôt qu'à l'entraînement. Je n'étais quand même plus guère vaillant, au point que le capitaine m'a déposé directement sur une couchette libre du compartiment où reposaient Lili et Tilmann Krupp.

Le Brigadier est apparu dans l'encadrement de l'écoutille.

— On te doit une fière chandelle, a-t-il souri en tortillant la pointe d'une de ses moustaches entre le pouce et l'index. Bravo, mon Jeannot !

Sa prunelle pétillait. Cette marque d'affection nouvelle me paraissait dépasser le cadre strict de la virile camaraderie de tranchée. Ou alors je me faisais des idées et je commençais à délirer…

— Dormez, Valmont, m'a ordonné le Grand-Duc. Il faut que vous récupériez vos forces. La partie n'est pas encore terminée. Elle s'achèvera seulement quand nous aurons éliminé le Maître, pas avant.

★

Je crois avoir rêvé, mais je ne jurerais de rien. Toutefois la proximité de l'armure du chevalier volant m'incite à penser que je n'ai pas imaginé la visite reçue pendant mon sommeil.

Mariette était déjà pour partie présente en moi et demeurait sinon stabilisée dans la structure articulée qui faisait office de seconde peau, et plus, au mouton noir des Krupp. Il lui aura suffi de se projeter à moins d'un mètre, jusqu'à ma couchette, pour partager davantage que des pensées.

L'étrange étreinte éthérée dont je conserve le souvenir ému m'a mené à un plaisir diffus – si je l'ai fantasmée, tant pis !

Quand j'ai rouvert les yeux, encore émoustillé, nous avions regagné Paris. Je n'ai pas eu besoin de découvrir la tour Eiffel ou l'Arc de Triomphe dans mon champ de vision pour aboutir à cette conclusion. Les traits rudes, mais rassurants, de Marie Curie ont suffi.

La scientifique m'a accueilli avec une ébauche de sourire qui aurait pu être celui d'une mère.

— Ravie de vous voir remis. Charles m'a relaté vos exploits. Vous faites honneur à son escouade.

— Je n'en mérite pas tant, ai-je assuré, la bouche pâteuse, la gorge sèche. Le Maître des Terreurs nous a battus à plates coutures. Il a éliminé ses otages, les membres du haut-commandement allemand jusqu'au Kaiser, les alliés de Guillaume tant qu'il y était. Et il ne s'est pas arrêté là, n'est-ce pas ?

Je repensais à mon intuition – non, c'était plus que cela, une véritable vision, née d'un lien avec ce scélérat, sans doute parce que nos talents avaient une nature et une source en commun – à propos de Berlin.

Marie Curie a désigné le journal plié sur ma table de chevet.

— Voyez vous-même. La presse du monde entier en fait sa une ce matin.

J'ai d'abord pris le temps d'observer mon environnement, comme pour repousser l'inéluctable confirmation de l'horreur subie par les populations de la première capitale allemande. La chambre proprette et parfumée (un bouquet de lavande décorait la table de toilette) n'était pas celle d'un hôpital. L'unique fenêtre ouvrait sur un coin de ciel et la ramure d'un tilleul. J'entendais les oiseaux chanter à travers les carreaux peu épais. Une sérénité inestimable en temps de guerre. J'aurais aimé prolonger ce moment à l'infini. Mais j'ai fini par m'emparer de l'exemplaire du *Petit Parisien* et l'ouvrir en grand sous mon nez.

Le gros titre étiré sur toute la largeur de la première page exprimait tout ce que j'avais pu appréhender :

VAGUE D'ATTENTATS SANS PRÉCÉDENT
DANS LE REICH
BERLIN À FEU ET À SANG
EST-CE LA FIN DE L'EMPIRE ALLEMAND ?

— Inutile de vous préciser qu'ici, du côté de l'Élysée, on n'hésite pas à se réjouir ouvertement. Clemenceau a convoqué un conseil extraordinaire pour décider des suites à donner à l'affaire. Charles y a été convoqué, il s'y trouve en ce moment.

— Ce n'est pas la fin du conflit, ai-je prophétisé. Mais le début d'une nouvelle ère de chaos tout aussi destructrice que la précédente. Pire, même, car le Maître ne cherche pas la victoire militaire. Il veut juste répandre partout sa terreur et susciter la peur, aussi bien dans le Reich qu'à l'extérieur…

Je m'emportais. Marie m'a incité au calme en me tendant un verre d'eau.

— Buvez lentement et restez coi, Jean. Écoutez-moi attentivement. Là-bas, vous vous êtes comporté en héros, n'en doutez pas un seul instant. Émile m'a tout raconté, il ne tarit pas d'éloges à votre sujet. Vous avez évité que le Maître fasse subir à vos compagnons le sort réservé à notre état-major et au gratin allemand. Encore plus important, vous avez évité à Mariette une désagrégation fatale.

Je n'ai pas pu obéir plus longtemps à l'injonction au mutisme qui m'avait été faite.

— Comment va-t-elle ?

Marie Curie m'a souri plus franchement, arborant un semblant d'air mutin qui détonnait sur son visage austère.

— Posez-lui la question directement. Vous partagez une certaine intimité, non ?

J'ai acquiescé peut-être en rougissant – comme on est bête à vingt ans quand quelqu'un de la génération d'avant évoque ce qui relève du sentiment !

— Je suis toujours là, Jean… m'a alors rassuré Mademoiselle Spectrale. Je vois et j'entends à travers toi… Je ressens aussi ce que tu ressens, parfois…

Y avait-il un double sens à cette dernière remarque ? J'espérais ardemment que ça soit le cas !

J'étais en tout cas ravi et soulagé d'entendre sa voix, même lointaine.

— Tilmann Krupp est mort pendant que le Béhémoth franchissait la ligne de front à votre retour, m'a informé Marie Curie. Il n'y avait rien à faire pour lui. J'ai retiré son cadavre de l'armure et l'ai incinéré. Son corps n'était qu'un amas de plaies et de blessures mal cicatrisées. Il aurait déjà dû mourir depuis plusieurs années. Son invention lui a permis de repousser l'échéance, mais il était condamné. Elle est quoi qu'il en soit une véritable chance pour Mariette.

— Elle peut lui éviter la dissolution ?

La scientifique a retrouvé son expression revêche et un peu triste, aussi pleine de résolution.

— Je m'attelle à trouver la solution. Pour le moment, elle se maintient. Mais j'aimerais évoquer avec vous un autre cas que celui de Mademoiselle Spectrale, Jean.

— Lili Marleen, ai-je deviné.

— La pauvre enfant m'inspire bien plus de crainte que Mariette. Elle est comme une coquille vide. Nourrie et abreuvée de force sans qu'elle réagisse. Son esprit a déserté le siège de ses pensées.

— M le lui a redonné, M le lui a repris…

— Que dites-vous ?

J'ai serré les poings et froissé l'exemplaire du *Petit Parisien*, avant de le jeter à l'autre extrémité de la pièce. Puis j'ai soulevé le drap – on m'avait heureusement passé un pyjama ! – et je me suis assis au bord du lit.

— Où croyez-vous aller ? m'a questionné Marie.

Ma réponse a fusé sans que j'y réfléchisse :

— Jusqu'à Berlin s'il le faudra, mais je refuse d'abandonner l'Ange Bleu aux griffes de ce terroriste !

⋆

— C'est courageux et chevaleresque… Mais as-tu seulement idée de ce que ça implique ?

Mariette me tarabustait tandis que j'achevais de m'habiller – Marie avait eu la prévenance de s'éclipser sans chercher à me dissuader, ce dont je lui savais gré. Et j'avais dégotté une combinaison fraîchement lavée et repassée dans l'armoire de la chambrette, ainsi qu'un complet-veston de bonne qualité, un tantinet démodé, ayant appartenu à feu son mari. J'ai alors compris où je me trouvais : au domicile même des Curie, plus que certainement, à l'étage des bonnes ou des enfants – ils avaient eu deux filles, ai-je cru me souvenir.

— Je ne renoncerai pas. J'ai fait une promesse à Lili. Et je compte la tenir.

— Je sais, bourrique… J'étais là, moi aussi… Et je ne cherche pas à te convaincre… que tu fais une folie… puisque de toute façon tu ne peux pas mourir…

— Mais ? Car tu vas élever une objection, n'est-ce pas ?

Parole, ça virait à la dispute de couple !

— J'en aurais mille… La guerre, l'escouade, le capitaine… L'anarchie en Allemagne… Ton impétuosité, ta jeunesse…

— Tu n'es guère plus âgée que moi, je te rappelle !

— J'ai plus de plomb dans la cervelle… Même si je partage la tienne… Et qu'elle me paraît plutôt en bois…

— Très drôle !

— Ne pars pas seul, Jean…

— Tu es avec moi, non ?

— Tu peux aussi être amusant… Mais je pensais à Émile…

— Quoi ? Le Brigadier ? Il n'acceptera jamais sans ordre du capitaine ! Son côté service-service… S'il apprend que je souhaite retourner en Allemagne, il s'arrangera sûrement pour qu'on me fiche aux arrêts !

— Tu le connais mal, décidément… Il te suivra sans rechigner, fais-moi confiance…

— Comment peux-tu en être sûre ? Je sais que vous avez été très proches, lui et toi, mais tout de même ! Tu partages aussi ses pensées, après son lit ?

J'avais voulu la moucher avec cette pique digne d'un mauvais vaudeville. Mais je n'ai pas obtenu l'effet escompté. Les notes aigrelettes du rire de Mariette m'ont carillonné sous le crâne avant qu'elle ne reprenne :

— Tu crois qu'Émile et moi avons été amants… Comme c'est touchant… Tu ne pourrais pas te tromper davantage… Pauvre innocent, espèce de benêt… Tu ne vois donc pas… que c'est pour toi qu'il en pince et pas pour moi ?

Je suis resté un temps figé, abasourdi, devant la glace de l'armoire, à contempler le reflet du jeune imbécile endimanché qui s'empourprait, gêné par cette révélation.

— Tu veux dire qu'il… qu'Émile, le Brigadier de Fer… que cet hercule bourru n'est pas porté sur la gent féminine ?

— Pas besoin de périphrase… Ne sois pas ridicule… Dis-le avec franchise… Oui, c'est un inverti, un pédéraste si tu préfères… Cela te dérange-t-il ?

Pour être honnête, je n'en savais rien. Je n'étais pas prude au point d'ignorer l'existence de ces penchants amoureux masculins, j'avais même connu certains de leurs représentants sur les bancs de l'université et au hasard de mes pérégrinations dans les cafés avec une bande d'étudiants. Mais c'était la première fois que je m'en trouvais un possible sujet d'attirance. Et cela me troublait, pas si désagréablement que j'aurais pu le soupçonner…

— Son aide sera la bienvenue, ai-je biaisé. Je la lui demanderai aussitôt que je reviendrai.

J'ai achevé de nouer ma cravate et vissé un chapeau mou sur ma tête. Je souhaitais être plus que présentable, c'était pour moi d'une grande importance.

— D'où ça ? Jean, dis-moi… Tu me caches tes pensées… Ce n'est pas très *fair-play*…

J'ai pris une profonde inspiration, conscient que je m'apprêtais à désobéir à une consigne édictée par le Grand-Duc, mais au diable si je m'en préoccupais, tout comme des conséquences !

— Je veux dire adieu à Séraphine avant de m'en aller. Je ne supporte pas l'idée qu'elle se ronge de chagrin en me croyant tombé au combat. Je lui dois la vérité, Mariette, et personne ne m'empêchera de la lui révéler !

22
NACH GROSS-BERLIN !

Le Léviathan et le Béhémoth tenaient une sorte de conciliabule mécanique dans la cour arborée du petit hôtel particulier, reliés par tout un tas de cordons torsadés et de câbles électriques, émettant force cliquetis qui n'étaient pas sans rappeler le cricri des grillons et témoignaient d'un échange rapide d'informations.

J'étais enchanté de retrouver Lévi et de voir qu'il s'en était tiré sans trop de casse – il avait tout un flanc éraflé et cabossé, constellé d'impacts de balles et d'éclats d'obus, mais rien qu'un bon carrossier spécialiste du blindage d'acier ne saurait arranger !

Je me suis quand même étonné de leur présence en m'efforçant d'y mettre de la facétie pour me détendre, tant j'appréhendais de me retrouver face à ma fiancée :

— Les voisins de madame Curie vont sûrement jaser en découvrant la machine allemande sous leur nez, non ?

— Ils sont habitués à toutes sortes d'expériences… et de curiosités de la part de Marie…

Je n'ai donc pas insisté. J'étais content de respirer l'air parfumé de Paris à cette saison, quand tous ses marronniers, tilleuls et robiniers (ceux épargnés, du moins, les hivers précédents par les sciages avant transformation en bois de chauffage !) atteignaient l'acmé de leur floraison. Le soleil inondait les boulevards de clarté, les badauds vaquaient, partagés entre nonchalance et précipitation, encombrant les chaussées où ne circulaient plus que de rares automobiles arborant les fanions de quelque service officiel, militaire ou gouvernemental. Les chevaux si nombreux dans mon enfance avaient été mangés depuis belle lurette, ainsi que la plupart des chiens et des chats, sans parler des pigeons ou des rats incorporés plus discrètement aux menus de certains restaurants, afin d'améliorer l'ordinaire composé trop souvent de rutabagas, topinambours ou fanes de navets. Les vitres encore intactes aux fenêtres des façades étaient ornées de croix tracées au papier collant pour éviter l'éclatement en cas de prochain bombardement. Enfin le ciel s'emplissait de ballons Caquot, autrement baptisés « saucisses volantes » (finesse de l'humour gaulois !), équivalents des *Drachen* germains, qui tissaient par-dessus le zinc des toits une toile de cordages destinée à faire barrage aux appareils volants.

Voilà le décor urbain que je connaissais depuis l'époque où, gamin, j'accompagnais ma mère sur les marchés et mon père au turbin, jusqu'à son usine de Pantin, par-delà les fortifs'; plus tard, studieux lycéen, puis étudiant, j'avais pris l'habitude de balades solitaires ou de virées chahuteuses avec un groupe de mes pairs dans le Quartier latin ; en tout cas j'avais cessé de me montrer en famille, connement honteux du milieu prolétaire d'où mes dispositions à la littérature m'avaient extrait comme au forceps…

J'aurais pu orienter mes pas des quais de Seine – Marie Curie logeait dans l'île Saint-Louis, en plein cœur de Paris – jusque dans le faubourg qui était tout l'univers parental. Mais je n'en ai rien fait. Qu'aurais-je dit à ces pauvres vieux quinquagénaires ? Salut, c'est moi, je suis toujours vivant car je ne peux pas mourir ? Ah, et j'appartiens maintenant à une escouade secrète d'évolués disposant d'un talent extraordinaire, merci de ne surtout pas le répéter ! J'ai aussi dans la tête un peu de la personnalité d'une délicieuse jeune fille incapable de reprendre chair. Et mon camarade de combat, surnommé le Brigadier de Fer, a le béguin pour moi. Bon, à présent je vous laisse, je déserte pour Berlin en proie à un chaos sans précédent, afin d'y affronter un type capable de faire exploser les gens à la seule force de sa volonté…

J'aurais pu simplement les baratiner, mais ils auraient décelé le mensonge et se seraient davantage inquiétés. C'était peut-être lâche, un peu salaud de ma part, de les maintenir dans la croyance de ma mort au combat. Mais je ne voulais pas leur donner de faux espoirs si jamais mon escapade berlinoise ne se déroulait pas aussi bien qu'espéré, ce qui demeurait le plus probable à ce stade. Si j'en revenais intact, en revanche, je me suis promis de ne pas les laisser plus longtemps dans l'ignorance de l'incroyable vérité au sujet de Valmont, Jean, alias Trompe-la-Mort.

Séraphine, elle, c'était tout autre chose. On s'était engagés peu de temps avant ma mobilisation, avec une précipitation en forme de conjuration du malheur potentiel, une sorte de superstition dont nous n'étions pas dupes, ni elle ni moi – comment croire que ce rituel, scellé par une fête pas très gaie qui avait rassemblé nos amis et familles respectifs, pouvait me faire éviter les balles ? Il avait fallu pour cela bien davantage : l'expérience de l'effroi absolu.

— Tu devrais croire un peu plus… à la magie des choses simples…

L'intervention de Mariette m'a fait ralentir le pas, d'autant que j'approchais de Saint-Germain-des-Prés, où vivait ma promise, dans l'appartement haussmannien de son papa marchand de papier, comme j'aimais à l'appeler pour la taquiner, car il était en réalité éditeur (mais n'est-ce pas finalement le même métier ?).

— Tu penses qu'il y a un lien ?

— Marie t'a expliqué son hypothèse sur nos origines… Moi, je crois qu'on est devenus… ce qu'on était déjà au plus profond de nous… Toi, tu ne voulais surtout pas mourir… Moi, j'ai toujours été d'une discrétion de violette… Petite, je priais pour que les grands ne me remarquent jamais… J'ai été exaucée au-delà de mes espérances !

J'ai souri à ce trait d'esprit, avant de me figer en plein milieu du trottoir, très animé, et de m'attirer les remarques désobligeantes de celles et ceux qui me bousculaient. J'étais arrivé en vue de la terrasse du *Café de Flore* et j'avais reconnu, installé sur son bord, la silhouette pansue et la barbe fournie du père de Séraphine, qui prenait là son petit-déjeuner à base d'ersatz de café (encore que je soupçonnais ce rupin de disposer de grains frais importés à prix d'or et passés par le douteux circuit du marché noir). Mon doux ange gracile lui tenait compagnie, dos tourné à la chaussée Dieu merci, car je ne me sentais soudain plus en mesure de lui mentir.

Je ne pouvais en effet pas lui servir l'exacte vérité, pas plus qu'à mes parents. Elle m'aurait cru malade, délirant, proche de la folie. Et l'alternative n'était pas plus enthousiasmante : on me prendrait pour un déserteur, porté disparu au combat, confondu avec un authentique « héros » tombé sous la mitraille, et qui reparaissait toute honte bue pour jeter le déshonneur sur l'estimable monsieur Patelin (ainsi se nommait l'éditeur) et son adorable fille…

— Tu te cherches un prétexte pour te défiler… Mais ça se tient… Ce gros bourgeois te dénoncerait sûrement aux autorités militaires…

C'est alors que Séraphine, sans raison apparente, a pivoté sur sa chaise pour nous offrir un aperçu de son profil – avait-elle perçu ma présence par je ne sais quel mystère ? Son espèce de talent à elle, allez savoir !

Je me suis pleinement rassasié de ses boucles rouille en accroche-cœur débordant le revers du chapeau cloche, son petit nez en trompette et ses taches de rousseur, ses grandes mirettes écarquillées sur un regard que je savais aussi pur qu'un éclat d'émeraude. Mon cœur cognait encore plus fort que face au Maître des Terreurs dans le château des Nymphes !

— Elle est jolie… Tu as de la chance…

— J'avais, ai-je corrigé en tournant les talons avec brusquerie pour redescendre le boulevard Saint-Germain au pas de charge, écartant les importuns à grand renfort de gesticulations sauvages.

Le temps de regagner le quai de Béthune, mes larmes avaient séché et mon emportement cédé la place à un état plus serein. Mariette s'est tenue en retrait jusque-là, ce que j'ai apprécié.

Le Brigadier fumait une cigarette roulée sous le grand tilleul de la cour, à proximité des monstres mécaniques toujours connectés.

— Marie m'a annoncé que tu avais pris la poudre d'escampette, m'a-t-il salué en soulevant du pouce sa casquette. Qu'il ne fallait pas que je m'inquiète. Mais j'étais sur le point d'alerter le 'pitaine. Tu n'es pas censé déambuler en ville.

— Le Grand-Duc est occupé à l'Élysée, lui ai-je rappelé. J'apprécie ta sollicitude. Si tu te préoccupes tant de ma personne…

J'ai marqué une pause, durant laquelle nous avons échangé avec Émile un regard appuyé, puis j'ai repris dans un murmure car j'ignorais si quiconque pouvait capter la conversation :

— Je t'offre l'opportunité de te joindre à ma prochaine virée.

Il a froncé le sourcil, lissé une pointe de moustache et soufflé un rond de fumée avec application. Il en a suivi l'envol jusqu'à son évaporation totale avant de lâcher :

— Vas-y, accouche, tu as toute mon attention.

Je me suis lancé en quelques mots, à voix de plus en plus basse, comme pour une véritable conspiration. Mes efforts de discrétion ont été gâchés par sa soudaine exclamation :

— Berlin, comme tu y vas ! On dirait bien que tu n'as plus peur de rien, mon Jean !

Il a ri aux éclats. J'étais certain que toute l'île Saint-Louis se trouvait à présent informée de mes intentions. J'ai voulu ramener Émile à la modération, en vain :

— Mais ça me plaît bougrement ! a-t-il rugi. J'ai autant que toi envie de flanquer une rouste mémorable à ce maudit nabot et à son âme damnée. Alors, c'est entendu, je serai de la partie !

Marie Curie est alors apparue par le sas d'accès au ventre du Léviathan, avec un ruban imprimé entre les mains, qu'elle m'a aussitôt tendu en souriant (c'est-à-dire qu'elle desserrait un brin les lèvres).

VOUS AUREZ BESOIN DE MON SOUTIEN – ET DES RENSEIGNEMENTS AIMABLEMENT FOURNIS PAR CE CHER BEHMI – N'ESCOMPTEZ PAS VOUS ENFUIR SANS MOI – MAIS ACCORDEZ-MOI QUELQUES INSTANTS – JUSTE LE TEMPS DE ME RENDRE PLUS DISCRET QUE JE NE LE SUIS ACTUELLEMENT.

Voilà qu'il donnait un surnom au dragon mécanique allemand ! Mais nous n'étions plus à ça près, pas vrai ?

— Qu'est-ce qu'il entend par « plus discret » ? ai-je interrogé Marie Curie.

Celle-ci a adressé un signe au Brigadier, pour qu'il la suive à l'intérieur de Lévi, avant de répliquer :

— Vous n'allez pas tarder à comprendre. Allez prendre votre petit-déjeuner pendant que nous nous occupons de transférer le Calcul. Puis vous vous équiperez pour le voyage. Je crois que vous ne craignez pas l'altitude ?

J'aurais eu mille questions à poser, en tout cas quelques-unes (le Calcul ? l'altitude ?), mais elle s'est réengouffrée dans le Léviathan avec le Brigadier. Et puis j'étais affamé, ma « promenade » jusqu'à Saint-Germain-des-Prés et la vision du gros Patelin à sa terrasse de café m'avaient aiguisé l'appétit. Alors j'ai gagné la cuisine où je me suis gavé de margarine étalée sur des tranches de pain noir, arrosant le tout de rasades de chicorée – on avait les festins qu'on pouvait !

★

Avant de quitter Paris, j'ai tenu à me présenter devant Lili Marleen, dans la chambre qu'elle occupait à l'étage de l'hôtel particulier. La malheureuse gisait sous son drap blanc, les yeux ouverts à demi, veillée par une jeune infirmière dont les traits me semblaient familiers.

— Bonjour, Jean, m'a-t-elle saluée. Je suis Irène.

J'ai percuté avec un temps de retard.

— Oh, la fille aînée de Marie… Enchanté, mademoiselle… Désolé de ne pas vous avoir reconnue. J'ai pourtant vu votre portrait dans les gazettes !

C'était la vérité. Elle avait effectué une grande tournée du front, avec sa mère, à bord d'une ambulance convertie en station mobile de radiographie, ce qui lui avait valu les honneurs de la presse à sensation.

— Ne vous excusez pas. Maman m'a expliqué la situation.

Elle a désigné sa patiente d'un geste.

— Vous avez fait ce qu'il fallait.

— J'aimerais en être persuadé.

Je me suis approché du lit et j'ai collé mes lèvres à l'oreille de Lili.

— J'ai ramené ton corps à Paris, ai-je soufflé. Maintenant je vais m'occuper de ton esprit. Si tu m'entends, souhaite-moi bonne chance, je vais en avoir besoin !

J'ai cru la voir ciller, mais je me suis peut-être illusionné. Je suis alors sorti d'un pas décidé.

— Adieu, Irène.

— Au revoir, Jean. Je sais que vous reviendrez. Maman ne doute pas de votre talent !

⋆

Pour rejoindre Aéropolis, à proximité du Bourget, la voiture conduite par le Brigadier a d'abord franchi les fortifs' et traversé Pantin, me ramenant quelques années en arrière. Sauf que je n'ai pas retrouvé l'usine de mon père, ruinée par les tirs à très longue portée des *Pariser Kanonen*, capables d'expédier leurs obus à plus de cent vingt kilomètres. En vérité, ils n'avaient pas causé autant de dégâts que l'espéraient leurs concepteurs, car avec une pareille distance à couvrir, les projectiles étaient déviés par la force de Coriolis d'environ mille cinq cents mètres de l'objectif visé et tombaient en fait au petit hasard la chance. Néanmoins, pas mal de bâtiments et plusieurs centaines de civils en avaient fait les frais. Enfin, il était de notoriété publique que ces foutus engins, au nombre de sept, sortaient des fonderies Krupp d'Essen. En bien des points, la famille de Tilmann était le véritable vainqueur du conflit, gonflant les bénéfices du groupe à mesure que ses machines semaient la destruction !

Après le franchissement des barrages de contrôle, garantis sans encombre grâce aux papelards brandis par Marie Curie sous le nez des plantons, nous avons été accueillis sur le terrain d'aviation militaire par un type à la moustache sévère, qui arborait sa croix de guerre bien en évidence sur sa veste d'uniforme.

— Capitaine Lucca, s'est-il présenté. Très honoré, madame Curie…

Il a brièvement inspecté notre petite troupe hétéroclite, l'air surpris. Émile et moi avions passé des manteaux de cuir fourrés de laine épaisse, dans le plus pur style des as de l'air, qui nous faisaient copieusement suer par cette chaleur.

— Je ne vois pas d'officier, a commenté Lucca.

— Notre responsable discute en ce moment même avec Clemenceau et tous les membres de son gouvernement. Le général Gallieni participe à cette réunion de crise. Devons-nous le déranger pour vous satisfaire ?

La question de la scientifique, posée avec aplomb, ainsi que la mention du gouverneur militaire de la place de Paris, supérieur direct du capitaine Lucca, a suffi pour que ce dernier étouffe ses suspicions.

— Ce ne sera pas nécessaire, madame.

J'ai bien cru qu'il allait claquer des talons et se mettre au garde-à-vous !

Il est monté sur le marchepied de notre voiture et nous a guidés jusqu'à un hangar construit à l'écart de ses voisins, sur le même modèle au dos rond sorti tout droit des établissements Bessonneau. À l'intérieur du vaste espace ainsi délimité, un unique appareil nous attendait.

— Le dernier bijou conçu par Henry Potez, l'a fièrement présenté Lucca. Un sesquiplan monomoteur d'observation au rayon d'action considérablement élargi par l'ajout de réservoirs supplémentaires. Le seul coucou capable de voler mille kilomètres sans avoir besoin de se poser pour le ravitaillement. Fuselage avec capotage en aluminium. Cloison pare-feu intégrée. Peut grimper à plus de sept mille mètres et dépasser les deux cents kilomètres heure. Moteur de six cents chevaux. Système de chauffage pour les passagers et inhalateur d'air. Nous avons fait de la place comme exigé en retirant ses armes. Puis-je vous demander pourquoi ? Et aussi, n'en prenez pas ombrage, pourquoi vous m'avez annoncé que je ne le reverrai jamais ?

Il avait presque la larme à l'œil. Je me suis fait remarquer que ce gars-là s'entendrait à merveille avec Jean du Plessis de Grenédan, amoureux comme lui de tout ce qui pouvait vaincre la gravité, et le cœur brisé à l'idée que ce genre d'engin avait souvent pour destin de s'écraser au sol !

— Secret-défense, capitaine, a rétorqué Marie Curie tandis que le Brigadier déchargeait de la malle notre unique bagage, un tantinet spécial.

Quand j'avais interrogé Marie Curie à son sujet, elle m'avait fourni plus d'explications qu'à l'infortuné Désiré Lucca (j'ai appris par la suite la complète identité de notre hôte, fondateur du terrain d'aviation du Bourget sur le site d'Aéropolis).

— Le Calculateur Curie-Léviathan, ou Calcul, est la symbiose de deux entités capables d'effectuer toutes sortes d'opérations et de cogitations de grande envergure, pour peu qu'il demeure alimenté en énergie. Sa version portative dispose de sa propre batterie autonome, d'une durée de vie approximative de vingt-quatre heures, aussi ne devrez-vous pas flâner durant votre périple.

— Le cerveau de Lévi, en somme, avais-je résumé.

— Un peu plus que ça, avait-elle répliqué en me dévoilant ce qui se dissimulait sous la plaque amovible qui protégeait une partie du Calcul, en forme d'obus massif.

J'avais lâché un «OH!» de surprise en découvrant une authentique cervelle, identifiable à ses circonvolutions roses et grises, baignant dans un liquide tourbeux et piquée de tout un tas de fines aiguilles dorées – un vrai délire d'acupuncteur sadique!

— Voici Pierre, avait simplement rajouté Marie Curie. Ou ce qu'il reste de lui.

Je ne savais pas qui d'autre, le Grand-Duc et l'escouade exceptés, se trouvait dans la confidence de l'extraordinaire secret du destin de Pierre Curie, après son tragique accident de la circulation. Il avait été renversé, si mes souvenirs étaient bons, en 1906, soit dix-huit années plus tôt. Comment son épouse s'était-elle débrouillée pour maintenir son cerveau en état de fonctionner, voilà qui aurait mérité que je satisfasse ma curiosité – mais je n'en ai évidemment rien fait sur le moment, question de galanterie; Marie m'affranchirait quand elle le souhaiterait et s'il lui en venait l'envie. En attendant, elle avait pris soin de me renseigner sur l'usage tout à fait particulier qu'il convenait que nous fassions de feu son mari, le Brigadier et moi :—J'ai travaillé d'arrache-pied toute la nuit et la matinée pour concevoir le meilleur bouclier possible contre les agressions psychiques du Maître des Terreurs. En puisant à la source d'énergie de votre immense talent, Jean, le Calcul sera capable de générer une *bulle de certitude* dans un périmètre restreint, pas plus de six ou sept pas autour de lui. Aussi conviendra-t-il ne pas vous en éloigner davantage afin de garantir votre sécurité lorsque vous serez face à l'ennemi.

— Une bulle de certitude?

— Je n'ai pas trouvé plus joli, ni plus éloquent. Cela dit parfaitement ce que produira le Calcul. Un champ de stabilité des événements à l'intérieur duquel vous échapperez à l'emprise du Tambour comme du Maître. J'espère seulement n'avoir pas sous-estimé la puissance du flux de leur pouvoir. Nous avons dû procéder en hâte, avec Pierre et Lévi, en nous basant sur les bribes d'informations rapportées par Émile.

— Je vois. Merci à vous trois, en tout cas, pour ce coup de pouce ! Et si vous le permettez... Les esprits de votre époux et du Léviathan peuvent donc cohabiter ?Ma question ne l'avait pas étonnée. Marie avait compris pourquoi je la lui posais. Depuis que j'abritais une part de la psyché de Mariette, je me trouvais en effet confronté à l'angoisse de la préservation de nos deux identités.

— C'est un peu compliqué, m'avait-elle répondu. Ils parviennent à préserver une forme d'équilibre entre l'organique et le mécanique, chacun se concentrant sur ce qui fait sa spécificité. À Lévi la logique dénuée de tout sentimentalisme, à Pierre la réflexion plus empreinte d'émotions. Mais tous deux confondus sont une somme supérieure à la simple addition des parties. Le Calcul est ainsi doué d'un talent qui dépasse ceux de ses composants. Comme celui de générer en pratique ce qu'il échafaude en théorie, à l'instar de la bulle d'incertitude. Votre cas et celui de Mademoiselle Spectrale est-il différent ? L'avenir nous le dira, Jean.

Nous en étions restés là. En route pour Aéropolis, j'avais ressassé les paroles de la scientifique. Et je n'étais pas plus avancé au moment de me couler dans le siège du mitrailleur, à l'arrière du prototype conçu par Henry Potez !

Le Brigadier a calé le Calcul, l'assujettissant à l'aide d'une longueur de cordage, à l'endroit où auraient dû se trouver des fusils automatiques Lewis jumelés. Leur absence ne me gênait pas plus que ça, dans la mesure où j'aurais été incapable de m'en servir correctement. Et puis je me doutais bien qu'il me faudrait plus que des balles traçantes, même tirées à une cadence infernale, pour venir à bout de notre némésis.

Émile s'est ensuite installé devant le manche à balai – ses épaules frottaient de chaque côté le fuselage.

— Tu sais aussi piloter un avion ? lui ai-je demandé, comme s'il n'était pas trop tard pour m'inquiéter de ce « détail ».

— Il y a tellement de choses encore que tu ignores à mon sujet, Jeannot, s'est-il amusé en levant le pouce en l'air pour signaler à Lucca que tout était OK.

J'aurais pu le démentir, depuis certaines confidences de Mariette, mais je n'en ai rien fait. J'ai adressé un signe à Marie Curie pendant qu'il actionnait le démarreur – le coucou d'Henry Potez n'avait pas besoin qu'un guignol lance l'hélice manuellement. Le moteur a laissé aussitôt éclater sa bruyante joie de bête qu'on réveille pour une équipée sauvage.

— Bon vol, messieurs, et bonne chance ! s'est écrié Lucca en saluant, main au képi, tandis que nous roulions en direction de la piste. Le pays compte sur vous !

— Bravo, papa, bien dit ! lui a renvoyé Émile dans un franc éclat de rire.

Quelques secondes plus tard, il a lâché toute la puissance des six cents chevaux et nous nous sommes arrachés du sol au terme d'une brutale poussée qui m'a maintenu plaqué à mon dossier.

Le soleil a donné l'impression de tomber sur nous à toute vitesse. La fureur mécanique s'est mêlée au sifflement du vent et aux hurlements joyeux d'Émile.

Nous avons mis le cap au nord-est. Destination : *Groß-Berlin* !

23
LE VOILE SE DÉCHIRE

SURVOLER L'ALLEMAGNE À HAUTE ALTITUDE est d'un ennui total. J'ai eu le temps de m'en apercevoir durant les cinq heures passées au-dessus de l'océan cotonneux des nuages. Cinq heures à lutter contre le froid car Émile ne voulait pas allumer le système de chauffage pour ne pas perdre une goutte de pétrole. Lui se fichait bien des gifles glacées reçues sans le moindre répit. Moi je pestais et grelottais, emmitouflé dans ma veste fourrée, son col relevé jusqu'au nez, les poings serrés au fond des poches. Je pouvais heureusement compter sur Mademoiselle Spectrale pour me remonter le moral.

— Ne lui en veux pas, bêta… S'il le pouvait il te rendrait le vol plus agréable… Mais son poids est déjà une charge considérable… Et vous devez absolument atteindre Berlin…

— Et si le Maître ne nous y attend pas ? S'il a déjà levé le camp ?

— Les attentats ont eu lieu hier seulement… Pourquoi abandonnerait-il la capitale ? Il a obtenu ce qu'il cherchait… Le siège du pouvoir est vacant…

— Et si ça ne l'intéressait pas d'y poser ses fesses ?

L'inconfort et l'angoisse m'incitaient à une forme de gaudriole qui n'a pas laissé Mariette de marbre. J'ai d'abord perçu l'éclat maintenant familier de son rire lointain, si apaisant…

— Surveille donc ton langage… Et dis-moi ce qui te tracasse… Je sens ton embarras, tes doutes… Mais je ne les comprends pas…

— Tout le monde s'accorde à penser que M a l'âme d'un dictateur. Ses méthodes plaident en cette faveur, je te l'accorde. Mais Lili ne m'a jamais confirmé qu'il souhaitait remplacer les Dioscures ou le Kaiser. L'exercice personnel du pouvoir ne me paraît pas son ambition première. Il est un facteur de chaos, de désordre, le parfait instrument de la peur qui se répand sur toute l'Europe. Voilà le hic pour moi, justement. Je ne saurais t'expliquer pourquoi, mais j'ai l'impression qu'il n'est lui-même qu'un instrument !

— Entre les mains de quel joueur, alors… Dis-moi, Jean…

— Je n'en sais rien, c'est juste mon sentiment, je te le répète. Mais plus j'y pense, plus j'arrive à m'en convaincre. C'est comme si quelque chose au fond de moi me guidait vers cette hypothèse. Quelque chose lié à mon talent, j'en ai la conviction. Oh, c'est difficile à exprimer plus clairement, je suis désolé…

— Ne le sois pas… Ta perception est plus fine que la mienne… Car tu es l'évolué le plus doué de l'escouade… Ton talent est d'une absolue pureté en comparaison des nôtres… Alors il est tout à fait possible… qu'il t'adresse un message que nous ne pouvons pas entendre…

J'ai ruminé là-dessus un temps jusqu'à ce que le Brigadier m'annonce dans un gueulement :

— Les réservoirs sont presque vides ! D'après le compas, on doit être au-dessus de notre cible ou pas très loin. L'instant de vérité approche, mon Jean. Tiens-toi prêt !

Je me suis raidi au point d'en oublier le froid. L'avion a soudain piqué du nez et percé la couche de nuages. J'avais comme un bouchon dans chaque tympan, si bien que je n'ai pas immédiatement remarqué les crachotements du moteur puis l'absence de sa plainte régulière à l'instant où nous avons crevé la partie inférieure de l'immensité ouatée.

Il faut préciser à ma décharge qu'une surprise de taille nous attendait sous le ventre des nuées. Je ne connaissais de Berlin et ses environs que les rares éléments de géographie reçus en leçons par des professeurs cocardiers, qui me les avaient dépeints sûrement avec partialité. Néanmoins j'étais bel et bien persuadé qu'aucune montagne ne se dressait à cet endroit, au milieu de la grande plaine du nord de l'Allemagne !

Encore moins un pic démesuré et sombre comme celui dont la silhouette déchiquetée emplissait tout notre horizon, ses contreforts noyés dans une épaisse brume bleuâtre qui m'a rappelé le brouet toxique de l'Alsace – sa couleur exceptée et un aspect véritablement malsain en plus…

Le choc de cette découverte n'a pas ébranlé mon pilote comme il l'aurait dû.

— Je n'ai pas dévié mon cap ! a assuré Émile. C'est Berlin, ma tête à couper !

Une vague d'énergie incroyablement mauvaise a déferlé de ce paysage insensé et tous mes poils se sont hérissés sous mes vêtements. Le picotement ordinaire de mon talent s'est mué en une irritation brûlante qui m'a presque fait regretter la température polaire des cieux.

— Comment va-t-on se poser ? me suis-je alarmé. On n'y arrivera jamais !

Je n'apercevais ni piste, ni route, ni champ, ni rien de plat en dessous de nous. Le coucou continuait sa descente en silence et j'ai réalisé d'un coup que nous étions à sec. Les amas de pierre noire aux angles saillants qui montaient vers nous à toute vitesse ressemblaient à de gigantesques lames ébréchées, prêtes à nous embrocher…

— Qui a parlé d'atterrissage ? Un conseil : étends tes bras et jambes en croix !

— Pourquoi ?

— Ça te ralentira. Je te rattraperai plus facilement. À très vite, mon Jean !

Il a soudain retourné l'appareil sur le dos. J'ai plongé dans l'abîme aussitôt. Lui a récupéré le Calcul avant de faire le grand saut.

J'ai ouvert la bouche sur un cri muet. Tout tournoyait et se confondait atrocement en dessous de moi. La nausée me saisissait, j'étais au bord de l'évanouissement mais je luttais. Je commençais à irradier mon halo mais j'étais incapable de fixer mon attention sur quoi que ce soit. Et j'avais toujours la certitude que ce qui se trouvait là, autour de moi, où que ce *là* se situât, était l'émanation même d'un Mal – avec la majuscule – d'envergure cosmique dont M n'avait représenté qu'une portion infime.

Je n'ai jamais cru à l'existence de l'enfer et ses cercles comme Dante les avait décrits, ni à aucune autre représentation de quelque satanique séjour; je n'avais jamais eu foi en rien qui serait issu d'ailleurs que l'imagination la plus débridée de mes auteurs de prédilection; mais pas plus Maupassant que Flaubert, Hugo ou Verne, ni même Byron, Shelley, De Quincey, Radcliffe, Wells ou Wilde, encore moins Stoker, Le Fanu, Lewis ou Poe – aucun d'eux, aucune d'elles n'auraient pu par la grâce de sa prose composer une ode à la hauteur du cauchemar dans lequel je me précipitais !

— Cesse de délirer, Jean... Reprends tes esprits... *Nos* esprits, je t'en prie...

La voix de Mariette résonnait en vain. Je m'absorbais dans une folie souveraine. Je l'appelais de tous mes vœux. Je voulais m'y perdre, y mourir et renaître sans fin, m'y amalgamer à tout jamais...

Le bras du Brigadier s'est alors crocheté à ma taille. La force de son étreinte m'a coupé le souffle. Il avait le Calcul coincé sous l'autre bras. Une bulle dorée enflait autour de l'appareil. Elle nous a absorbés d'un coup.

— Reviens à la réalité, soldat ! m'a commandé Émile, me hurlant à l'oreille.

Un panorama urbain s'est substitué à la montagne hallucinée. Nous tombions vers lui sans rien pour nous freiner. J'ai distingué des lacs, des parcs, des bois, des immeubles démolis et fumants, çà et là, autant de reliquats d'incendies déclenchés par les *Jungebomben*, mais également des rues et des boulevards déserts, des places vides dans la clarté déclinante du soir…

Et puis il a bien fallu que nous touchions le sol. Terrible effet de dislocation intégrale !

L'éclair bleu a tout effacé à l'instant de l'impact.

★

— Où sont passés les Berlinois, sacré nom d'un chien ? a demandé le Brigadier en retirant son manteau d'aviateur avant de s'attacher le Calcul au dos à l'aide de la chaîne déjà utilisée dans le Potez, écrasé pas très loin. Ils se cachent, à ton avis ?

Je n'en avais pas la moindre idée. Mais ça me paraissait une option raisonnable, à considérer ce qu'ils avaient subi la veille !

J'ai sondé les environs avec une extrême curiosité. La bulle de certitude altérait légèrement ma vision, mais rien de très gênant. Quelque chose clochait dans le décor. Nous avions ressuscité près de vastes ruines anciennes, beaucoup trop pour être celles d'une bâtisse écroulée depuis seulement vingt-quatre heures. Leur style appartenait à une époque remontant à l'antique, voire plus loin encore dans les abysses du temps. S'il évoquait vaguement les colonnades rognées par l'âge des temples de la Grèce, les frontispices chargés de scènes sculptées de certains édifices romains, c'était pour les avoir inspirés. Il m'apparaissait plus que certain que des milliers d'années s'étaient écoulées depuis l'époque où l'on avait élevé ces bâtiments aujourd'hui rognés. Et que leurs architectes n'appartenaient pas à la même lignée de la race humaine que Mariette, le Brigadier et moi. Pour s'en persuader, il suffisait d'estimer les dimensions de quelques restes d'escalier, d'embrasures de portail, ou, plus éloquent, de détailler les représentations de batailles gravées dans la pierre noire, semblable à celle de la montagne aperçue au sortir des nuages. Des guerriers armés de lances et d'épées aussi longues que le bras, montés sur des taureaux de combat, peut-être même des aurochs, y affrontaient des créatures titanesques dotées de becs, de griffes, de crocs et d'une multitude d'appendices dont la fonction m'échappait.

— Tu as vu ça ? ai-je interrogé Émile. Pas vraiment cubiste ni Dada !

— Il n'y a pas de canassons, c'est vrai. Pas très chouette en tout cas…

J'ai passé outre l'ignorance du Brigadier en matière de courants artistiques nouveaux pour me concentrer sur d'autres aspects de ces gravures impies, où l'on voyait des ribambelles d'individus de taille réduite, en robe longue – des femmes et des enfants ? –, se soumettre à des immolations par le fer au sommet d'un pic environné d'ondulations qui étaient peut-être de la brume, peut-être la manifestation d'un phénomène de nature très différente. J'éprouvais en effet à cette vision un regain d'irritations nées de mon talent. Il y avait forcément un lien !

Le malaise de Mariette était palpable quand elle a commenté ce que nous observions avec la même paire d'yeux :

— Des sacrifices rituels, Jean… Pour apaiser la colère de divinités païennes… Ou bien plutôt leur faim… Et les empêcher de se répandre parmi les humains…

J'avais abouti à la même conclusion et frémi à l'idée qu'il ne s'agissait pas d'une simple projection des fantasmes d'un peuple primitif, de sa manière de conjurer la peur de l'inconnu, des événements inexpliqués qui se déclenchaient naturellement, mais plutôt d'un témoignage ou d'un avertissement qui disait en substance *voyez, vous qui viendrez après nous, ce qu'il faut redouter par-dessus tout !*

Des applaudissements se sont alors élevés quelque part dans les ruines. Elles ont commencé à s'estomper au profit d'une plus banale perspective, à savoir celle d'une artère rectiligne bordée de tilleuls fleuris, à l'extrémité de laquelle se dressait une espèce d'arc de triomphe surmonté d'un quadrige – un char tiré par quatre chevaux –, lui-même surmonté de l'aigle prussien, ses ailes déployées.

J'avais vu, déjà, une photographie de la porte de Brandebourg dans un journal, et appris que feu le Kaiser était le seul dans toute l'Allemagne à pouvoir en franchir le passage central. Privilège à présent partagé avec ceux qui arrivaient vers nous à bord d'une voiture attelée, sorte de fiacre chargé de dorures sûrement emprunté aux écuries de Guillaume II. Le claquement des sabots des deux paires de chevaux sur le pavé se mélangeait sous mon crâne à celui des paumes du petit homme drapé dans l'hermine impériale. Si cette dernière lui faisait désormais office de cape, le Maître des Terreurs avait conservé son modeste chapeau melon plutôt que de coiffer la couronne ou le casque doré avec lequel son prédécesseur aimait à parader. Il n'était pas seul dans le véhicule. Le Tambour était assis à son côté. Plus surprenant, Sigurd s'y trouvait aussi – et en trois exemplaires par-dessus le marché, dont l'un tenait les rênes.

— Merde, alors ! s'est exclamé le Brigadier. Je lui avais réglé son compte, non, au héros de la mythologie ?

— Le fruit d'une expérience de l'armée, ai-je rappelé. D'autres avaient hélas poussé…

Le Sigurd cocher a immobilisé l'équipage à une vingtaine de pas. Ses deux sosies ont bondi, épée en main, et se sont placés de manière à nous couper toute retraite.

— Je savais que nous nous reverrions, nous a salués M, mais pas si vite. J'admire votre célérité comme votre obstination. Ainsi que vos capacités de déduction, monsieur Valmont, ou dois-je plutôt vous appeler Trompe-la-Mort ? Et n'oublions pas Mademoiselle Spectrale, qui vous accompagne de si discrète façon.

Tout en l'écoutant, je pouvais le sentir fouiller dans mes pensées, ou plutôt les observer après avoir soulevé le couvercle de ma boîte crânienne, car la bulle de certitude générée par le Calcul lui interdisait toute manœuvre plus hardie.

— Ne vous croyez pas protégés par cet astucieux dispositif. Je sais que son énergie décline inexorablement. Et qu'il ne vous empêche pas de succomber en partie à mon emprise. Vous avez *vu*, n'est-ce pas ? Entraperçu du moins ce qui se dissimule de toute éternité sous la toile de la réalité. Ce que des siècles de prétendue civilisation ont contribué à rendre de plus en plus intangible au fil des générations, avant de le prétendre relégué au rang de mythe ou de légende, de délire d'artistes ou de fous, en tout cas de voyants dans la plus noble acception du terme…

— Il s'écoute toujours autant parler, a maugréé Émile, pressé comme je le devinais de passer à l'action.

Je l'ai fait taire d'un geste impératif et il a obéi, étonnamment. Puis j'ai adressé au Maître un défi :

— Je suis censé vous croire sur parole ? Rien ne me dit que cette montagne et ces monstres antédiluviens ne sont pas une de vos illusions. Pouvez-vous m'apporter la preuve irréfutable qu'il n'en est rien ?

— Ils sont à l'origine de notre monde, de la vie même sur cette planète qui, sans leur intervention, serait demeurée un misérable roc infertile errant dans les immensités glacées de l'univers…

Pour ce qui était de la grandiloquence, le Brigadier n'avait pas tort : M remportait la médaille d'or !

— Leur présence est inscrite dans les gènes de chaque homme, de chaque femme, jamais nés sur Terre, continuait-il de pérorer. Ils sont le Grand Inconnu, l'Absolu Mystère qui cause notre effroi sans que nous ne puissions attribuer de raison objective à cette frayeur. Ils sont la Peur dans toute sa majesté et je ne suis, moi, que leur humble et dévoué serviteur…

Je m'en étais douté, tout comme je supputais que ces créatures hideuses se repaissaient de l'émotion la plus vitale des humains, à l'instar de leur dangereux petit laquais. Et que les dix années de guerre qui venaient de s'écouler en avaient déversé un trop plein, un tel déferlement de souffrance et de terreur, inédit dans l'histoire, qu'il avait contribué au déchirement du voile qui séparait nos univers, et incidemment produit les évolués qui comme moi possédaient un talent. Mais ce brillant raisonnement, s'il m'aurait valu les félicitations de Marie Curie ou des compères du Calcul, ne me donnait pas d'indications sur le moyen de rétablir l'équilibre rompu et de renvoyer le pitre au melon aux limbes d'où il était issu.

À moins de l'affronter sur son propre terrain, là où il retenait prisonnier l'esprit de Lili Marleen.

J'ai alors effectué quelques pas de côté, jusqu'à quitter la bulle de certitude.

— Qu'est-ce que tu fiches, crénom ? s'est alarmé Émile.

— Tu cours un très grand risque, Jean… a redoublé Mariette. Immortel ne veut pas dire… impossible à contenir dans un quelconque néant…

— Bouclez-la tous les deux et faites-moi confiance, pour une fois !

J'ai couru vers le Maître en le pointant du doigt.

— Maintenant c'est entre toi et moi. Finissons-en tous deux, ici et maintenant !

Pas question de sombrer dans l'emphase pour ce qui me concernait – tant pis pour le manque d'originalité et l'usage de clichés !

24
DANS L'ANTRE DU ROI DE LA MONTAGNE

Je ne pensais pas que le Maître accepterait si facilement le duel que je lui proposais. Sans doute estimait-il n'avoir rien à craindre de moi, ce que je ne pouvais lui reprocher. Je ne représentais en effet aucun danger en tant que tel. Je ne possédais pas de force herculéenne, je n'avais aucune arme à lui opposer, je ne savais pas voler ni devenir invisible, j'étais bien incapable d'hypnotiser les foules, encore moins de faire jaillir d'entre mes doigts un feu destructeur…

Non, j'étais juste infoutu de mourir ! Ce qui me procurait un avantage supplémentaire : je n'éprouvais plus aucune sorte de peur à l'idée d'affronter le spécialiste incontesté de toutes formes de terreur. Je l'avais vu faire exploser les membres de notre état-major, et après ? S'il voulait jouer à ce petit jeu avec moi, il en serait pour ses frais !

Il a toutefois réussi d'emblée à me faire perdre pied avec la réalité. J'avais à peine franchi les quelques mètres qui me séparaient du fiacre que l'avenue berlinoise bordée de tilleuls s'est évanouie dans l'air, remplacée dans l'instant par un décor angoissant car dénué de tout repère auquel un esprit raisonnable aurait pu se raccrocher. Il n'y avait pas de haut, pas de bas, aucune direction à emprunter, rien que des bribes de néant jetées au hasard et qui semblaient tourbillonner en s'entredévorant, sur un fond d'étoiles mourantes, près de l'extinction. Le Maître et moi étions seuls – exception faite d'un soupçon de Mademoiselle Spectrale – dans cet environnement morbide.

— Où sommes-nous ? ai-je demandé.

— Nulle part et partout. À l'aube et à la fin. Choisis ce qui te plaît.

— Vous m'avez fait entrer dans votre esprit, n'est-ce pas ?

— Tu es un garçon plutôt futé, s'est-il moqué. On ne peut rien te cacher.

— Vous nous manipulez depuis le début. Cette montagne noire, ces décombres d'une ère qui n'a jamais existé, ces créatures soi-disant issues d'un monde différent, votre discours sur les origines de la vie sur Terre... Tout ça, c'est du flan !

— Si tu le penses vraiment, à quoi bon démentir ?

J'avais toute son attention, alors j'ai enfoncé le clou :

— Vous adorez semer le doute, la confusion. Perturber l'ordre établi. Vous agissez seulement dans le but de mettre à bas les institutions, d'ébranler les fondations de la société, mais sans rien proposer pour la reconstruire. Vous détestez les grands et les puissants, mais vous vous fichez totalement des gens de plus basse extraction. Vous tirez votre plaisir du chaos et de la désolation. Ce que vous nous avez montré tantôt n'est que la projection de vos pires aspirations.

— Tu ferais un excellent psychanalyste, a-t-il ricané. Mais peut-être as-tu lu Freud et l'as-tu mal digéré ? Tu sais que j'ai suivi ses conférences à Vienne, jadis ? Un pitre, si tu veux mon avis, un pleutre, il n'a fait qu'esquisser une vague théorie de la véritable puissance contenue dans chaque cerveau... Il a préféré rationaliser ses travaux, effrayé par ce qu'il aurait pu découvrir en creusant plus profond. Jung est davantage intéressant, un peu plus courageux dans ses conclusions. Mais pas encore suffisamment. Le jeune Reich est prometteur, dommage qu'il ait suspendu ses recherches pour combattre sur le front italien !

Je me rappelais très bien les informations transmises par les émissaires des Dioscures, au sommet de la cathédrale de Strasbourg. Le moment était venu de les resservir :

— Vous vous êtes fait passer pour une sorte de médecin aliéniste. La folie est un domaine qui vous fascine. Mais elle vous a contaminé…

Je l'ai touché là où il était sensible, à en juger par sa réaction quasi épidermique.

— Tu crois avoir bien fait tes devoirs à mon sujet ? Navré de te décevoir, tu te trompes complètement ! La folie m'indiffère… Elle n'a rien d'un talent ! Au contraire du pouvoir qui m'attire réellement, celui qui germe dans de trop rares esprits et éclot hélas fort peu souvent. Et quand c'est le cas, comment répond ce que tu nommes *la société* ?

Il a craché ces derniers mots, puis repris, encore plus exalté :

— Elle enferme celles et ceux qui ne correspondent pas à ses normes ! Elle les gave de drogues pour les éteindre peu à peu ! Ils sont comme des diamants abandonnés au fond d'un coffre, qui ne brilleront jamais de tous leurs feux, privés de la lumière indispensable… Est-ce que tu trouves ça juste ? Que dirais-tu de passer le reste de ton existence entre les murs d'une cellule crasseuse, misérable cobaye entre les mains de vulgaires charlatans totalement ignorants du potentiel des évolués ?

Je ne m'étonnais pas qu'il connaisse le mot employé par Marie Curie, puisqu'il avait sondé mes pensées. J'avais réussi à l'amener là où je le souhaitais et j'espérais qu'il ne pousserait pas son exploration de ma psyché au point de découvrir ce que j'anticipais.

— Vous avez fréquenté l'asile, ai-je contre-attaqué. Sous l'alias du docteur Caligari. Était-ce une simple ruse ou votre véritable identité ? Je suis partagé, car on m'a dit aussi que vous n'étiez qu'un vulgaire petit criminel, un assassin d'enfants qui plus est…

Je n'ai pas eu besoin de mimer le dégoût. Le mien s'exprimait naturellement. Le Maître a soudain explosé, comme je m'y attendais.

— Cette garce de Lili ! *Hure zum Soldaten* ! J'ai contribué à la métamorphoser en déesse et voilà comme elle me remercie ! Je n'aurais jamais cru être trahi par elle… Tilmann, oui, car il n'est qu'un rejeton de la haute bourgeoisie… Mais Lili, *mein süßer Blauer Engel*, ça, jamais ! *Unmöglich* !

— Alors pour vous venger vous lui avez repris à la fois son talent et son esprit.

— Une sanction méritée ! Elle me devait tout ! Et ainsi je la conserve pour toujours dans mes plus tendres pensées, un peu comme toi avec Mariette…

Il a de nouveau ricané, de façon un brin plaintive cette fois. Peut-être pas aussi désespérée que je l'aurais souhaité pour le croire à ma merci – il ne fallait rien exagérer ! Néanmoins j'étais parvenu à percer sa cuirasse, d'un point de vue métaphorique. Je n'avais plus qu'à pousser un tantinet :

— J'aimerais voir ça, ai-je avancé avec la plus extrême circonspection.

Si je l'avais bien cerné, il ne résisterait pas au malin plaisir de me satisfaire rien que pour me narguer et faire étalage de ses capacités. Et de fait, je ne m'étais pas trompé :

— Comme tu voudras. Cela te convient-il ?

Le fond cosmique mourant s'est enfin dissipé et tout a pris une forme nouvelle autour de nous. Des murs crème décrépits, un corridor assombri, des enfilades de solides portes bardées de ferronneries, percées d'une imposte grillée à hauteur du regard.

— Elle est ici ? Dans cette prison mentale ?

— Un décor qu'elle connaît. Comment aurait-elle pu l'oublier ? C'est celui de notre antre sur la montagne…

Il s'est mis à siffler quelques notes entêtantes, une petite mélodie à la fois gaie et tragique, le genre à devenir vite obsédante – plus tard, quand je la lui chantonnerai, Marie Curie me révélera qu'elle est extraite de *Peer Gynt*, l'accompagnement musical de la pièce éponyme, composé par Edvard Grieg.

— Je pourrais lui parler ? Lui adresser mes adieux ?

— Ce serait sage de ta part, en effet ! Je ne compte pas te laisser filer, tu l'as sûrement deviné. Et pas question que tu partages l'antre de mon Ange Bleu, ça non ! Tu auras droit à ta propre prison mentale – je t'emprunte l'expression, elle me plaît, tu n'y vois pas d'inconvénient ?

Je n'ai pas réagi à son baratin. J'étais pourtant conscient du risque encouru. Mariette m'avait prévenu : *immortel ne veut pas dire impossible à contenir dans un quelconque néant*. Mais j'y étais résolu, si ça devait advenir…

Vraiment !

Et puis la porte d'une des cellules s'est entrouverte. À l'intérieur régnait une semi-obscurité trouble, à peine repoussée par une très faible lueur bleutée.

Lili se trouvait là, engoncée dans une épaisse chemise de force qui lui maintenait les bras croisés et plaqués contre la poitrine, sans liberté de mouvement. Elle allait et venait en suivant toujours le même parcours entre les parois capitonnées. Le nimbe de son halo vacillait. Ses lèvres remuaient sans qu'aucun son n'en sorte. J'ai perçu sa colère, tout comme son abattement.

— C'est moi, Joli-Cœur, lui ai-je soufflé. Tu te souviens de ma promesse ? Je la tiendrai, Lili…

— Très émouvant ! m'a raillé le Maître. Mais un peu tard, tu ne crois pas ?

Avant que j'aie pu protester, le décor avait encore changé. J'étais toujours dans l'asile, aucun doute à ce sujet, l'aspect et la couleur des murs n'avaient pas varié, mais la pièce ressemblait cette fois à un banal bureau, très chichement fourni en mobilier d'une piètre qualité. Un petit homme aux cheveux rares et blancs, plaqués en arrière sur un crâne proéminent, m'a fait signe de m'asseoir sur un tabouret depuis le fauteuil dans lequel il se tenait, les mains croisées à hauteur du nombril sur le tissu immaculé de sa blouse blanche.

— Monsieur Valmont. Ravi de faire votre connaissance. Je suis le docteur Caligari. Bienvenue dans mon établissement. Je ferai en sorte que votre séjour parmi nous se déroule dans les meilleures conditions. Votre état nécessite de longs soins, très longs, oui, interminables même !

— Je ne suis pas un de vos patients. Je ne suis pas fou, docteur.

— Mais personne ne l'est entre ces murs, voyons, Jean... Qui sont les insensés, dites-moi ? Ceux qui déclenchent les guerres ou ceux qui s'en nourrissent ?

Il a eu un petit rire méprisant. Puis a repris avec sérieux, faisant semblant de lire un dossier apparu comme par magie sur le bureau, sous ses yeux.

— Ah, un cas vraiment passionnant que le vôtre !

— Vous ne me tutoyez plus, Maître ?

Il a ignoré ma question.

— Vous avez abandonné une fiancée ainsi que vos vieux parents pour partir sur le front... Où vous avez simulé votre disparition. Je lis ici : tombé au champ d'honneur. Mais nous savons pertinemment qu'il s'agit d'un mensonge. Vous cherchiez donc à fuir votre passé ? Ou bien un avenir tout tracé, trop bien même : un mariage sans amour, peut-être d'intérêt, une bête carrière de professeur, quelques mauvais romans publiés par votre beau-père... Ah, je vous comprends d'avoir rejeté tout ça !

Séraphine se tenait soudain devant moi, adorable dans sa robe de soie couverte d'imprimés floraux, et secouait la tête avec chagrin. À côté d'elle, le gros monsieur Patelin me toisait d'un air sévère. Mes parents étaient là, eux aussi. Ma mère se triturait les mains, comme chaque fois que ses nerfs la travaillaient. Mon père, lui, chiffonnait sa casquette entre ses pognes calleuses. Quel tableau, mazette !

— Admirable mise en scène, docteur...

— Je n'en suis pas responsable. J'expose seulement les faits. Tout se jouait déjà *là*...

Il a pointé l'index sur mon front.

— Je n'ai fait qu'exposer la vérité, Valmont. Vos pensées inconscientes sont incapables de mensonge.

L'ampoule qui pendait du plafond au bout de son fil s'est mise à crépiter. Son éclat jaune pisseux a mué en pâleur bleutée. Le Maître a levé le nez, plus excédé que surpris.

— Qui ose…

Il n'a pas poursuivi car les couleurs étaient en train de changer autour de lui. À celles, malades, malsaines, sans éclat et sans vie, qui teintaient les arcanes de sa propre psyché, se substituait une lumineuse tonalité azurine. Celle-ci émanait de partout à la fois. De l'Ange emprisonné, en premier lieu, mais tout autant de ma personne. Je n'avais encore jamais irradié de la sorte, envahi d'une farouche volonté d'en finir, mon talent associé à celui de Lili, nos colères appariées en un tout largement supérieur aux parties, comme Lévi et Pierre Curie s'associaient pour former le Calcul.

— *Unmöglich* ! a répété M/Caligari. Impossible !

Regard exorbité, il suivait l'envolée des volutes bleutées qui l'enveloppaient peu à peu avec lascivité, davantage concentrées de seconde en seconde. Comme une nouvelle peau déposée couche après couche, qui se solidifiait…

— J'ai prouvé à Lili que je ne l'avais pas abandonnée. Je lui ai redonné l'espoir qui lui manquait pour oser t'affronter sur ton territoire. Je lui ai enfin montré qu'il n'y avait plus aucune raison de te craindre. Tu n'es qu'un pantin dérisoire avec tes tours de passe-passe, ton hypnose de cabaret ! Notre talent, lui, n'a rien d'une illusion !

Je m'échauffais méchamment. Le Maître n'avait pas encore dit son dernier mot. Il a renvoyé Séraphine et mes parents aux limbes, s'est redressé péniblement, vacillant sous le poids de tout le ressentiment accumulé sur ses frêles épaules. Des étincelles et des crépitements parcouraient la gangue qui l'enrobait. Il s'est concentré suffisamment – de grosses veines palpitaient à ses tempes – pour la fissurer à divers endroits. Pourrions-nous tenir encore longtemps ? Maintenir la pression jusqu'à l'écrasement ? Déjà, je sentais ma résolution faiblir…

— À moi d'entrer dans la danse, Jean…

Mademoiselle Spectrale s'est matérialisée à mes côtés. Dans cet univers purement fantasmé, elle en avait bien sûr la possibilité. Elle demeurait transparente, car amputée d'une part de sa personnalité, toujours stabilisée dans l'armure de Tilmann Krupp. N'empêche, Mariette ne m'avait jamais paru si belle, déterminée et consistante !

— Tiens bon quelques instants... a-t-elle soufflé avant de s'éclipser à travers une cloison du bureau.

J'ai lutté avec tout ce que j'ai pu puiser en moi de volonté. J'ai songé aux gars de mon bataillon tombés dans les Balkans, aux dizaines de millions d'autres sacrifiés depuis dix ans, aux garçons robotisés de Bavière, aux populations de l'arrière, aux Grenédan, Lucca et tous les gars embarqués vaillamment dans la même galère, à nos galonnés qui ne le méritaient guère pour la plupart, aux épouses, fiancées, enfants, pères, mères de poilus et de soldats gris qui ne les reverraient pas – et tous m'ont fourni le supplément d'âme indispensable.

M se débattait et jurait comme un beau diable. La camisole de feu électrique n'allait plus le contenir très longtemps. Le décor se délitait pan par pan, se transformait sans logique apparente, amalgamant plusieurs milliers de fragments épars, en provenance d'autant d'endroits réels ou non, de jalons sur le parcours de haine et de dépravation qu'avait été la vie du Maître depuis sa venue au monde.

— Vous ne pouvez pas ! se défendait-il avec acharnement. Vous n'avez pas le droit ! Vous n'êtes rien ! Je suis tout ce qui vient !

J'étais sur le point de flancher quand, enfin, l'Ange Bleu a paru dans toute sa splendeur retrouvée, dégagée par Mariette de ses entraves imaginées par son geôlier. Lili s'est immédiatement fondue à moi. Réunis, nos talents atteignaient un zénith insoupçonné. Nous étions le Phénix, incandescent et immortel. La peur venait de changer de camp. Nous l'avons sentie se propager dans notre environnement – la psyché de M.

— Vous n'oserez jamais... Cela ne peut pas être... balbutiait-il.

Nous étions insensibles à toute forme de pitié. Le Maître devait être éliminé. Aucun doute ne nous effleurait à ce sujet. Alors nous avons libéré le flux dévastateur de notre puissance démultipliée…

L'embrasement intérieur a ravagé l'esprit du petit homme qui s'était cru une destinée supérieure, l'égal d'un dieu ancien et destructeur, ou quelque chose dans ce goût-là !

Mais avant qu'il ne se ratatine sous nos yeux, rôti et racorni, réduit à l'état de squelette piteux, de parodie de momie, enfin de reliquat de lui-même tel que nos imaginaires nourris à des sources différentes pouvaient le concevoir, il y a eu comme un déchirement et j'ai cru apercevoir une espèce de tentacule immonde, dont les ventouses à crochet se sont emparées de ce qu'il restait du docteur Caligari avant de l'entraîner avec lui dans l'envers du monde d'où il avait surgi.

Puis Berlin a réapparu autour de nous. Le duel avait pris fin mais je n'avais aucune certitude sur sa réelle issue !

★

Le fiacre immobilisé dans l'ombre de la porte de Brandebourg était vide. Disparu, le petit homme au chapeau melon. Enfui, le Tambour, son complice…

Mais nous n'en avions pas encore terminé avec Berlin, Lili et moi. Le Brigadier se trouvait en très fâcheuse posture. Les trois Sigurd avaient entrepris de le démembrer à l'aide de leurs épées ! Comme leurs lames s'émoussaient à frotter contre sa peau d'une incroyable densité, les guerriers quasi nus s'en sont débarrassés pour achever la besogne à la main. Ils ont saisi un Émile déjà copieusement molesté (lui n'avait pas été en reste, il suffisait de voir couler le sang en des endroits divers des musculatures hypertrophiées de ses adversaires !) et à moitié estourbi par ses deux bras et une jambe, avant de se mettre à tirer dessus en poussant de terribles hurlements !

Nous n'avons pas attendu d'entendre craquer les os du supplicié. Bien qu'épuisé en partie par le combat contre le Maître, notre talent commun ne demandait qu'à se manifester.

— Je suis en toi, maintenant, Joli-Cœur… Et je brûle de ton feu intérieur… Tu sais comment t'y prendre…

Un trait de feu pâle a jailli de mes doigts réunis en position de prière, comme j'avais vu l'Ange Bleu le faire à l'occasion de notre première rencontre. Il a frappé chacun des Sigurd à tour de rôle dans la même seconde. D'eux il n'est plus resté qu'un mince tas de poussière balayée par la brise qui soufflait dans *unter den Linden* – l'avenue aux tilleuls.

L'effort consenti, pourtant infime en comparaison de celui fourni dans l'esprit du Maître, a suffi pour que je m'effondre.

Je n'ai pas perdu connaissance, néanmoins. Aussi, lorsqu'Émile m'a soulevé entre ses bras avec toute la prévenance dont il était capable, j'ai pu lui adresser un sourire serein.

— Ne me fais plus jamais un coup comme celui-là, sacré nom de bois ! m'a-t-il tancé. Tu aurais pu rester enfermé dans la caboche de ce cinglé. Comment je serais allé t'y chercher, hein ?

— Tu aurais trouvé le truc, j'en suis certain…

— Eh, tu as donc tellement confiance ?

— Mademoiselle Spectrale n'a pas hésité à se sacrifier, *là-dedans*… Tous ceux de l'escouade en feraient autant, pas vrai ?

— Si tu le dis ! Mais ne te tracasse pas pour Mariette. Elle nous attend dans la carcasse du chevalier volant, chez madame Curie. Il lui manque peut-être une part d'elle-même, maintenant, ça n'empêche qu'elle est bien vivante. On arrivera à la ramener, j'en suis certain !

— Aie confiance… a renchéri Lili depuis sous mon crâne. Elle te reviendra tôt ou tard…

Je n'en espérais pas davantage. Émile a récupéré le Calcul, qui avait roulé sur la chaussée, jusqu'à une bordure de trottoir. Puis il nous a déposés, lui et moi, sur la banquette rembourrée du fiacre, avant de s'installer à la place du cocher.

— Ne me dis pas que tu sais aussi conduire une voiture attelée ?

— Jamais de la vie ! Les bourrins, je me contente de les voir courir à Longchamp ! Mais ça ne doit pas être si compliqué, non ?

Il a poussé un cri et fait claquer les rênes sur les croupes de chaque bête. Le véhicule s'est ébranlé au petit trot à travers les rues de la première capitale du Reich, dont les habitants repointaient peu à peu le bout du nez. Difficile de les blâmer d'être restés cloîtrés quand leur ville était la proie de multiples attentats au garçon-explosif !

— On ne va quand même pas rentrer à Paris à cette allure, ai-je mollement protesté.

Cela ne m'aurait pas tant dérangé. J'étais prêt à dormir des jours entiers, bercé par le CLOP-CLOP des sabots battant le pavé.

— Et pourquoi pas ? Tu es si pressé de faire ton rapport au 'pitaine, toi ? Qu'est-ce que tu vas lui raconter, d'abord ?

— La vérité, rien de plus. Tout du moins celle qui m'arrangera le plus. Je ne suis toujours pas sûr de ce qu'on a vu ou pas.

— Oh, la montagne et tout ce bazar antique ? Plutôt croquignolet, pas vrai ? Le Maître devait rêver d'alpinisme et d'une tournée des ruines romaines. Il a tout mélangé pour mieux nous perturber.

— Tu n'as rien remarqué d'autre ?

— Quoi, par exemple ? Qu'est-ce que j'ai manqué ?

Je ne le savais pas trop. Lili avait-elle perçu le déchirement du voile entre les mondes et l'irruption de la créature – une infime part de sa monstrueuse anatomie du moins – venue dérober la dépouille de son serviteur ? Ou bien n'avait-ce été que l'ultime illusion générée par la psyché agonisante du Maître des Terreurs ? Et où était passé son corps, ici, dans le monde réel ? Escamoté par le Tambour ou quelque chose ancienne et mystérieuse, plus dangereuse encore ?

J'allais avoir pas mal d'heures pour y cogiter, entre deux sommes, dans le compartiment du train qui nous reconduirait jusqu'au plus près de Paris, aux limites de la ligne de front – finalement, l'option ferroviaire nous était apparue moins aléatoire que celle purement hippique !

L'annonce des pourparlers en vue d'un armistice est tombée à point nommé, au début de notre périple de retour, pour nous faciliter l'obtention de billets. Clemenceau avait pris contact avec un putatif successeur des Dioscures et du Kaiser, issu de la société civile, un certain Friedrich Ebert, chargé de former au plus vite un gouvernement de transition entre l'empire et sa prochaine incarnation. Mais tout ça n'était que de la politique. Le plus important restait que les armes s'étaient enfin tues. Soldats gris et poilus ne s'entretuaient plus et attendaient impatiemment leur ordre de démobilisation. La stratégie de déstabilisation du Maître avait produit un résultat inespéré, contraire à ses ambitions, parce qu'il n'était plus là pour contribuer à répandre le chaos et la peur.

La guerre était enfin terminée. Combien de temps durerait la paix sur le vieux continent ? Bien malin qui aurait pu le deviner à ce moment-là de notre histoire…

Mais l'escouade des évolués veillerait à la préserver, quoi qu'il doive lui en coûter !

ÉPILOGUE

Nous sommes rassemblés en rang d'oignon face au Grand-Duc, dans le quartier général flambant neuf de l'escouade, situé en plein Paris, à une adresse que je me suis engagé à ne jamais communiquer.

Secret-défense, vous comprenez ?

À mes côtés se tiennent le Brigadier de Fer, L'Ange Bleu (esprit et corps réassemblés) et Chevaleresse (un sobriquet plus approprié que Mademoiselle Spectrale pour la nouvelle incarnation de Mariette).

— Votre prochaine mission consistera à retrouver le Tambour et le rapporter, entier si possible, à madame Curie, nous informe le colonel de Gaulle, monté en grade par les bonnes grâces de Clemenceau. Marie est impatiente d'étudier ce phénomène, et moi de le savoir enfermé sous étroite surveillance…

— Ça veut dire qu'on repart en Allemagne ? soupire Émile. J'en ai soupé de la visite des châteaux !

— Pas au sens strict ni continental, soldat. Un individu correspondant à la description du Tambour a été aperçu dans les colonies du Transvaal. Je tiens l'information de mon homologue britannique, Winston Churchill. Notre fugitif était certainement en route pour l'Afrique orientale allemande. C'est là que vous le récupérerez.

— Alors on part sous le soleil, les pieds dans le sable chaud ? se réjouit le Brigadier.

— Des braves de la Légion vous serviront de guides, confirme le Grand-Duc.

— Bravo ! J'ai hâte de les rencontrer !

Il se retient d'applaudir. Et moi d'éclater de rire. Mais déjà le colonel rompt la réunion et nous nous dispersons sans plus tarder en direction du Béhémoth et du Léviathan, parés pour l'aventure qui nous attend dans les colonies…

Afrique, nous arrivons !

Achevé d'imprimer en avril 2023
par Skleniarz
Imprimé en UE